正则格致

“文化润校”工程组委会

主　任： 林　枫　丁　钢

副主任： 王桂龙　李大洪　张永刚

成　员： 朱洪春　蒋　洁　唐红雨

吴建强　戴　宁　魏胜宏

孙红梅　周文华　夏川生

《文化润校：名篇经典诵校园》

编 委 会

主　编： 林　枫　张永刚

副主编： 徐　铭　王新南

编　委： （以姓氏拼音排序）

高逸凡　林　枫　刘　蓓

潘　玥　徐　铭　徐晓明

王新南　张永刚

"十四五"职业教育国家规划教材

文化润校

名篇经典诵校园

主　编　林　枫　张永刚
副主编　徐　铭　王新南

江苏大学出版社
JIANGSU UNIVERSITY PRESS
镇　江

图书在版编目(CIP)数据

文化润校 ：名篇经典诵校园 / 林枫，张永刚主编. — 镇江 ：江苏大学出版社，2021.8(2022.8 重印)
ISBN 978-7-5684-1657-3

Ⅰ. ①文… Ⅱ. ①林… ②张… Ⅲ. ①世界文学－文学欣赏－高等学校－教材 Ⅳ. ①I106

中国版本图书馆 CIP 数据核字(2021)第 167856 号

文化润校：名篇经典诵校园
Wenhua Run Xiao：Mingpian Jingdian Song Xiaoyuan

主　　编/林　枫　张永刚
责任编辑/夏　冰
出版发行/江苏大学出版社
地　　址/江苏省镇江市京口区学府路 301 号(邮编：212013)
电　　话/0511-84446464(传真)
网　　址/http://press.ujs.edu.cn
排　　版/镇江市江东印刷有限责任公司
印　　刷/长沙市精宏印务有限公司
开　　本/710 mm×1 000 mm　1/16
印　　张/17.75
字　　数/340 千字
版　　次/2021 年 8 月第 1 版
印　　次/2022 年 8 月第 2 次印刷
书　　号/ISBN 978-7-5684-1657-3
定　　价/42.00 元

让“文化润校”铸就百年名校的文化自信

（丛书序）

“求木之长者，必固其根本；欲流之远者，必浚其泉源”，要想让树木长得高大，一定要稳固它的根基；要想使河水流得长远，一定要疏通它的源头。文化不仅是一个国家、一个民族的灵魂，它也以同样的价值存在于大学校园中，是大学赖以维系和传承的风骨和血脉。大学校园是做大学问的地方，千百年来，我们的圣哲先贤要求做大学问的人要恪守“大学之道，在明明德，在亲民，在止于至善”的千古名训，在一代代的文化传承中，共同铸就中华民族灿烂辉煌的文明。

镇江高等专科学校是坐落于国家历史文化名城江苏镇江的一所综合性普通高校，是教育部人才培养工作水平评估优秀学校、江苏省新一轮高职院校人才培养工作评估优秀学校，办学渊源可以追溯到我国职业教育先行者、著名国画大师、教育家吕凤子先生于 1912 年创办的正则女校，距今已有百余年办学历史，在长期的发展过程中，不断凝练形成了“崇爱尚美”的校园文化。

作为中国现代职业教育的重要发轫者和先驱者，吕凤子先生极具传奇色彩和人文艺术魅力，先生不仅三办正则学校，还担任过国立艺专校长，培养了一批著名的艺术家，被誉为“培养大师的大师”。先生在办学育人过程中，始终倡导“爱无涯、美无极”的教育理念，认为“爱与美”要落实到教育管理各环节，强调“爱己爱异”“尊异成异”，致力于“爱育兼美育”的实施，促进学生“谐和”发展，夯实了“崇爱尚美”文化育人思想的理论基石。

历经百年传承，“崇爱尚美”的校园文化先后经历了三个时期，即探索积淀期（1912—1982 年），是“爱与美”教育思想的积淀、探索和萌芽阶段；融合形成期(1983—2007年),是“崇爱尚美”文化体系的形成及与现代职教精神的融合发展阶段;提升实践期(2008—2020年),是“崇爱尚美”文化育人思想实践及影响力提升的阶段。由最初的“爱与美”到“崇爱尚美”,深刻诠释了学校对吕凤子先生“唯生无尽兮爱无涯”的“爱育兼美育”的职业教育文化育人实践。

进入新时期以来,学校高度重视校园文化建设,将吕凤子先生“艺术制作止于美,人生制作止于善。人生制作即艺术制作”的职业教育育人指导思想和“崇爱尚美”的职业教育文化育人实践融入“文化润校”工程,贯穿于教学管理的各个环节,形成了全员、全过程、全方位育人的文化育人模式,全校上下兴起了“以文化人、以文育人”的新风尚。学校文化育人特色品牌荣获教育部高校文化建设优秀成果奖。

为了较为全面地展示“文化润校”工程在专业建设、文化育人、文化兴校等方面所取得的实绩,学校成立“文化润校”工程组委会,组织校内行政、教学、教辅等人员精心编写了这套“文化润校”丛书,包括《名篇经典诵校园》《中国精神沐校园》《正则文化浸校园》《专业文化塑校园》《特色文化靓校园》。在编写过程中,由于编者人员众多,水平不尽相同,难免存在不尽如人意的地方,并不能完全反映“文化润校”工程的建设成果,但我们还是要感谢每一位参编者,他们对校园文化的这份热爱已经让我们深深感怀。感谢每一位为丛书编写、出版付出过努力的人们,更由衷怀念学校的创始人吕凤子先生。

“潮平两岸阔,风正一帆悬”,1300多年前,唐代诗人王湾路过镇江北固山,写下了著名的《次北固山下》,留下了妇孺皆知的千古佳句。此刻,我们正怀着这样的心境,希望能够以弄潮儿的姿态,在新时代高等教育高质量发展的大潮中,绘就百年名校文化自信的辉煌底色。

林枫　丁钢

2021年8月

前 言

文化经典是各个历史时期人类最高智慧和最高美感的结晶，文化传承离不开经典，文明发展离不开经典。习近平总书记在2014年的文艺工作座谈会上的讲话，胪列中外文化经典，从文化传承、文化育人的高度，引导青年学生寻找积极向上的人生意义、追求崇德尚美的人生境界，这就要求广大青年学生更多地阅读经典、认知经典、融入经典。2018年9月，教育部与国家语委联合下发《中华经典诵读工程实施方案》（教语用〔2018〕3号），对“诵读经典”提出了明确要求。

基于此，镇江市高等专科学校成立“晨读经典”工作领导小组，出台《“文化润校”之〈晨读经典〉实施方案》，在全校范围内推广“晨读经典”工作。由校党委林枫书记统筹策划，徐铭、王新南、徐晓明、张永刚、刘蓓、潘玥、高逸凡等参与编写，历时两个月，编成这本《名篇经典诵校园》。全书按“德”“智”“体”“美”“劳”五类主题，遴选古今名篇经典，每周5篇，计40周、200篇。

2018年9月，在全国教育大会上，习近平总书记立足“培养德智体美劳全面发展的社会主义建设者和接班人”的育人目标，提出了要在六个方面下功夫：在坚定理想信念上下功夫、在厚植爱国主义情怀上下功夫、在加强品德修养上下功夫、在增长知识见识上下功夫、在培养奋斗精神上下功夫、在增强综合素质上下功夫。这也是我们在教材编写过程中所遵循的遴选原则，希望能够在上述方面对学生有所裨益！

编　者

2022年8月

目录

第一周

第二周

第三周

第四周

第五周

第六周

第十四周

第十五周

第十六周

第十七周

第十八周

第十九周

第二十周

第二十九周

第三十周

第三十一周

第三十二周

第三十三周

第三十四周

第三十五周

第三十六周

第三十七周

第三十八周

第三十九周

第四十周

第一周

德 原典 周 易 节选

天行健，君子以自强不息。

地势坤，君子以厚德载物。

导读 《周易》也叫作《易经》，相传为周文王所作，是中国传统思想文化中自然哲学与人文实践的理论根源，也是中华民族思想智慧的结晶。它对中国几千年来的政治、经济、文化等各个领域都产生了极其深远的影响，被誉为“儒门圣典”“大道之源”。

自强不息、厚德载物，是我国自古以来为君子设立的品德标杆，也是中国传统文化的内在力量。作为一个君子，应该像天宇一样不停地运行，永远努力，毫不懈怠；要像大地一样广博宽厚，容载万物。近代思想家梁启超先生曾在清华园以此激励学子崇德修学，努力做真君子，后来“自强不息，厚德载物”成为清华大学的校训。

释义 天行健：指自然的运动刚劲强健。

君子：泛指才德出众的人。

地势坤：指大地的气势厚实和顺。

德 原典 礼记·大学 节选

大学之道，在明明德，在亲民，在止于至善。知止而后有定，定而后能静，静而后能安，安而后能虑，虑而后能得。物有本末，事有终始，知所先后，则近道矣。

古之欲明明德于天下者，先治其国。欲治其国者，先齐其家。欲齐其家者，先修其身。欲修其身者，先正其心。欲正其心者，先诚其意。欲诚其意者，先致其知。致知在格物。物格而后知至，知至而后意诚，意诚而后心正，心正而后身修，身修而后家齐，家齐而后国治，国治而后天下平。自天子以至于庶人，壹是皆以修身为本。其本乱而末治者否矣。其所厚者薄，而其所薄者厚，未之有也。

导读 《礼记》是西汉礼学家戴圣所编的一部典章制度选集。本篇主要讲述通过修身明德来达到治国平天下的道理，即“八目”：格物、致知、正心、诚意、修身、齐家、治国、平天下，通常简称为“格致正诚，修齐治平”，对应传统儒家思想的“内圣”和“外王”之道。这八种德行修为的次序安排，包含着深刻的哲理，既阐明了每一进阶的严格逻辑程序和前置条件，又在勾画出宏阔、完整的道德规划的前提下，提示不同情况的人可以朝着这一正确路径循序渐进、量力而为，具有较强的可操作性，因此也一直为后学所推崇。

释义 博学的宗旨在于弘扬光明正大的品德，学习和运用于生活，使人达到最完善的境界。知道应达到的境界才能够志向坚定；志向坚定才能够镇静不躁；镇静不躁才能够心安理得；心安理得才能够思虑周详；思虑周详才能够有所收获。每样东西都有根本、有枝末，每件事情都有开始、有终结。明白了这本末始终的道理，就接近事物发展的规律了。

古代那些要想在天下弘扬光明正大品德的人，先要治理好自己的国家；要想治理好自己的国家，先要管理好自己的家庭和家族；要想管理好自己的家庭和家族，先要修养自身的品性；要想修养自身的品性，先要端正自己的心思；要想端正自己的心思，先要使自己的意念真诚；要想使自己的意念真诚，先要使自己革除不好的思想；获得知识的途径在于认识、研究万物。

通过伏灭革除内心不好的私欲、物欲，而彰显明德，认识本心，表里如一，意念才能真诚；意念真诚后，心思才能端正；心思端正后，才能修养品性；品性修养后，才能管理好家庭和家族；管理好家庭和家族后，才能治理好国家；治理好国家后，天下才能太平。上自国家元首，下至平民百姓，人人都要以修养品性为根本。若这个根本被扰乱了，家庭、家族、国家、天下要治理好是不可能的。不分轻重缓急，本末倒置却想做好事情，这同样也是不可能的。

智 原典 论语·为政 节选

子曰："吾十有五而志于学，三十而立，四十而不惑，五十而知天命，六十而耳顺，七十而从心所欲，不逾矩。"

导读 《论语》是孔子弟子及再传弟子记录孔子言行的语录体文集。全书较为集中地体现了孔子及儒家学派的政治主张、伦理思想、道德观念及教育原则等。其文简义丰，简练易懂，是儒家的必修经典之一。本章中孔子自述了他学习和修养的过程，这是一个随着年龄的增长而思想境界逐步提高的过程。就思想境界来讲，整个过程分为三个阶段：十五岁到四十岁是学习领会的阶段；五十岁、六十岁是安心立命的阶段，也就是不受环境左右的阶段；七十岁是主观意识和做人的规则融合为一的阶段，这时，道德修养达到了最高境界。孔子所说的道德修养过程，有合理的地方：第一，他看到了人的道德修养不是一朝一夕的事，不能一下子完成，不能搞突击，要经过长时间的学习和锻炼，要有一个循序渐进的过程；第二，道德的最高境界是思想和言行融合，是自觉地遵守道德规范，而不是勉强去做。这两点，对任何人都是适用的。

释义 立：指立身行事、做事合乎礼法。

天命：上天的意旨，指自然的规律、法则。

耳顺：听到别人的话，就能深刻理解其中的意思。

不逾矩：不逾越规矩、法度。

原典 礼记·射义 节选

古者诸侯之射也，必先行燕礼；卿大夫、士之射也，必先行乡饮酒之礼。故燕礼者，所以明君臣之义也；乡饮酒之礼者，所以明长幼之序也。

故射者，进退周还必中礼，内志正，外体直，然后持弓矢审固；持弓矢审固，然后可以言中，此可以观德行矣。

…… ……

射之为言者绎也，或曰舍也。绎者，各绎己之志也。故心平体正，持弓矢审固；持弓矢审固，则射中矣。故曰：为人父者，以为父鹄；为人子者，以为子鹄；为人君者，以为君鹄；为人臣者，以为臣鹄。故射者各射己之鹄。故天子之大射谓之射侯；射侯者，射为诸侯也。射中则得为诸侯；射不中则不得为诸侯。

导读 本篇选自《礼记》的第四十六篇《射义》，主要阐释了古代射礼（礼仪性的射箭比赛）活动中所蕴含的道德精神。

射礼是一种以射箭为基础的礼仪活动，既追求体育竞技层面的射准命中，又注重射箭过程中由个人内在道德修养外化的合乎礼仪的举止，以“正射必中”（即合乎礼仪道德的端正射法一定能够命中）的理念为宗旨，品评参赛者的射术和道德水平是否同时达标，是古代天子选拔、考核人才的重要手段。

释义 进退周还：指前进、后退、转身、回还等所有的举止动作。

各绎己之志：各自找到自己的志向。志，箭靶的中心。

以为父鹄：把做好父亲当作目标。鹄，射箭时的靶子、目标。

大射：天子、诸侯在祭祀前为选择参加祭祀的人员而举行的射礼。

原典　考工记·匠人营国　节选

匠人营国，方九里，旁三门。国中九经九纬，经涂九轨，左祖右社，面朝后市，市朝一夫。夏后氏世室，堂修二七，广四修一，五室，三四步，四三尺，九阶，四旁两夹，窗，白盛，门堂三之二，室三之一。殷人重屋，堂修七寻，堂崇三尺，四阿重屋。周人明堂，度九尺之筵，东西九筵，南北七筵，堂崇一筵，五室，凡室二筵。室中度以几，堂上度以筵，宫中度以寻，野度以步，涂度以轨，庙门容大扃七个，闱门容小扃三个，路门不容乘车之五个，应门二彻三个。内有九室，九嫔居之。外有九室，九卿朝焉。九分其国，以为九分，九卿治之。王宫门阿之制五雉，宫隅之制七雉，城隅之制九雉，经涂九轨，环涂七轨，野涂五轨。门阿之制，以为都城之制。宫隅之制，以为诸侯之城制。环涂以为诸侯经涂，野涂以为都经涂。

导读　《考工记·匠人营国》记载了西周时期关于城市建造要求和等级分类的相关规定，蕴含了特定的城市规划模式，按照这种规划所建的城市，布局严谨规整，建置主次有序。这个规划模式可能还是西周王朝礼制在城市规划方面的重要内容，对后世的城市规划和建设也有很大的影响。

释义　匠人营建都城，九里见方，（都城的四边）每边三门。都城中有九条南北大道、九条东西大道，每条大道可容九辆车并行。左边是宗庙，右边是祭坛；南面是官家居住生活的地方，北面是百姓居住生活的地方。每市和每朝各百步见方。夏后氏的世室，堂前后深七步，宽是深的四倍（为二十八步）。堂上分布有五个室，室的进深是三步或四步，室宽再加三尺或四尺。（堂的四周）有九层台阶。（每室的）四方（各开一门），每门两旁有两窗相夹。（用蛤灰）把墙涂饰成白色。门堂是正堂的三分之二，（堂后的）室是正堂的三分之一。殷人的重屋，堂深七寻，堂高三尺，四面有重屋。周人的明堂，用长九尺的筵来量度，东西宽九筵，南北深七筵，堂高一筵。共有五室，每室二筵见方。室中用几的长度来度量，堂上用筵来度量，宫中用寻来度量，野地用步来度量，道路宽度用车轨来度量。宗庙大门的宽度可容七个大扃，闱门的宽度可容三个小扃，路门的宽度容不下五辆乘车并行，应门的宽度为三轨。寝宫内有九室，九嫔居住在那里。寝宫外有九室，九卿在那里处理政事。把国事划分为九个方面，由九卿负责治理。王宫门屋屋脊的建制高五雉，宫墙四角高七雉，城墙四角高九雉。（城内）南北大道宽九轨，环城大道宽七轨，野地大道宽五轨。用王宫门阿的高度作为都城四角高度的标准。用王宫宫墙四角的高度，作为诸侯都城四角高度的标准。用王都环城大道的宽度，作为诸侯都城中南北大道宽度的标准。用王畿野地大道的宽度，作为城中南北大道宽度的标准。

智 原典 论语·侍坐

子路、曾皙、冉有、公西华侍坐。子曰："以吾一日长乎尔，毋吾以也。居则曰：'不吾知也！'如或知尔，则何以哉？"

子路率尔而对曰："千乘之国，摄乎大国之间，加之以师旅，因之以饥馑；由也为之，比及三年，可使有勇，且知方也。"

夫子哂之。

"求！尔何如？"

对曰："方六七十，如五六十，求也为之，比及三年，可使足民。如其礼乐，以俟君子。"

"赤！尔何如？"

对曰："非曰能之，愿学焉。宗庙之事，如会同，端章甫，愿为小相焉。"

"点！尔何如？"

鼓瑟希，铿尔，舍瑟而作。对曰："异乎三子者之撰。"

子曰："何伤乎？亦各言其志也。"

曰："莫春者，春服既成，冠者五六人，童子六七人，浴乎沂，风乎舞雩，咏而归。"

夫子喟然叹曰："吾与点也！"

三子者出，曾皙后。曾皙曰："夫三子者之言何如？"

子曰："亦各言其志也已矣。"

曰："夫子何哂由也？"

曰："为国以礼，其言不让，是故哂之。""唯求则非邦也与？""安见方六七十如五六十而非邦也者？""唯赤则非邦也与？""宗庙会同，非诸侯而何？赤也为之小，孰能为之大？"

导读　本章记录的是孔子和子路、曾皙、冉有、公西华这四个学生“言志”的一段话，再现了孔子和学生们一起畅谈理想的情形。四个学生分别谈了自己的理想，作为老师的孔子也发表了自己的看法。我们可以从中感受两千多年前孔子的教学方法，也可以感受师生之间交流的坦诚。本篇文字简洁，语言生动，准确地描写了四个学生的不同性格：子路的轻率急躁、冉有的低调自信、公西华的谦虚委婉、曾皙的清雅洒脱，同时也对孔子进行了简单的个性化描写，给人留下了极其深刻的印象。

释义　千乘之国，摄乎大国之间，加之以师旅，因之以饥馑；由也为之，比及三年，可使有勇，且知方也：一个拥有千乘兵车的国家，夹在大国之间，受到别国军队的侵犯，又遇上饥荒。如果让我治理这样的国家，只要三年，就可以使人民有抵抗敌人的勇气，而且还懂得做人的道理。千乘之国，属于中等大小的国家。方，道德、学问。

方六七十，如五六十：方圆六七十里，或者五六十里的国家。这样的国家属于小国。

为国以礼，其言不让，是故哂之：（孔子回答说）治国要用礼，可是（子路）的话毫不谦让，所以我笑他。

唯求则非邦也与：（曾皙说）难道冉有讲的不是国家大事吗？

唯赤则非邦也与：（曾皙说）难道公西华讲的不是诸侯的大事吗？

宗庙会同，非诸侯而何？赤也为之小，孰能为之大：（孔子说）宗庙祭祀，诸侯会盟，不是诸侯的大事又是什么呢？如果公西华只能做小相，谁又能做大相呢？

原典　诗经·关雎

关关雎鸠，在河之洲。窈窕淑女，君子好逑。
参差荇菜，左右流之。窈窕淑女，寤寐求之。
求之不得，寤寐思服。悠哉悠哉，辗转反侧。
参差荇菜，左右采之。窈窕淑女，琴瑟友之。
参差荇菜，左右芼之。窈窕淑女，钟鼓乐之。

导读 《关雎》是《诗经》的第一篇，而《诗经》是中国历史上第一部诗歌总集。《关雎》通常被认为是一首描写男女恋爱的情诗。这首诗可以被当作表现夫妇之德的典范，主要是由于以下这些特点。首先，它所写的爱情，一开始就有明确的婚姻目的，最终又归结于婚姻的美满，不是青年男女之间短暂的邂逅、一时的激情。这种明确指向婚姻、表示负责任的爱情，更为社会所赞同。其次，它所写的男女双方，乃是“君子”和“淑女”，表明这是一种与美德相联系的结合。“君子”是兼有地位和德行双重意义的，而“窈窕淑女”也是兼说体貌之美和德行之善。这里“君子”与“淑女”的结合，代表了一种婚姻理想。最后，诗歌所写的恋爱行为具有节制性。细读可以注意到，这诗虽是写男方对女方的追求，但丝毫没有涉及双方的直接接触。这样的一种恋爱，既有真实的、颇为深厚的感情，又表露得平和而有分寸。孔子从中看到了一种具有广泛意义的中和之美，说它是“乐而不淫，哀而不伤”，借以提倡他所尊奉的自我克制、重视道德修养的人生态度。《毛诗序》则把它推许为可以“风天下而正夫妇”的道德教材。

释义 关关：象声词，雎雄二鸟相互应和的叫声。

雎鸠：一种水鸟。

窈窕淑女：贤良美好的女子。窈窕，身材体态美好的样子。窈，深邃，喻女子心灵美。窕，幽美，喻女子仪表美。淑，好，善良。

好逑（qiú）：好的配偶。逑，“仇”的假借字，匹配。

寤寐（wù mèi）：醒和睡。指日夜。寤，醒觉。寐，入睡。

思服：思念。服，想。

悠哉悠哉：意为“悠悠”，就是长。这句是说思念绵绵不断。悠，感思。哉，语气助词。悠哉悠哉，犹言“想念呀，想念呀”。

琴瑟友之：弹琴鼓瑟来亲近她。琴、瑟，皆弦乐器。琴五弦或七弦，瑟二十五弦或五十弦。友，用作动词，此处有亲近之意。这句是说，用琴瑟来亲近“淑女”。

芼（mào）：择取，挑选。

原典 诗经·蒹葭

蒹葭苍苍，白露为霜。所谓伊人，在水一方。
溯洄从之，道阻且长。溯游从之，宛在水中央。
蒹葭萋萋，白露未晞。所谓伊人，在水之湄。
溯洄从之，道阻且跻。溯游从之，宛在水中坻。
蒹葭采采，白露未已。所谓伊人，在水之涘。
溯洄从之，道阻且右。溯游从之，宛在水中沚。

导读 《蒹葭》是《诗经》中最优秀的篇章之一，千百年来广泛流传，百读不厌。全诗以“水”“芦苇”“霜”“露”“伊人”等意象营造了一种朦胧、清新又美好的意境。早晨的薄雾笼罩着一切，晶莹的露珠已凝成冰霜。诗人的眼中仿佛看到他心中的少女在水边缓缓而行，诗人追她而去，可她若隐若现，寻找不到。诗人热切而怅惘的心情跃然纸上。诗人和伊人的身份、面目、空间位置都是模糊的，给人以雾里看花、朦胧缥缈之感。“蒹葭”“白露”“伊人”“秋水”，越发显得难以捉摸，构成了一幅朦胧淡雅的水墨画。全诗共三章，采用反复吟唱的手法，抒写诗人怅然若失而又深情向往的心境，产生了极强的艺术感染力。诗人抓住秋天独有的特征，不惜用浓墨重彩反复描绘、渲染，营造了诗人心目中完整的艺术情景，达到了寓情于景、情景交融的艺术境界。

释义 蒹葭：荻与芦。蒹，荻，像芦苇。葭，芦苇。

伊人：这个人或那个人，指诗人所思念追寻的人。

晞（xī）：干。

湄（méi）：岸边，水和草交接的地方。

跻（jī）：（路）高而陡。

坻（chí）：水中的小洲或高地。

采采：茂盛鲜明的样子。

涘（sì）：水边。

沚：水中的小块陆地。

原典　史记·货殖列传　节选

《周书》曰："农不出则乏其食，工不出则乏其事，商不出则三宝绝，虞不出则财匮少。"财匮少而山泽不辟矣。此四者，民所衣食之原也。原大则饶，原小则鲜。上则富国，下则富家，贫富之道，莫之夺予，而巧者有余，拙者不足。故太公望封于营丘，地潟卤，人民寡，于是太公劝其女功，极技巧，通鱼盐，则人物归之，繈至而辐凑。故齐冠带衣履天下，海岱之间敛袂而往朝焉。其后齐中衰，管子修之，设轻重九府，则桓公以霸，九合诸侯，一匡天下；而管氏亦有三归，位在陪臣，富于列国之君。是以齐富强至于宣、威也。

故曰："仓廪实而知礼节，衣食足而知荣辱。"礼生于有而废于无。故君子富，好行其德；小人富，以适其力。渊深而鱼生之，山深而兽往之，人富而仁义附焉。富者得势益彰，失势则客无所之，以而不乐。夷狄益甚。谚曰："千金之子，不死于市"，此非空言也。故曰："天下熙熙，皆为利来；天下攘攘，皆为利往。"夫千乘之王，万家之侯，百室之君，尚犹患贫，而况匹夫编户之民乎？

导读　本篇节选自《史记》中的《货殖列传第六十九》，是其开宗明义的一段文字。该篇专门记叙了从事"货殖"活动的杰出人物的事迹，也是反映司马迁经济思想和物质观的重要篇章。"货殖"是指谋求"滋生资货财利"以致富，即利用货物的生产与交换进行商业活动，从中生财求利。司马迁所指的货殖，还包括各种手工业，以及农、牧、渔、矿山、冶炼等行业的经营。他提倡市场供给和需求的自我调节，认为财货流动、天下趋利就像水往低处流一样，是符合自然规律的，而利用这一规律致富的人也同样值得尊重。

释义 《周书》：今称《逸周书》，是周代历史文献的一部汇编，对于研究两周历史具有重要的史料价值。

三宝：谓吃穿用度的各种货物。

莫之夺予：没有谁去掠夺或施与，意为贫富不是外力所左右的。

巧者：聪明的人，善于利用规律的人，与“拙者”相对。

太公望：姜太公，周武王时封为齐侯，姜氏齐国的始祖。

营丘：古邑名，在今山东临淄，以营丘山而得名。

潟（xì）卤：盐碱地。

女功：亦作“女工”“女红”，指妇女所从事的纺织、刺绣、缝纫等劳动。

通：运贩。

繦至而辐凑：谓人口和财货像成串的铜钱一样成批量到来，像车轮辐条一样从四方汇集。辐凑也作辐辏。

冠带衣履天下：让天下人都用着齐国所产的衣帽鞋服。

海岱之间：谓大海和泰山之间的诸侯。

敛袂而往朝焉：整理好自己的衣襟去朝见齐侯。

客无所之：富人所资助的人无处可去。

不死于市：不会在闹市被处死。谓千金之家的子弟必有德行，不会去作奸犯科。市，行刑的闹市。

千乘：千辆兵车，诸侯王拥有的实力。

万家之侯：封邑万家的侯爵。

百室之君：封邑百家的大夫。

匹夫编户：指百姓。编户，编在户籍册中。

德 原典 孔子家语·颜回 节选

颜回问于孔子曰：“臧文仲、武仲孰贤？”孔子曰：“武仲贤哉。”颜回曰：“武仲世称圣人，而身不免于罪，是智不足称也；好言兵讨，而挫锐于邾，是智不足名也。文仲，其身虽殁，而言不朽，恶有未贤?”孔子曰：“身殁言立，所以为文仲也。然犹有不仁者三，不智者三，是则不及武仲也。”回曰：“可得闻乎?”孔子曰：“下展禽，置六关，妾织蒲，三不仁；设虚器，纵逆祀，祠海鸟，三不智。武仲在齐，齐将有祸，不受其田，以避其难，是智之难也。夫臧武仲之智，而不容于鲁，抑有由焉。作而不顺，施而不恕也。夫《夏书》曰：念兹在兹，顺事恕施。”

导读 《孔子家语》是孔子门人（一说三国王肃）所撰的一部记录孔子及孔门弟子思想言行的著作。本篇通过记述孔子和颜回对臧文仲和臧武仲两个人谁更贤德的讨论，说明了不同的人看问题的不同角度和不同深度。颜回认为臧文仲贤于臧武仲，并摆出了理由。而孔子则认为臧武仲贤于臧文仲，也摆出了理由。你认为他们的观点谁更正确呢?

释义 臧文仲是鲁国大夫，以立言著称于世。臧武仲是臧文仲的孙子，以见识广博闻名于世。

下展禽，置六关，妾织蒲：使展禽居于下位，设置六关征税，让家里的妾编织草席贩卖。展禽即柳下惠，是鲁国有名的贤者。

设虚器，纵逆祀，祠海鸟：为卜龟设置豪华的居所，纵容违规的祭祀，让国人祭祀海鸟。《论语》记载，臧文仲为一只祭祀用的大龟盖豪华的房子。孔子认为这是不必要的，是形式主义的表现，是“设虚器”。

夫臧武仲之智，而不容于鲁，抑有由焉。作而不顺，施而不恕也：以臧武仲的智慧却在鲁国待不下去，这是有原因的。大概是因为事情发生了，却不顺应其发展，事情施行了都不宽恕它吧。《夏书》上说过：“想着这件事，一心在于这件事。”说的就是做事要顺应事理、符合恕道。

第三周

原典 论语·颜渊 节选

颜渊问仁。子曰："克己复礼为仁。一日克己复礼，天下归仁焉。为仁由己，而由人乎哉？"

颜渊曰："请问其目。"子曰："非礼勿视，非礼勿听，非礼勿言，非礼勿动。"

颜渊曰："回虽不敏，请事斯语矣。"

导读 "克己复礼为仁"，这是孔子关于"什么是仁"的主要解释。在这里，孔子以礼来规定仁，依礼而行就是仁的根本要求。所以，礼以仁为基础，以仁来维护。仁是内在的，礼是外在的，二者紧密结合。这里实际上包括两个方面的内容，一是克己，二是复礼。克己复礼就是要求人们通过道德修养自觉地遵守礼的规定。仁和礼是孔子思想的核心内容，贯穿于《论语》一书的始终。

释义 颜渊问怎样做才是仁。孔子说："克制自己，一切都照着礼的要求去做，这就是仁。一旦这样做了，天下的一切就都归于仁了。实行仁德，完全在于自己，难道还在于别人吗？"颜渊说："请问实行仁的条目。"孔子说："不合于礼的不要看，不合于礼的不要听，不合于礼的不要说，不合于礼的不要做。"颜渊说："我虽然愚笨，也要照您的这些话去做。"

德 原典 论语·宪问 节选

子路问成人。

子曰："若臧武仲之知，公绰之不欲，卞庄子之勇，冉求之艺，文之以礼乐，亦可以为成人矣。"

曰："今之成人者何必然？见利思义，见危授命，久要不忘平生之言，亦可以为成人矣。"

导读 孔子认为，具备完善人格的人，应当富有智慧、克制、勇敢、多才多艺，并用礼乐加以修饰。谈到这里，孔子还认为，有完善人格的人，应当做到在见利见危和久居贫困的时候能够思义、授命、不忘平生之言，这样做就符合义了。尤其是本章提出了"见利思义"的主张，即遇到有利可图的事情要考虑是否符合义，不义则不为。这句话对后世产生了极大影响。

释义 子路问怎样做才是一个完美的人。孔子说："如果具有臧武仲的智慧，孟公绰的克制，卞庄子的勇敢，冉求那样多才多艺，再用礼乐加以修饰，也就可以算是一个完人了。"孔子又说："现在的完人何必一定要这样呢？（只要他）见到财利想到义的要求，遇到（国家）危难能献出生命，长久处于穷困的境遇还不忘平日的诺言，这样也可以成为一个完美的人。"

智 原典 论语·学而 节选

子曰："学而时习之，不亦说乎？有朋自远方来，不亦乐乎？人不知而不愠，不亦君子乎？"

导读 《学而》是《论语》的第一篇。本篇提出以学习为乐事，做到人不知而不愠，反映出孔子学而不厌、诲人不倦、注重修养、严格要求自己的主张。宋代著名学者朱熹对此篇评价极高，说它是“入道之门，积德之基”。

释义 时习：在周秦时代，“时”字用作副词，意为“在一定的时候”或者“在适当的时候”。“习”，指演习礼、乐，复习诗、书。也含有温习、实习、练习的意思。

说（yuè）：同“悦”，愉快、高兴的意思。

有朋：一本作“友朋”。旧注说，“同门曰朋”，即同在一位老师门下学习的叫朋，也就是志同道合的人。

愠：恼怒，怨恨。

原典 诗经·月出

月出皎兮，佼人僚兮。舒窈纠兮，劳心悄兮。
月出皓兮，佼人懰兮。舒忧受兮，劳心慅兮。
月出照兮，佼人燎兮。舒夭绍兮，劳心惨兮。

导读 本诗描写一个月光下的美丽女子，每章第一句以月起兴，第二句写她的容色之美，第三句写行动姿态之美，末句写诗人自己因爱慕她而慅然心动，不能自已的感觉。“月出皎兮”，天上一轮圆月洒着皎洁的银辉，这夜色显得格外美丽。这是写景，也是写情，交代了诗人活动的背景是在一个月光明丽的夜晚，这本身就富有很大的魅力和诱惑力，容易使人触景生情，生发出许多美好的联想。

释义 皎：《毛传》：“皎，月光也。”谓月光洁白明亮。

佼人：美人。佼，同“姣”，美好。

僚：同“嫽”，娇美。今天陕西关中地区仍以“嫽”来表达美好的意思，如嫽扎咧，表示太好了，太美了。

窈纠：形容女子行走时体态的曲线美。

懰（liǔ）：妩媚。

慅（cǎo）：忧愁，心神不安。

燎：明也。一说姣美。

夭绍：形容女子风姿绰约。

惨（zào）：当为"懆（cǎo）"，焦躁貌。

原典　诗经·木瓜

投我以木瓜，报之以琼琚。匪报也，永以为好也！
投我以木桃，报之以琼瑶。匪报也，永以为好也！
投我以木李，报之以琼玖。匪报也，永以为好也！

导读　这首《木瓜》是现今传诵最广的《诗经》名篇之一。从章句结构上看，《木瓜》一诗很有特色。首先，其中没有《诗经》中最典型的句式——四字句。这不是没法用四字句（如用四字句，变成"投我木瓜（木桃、木李），报以琼琚（琼瑶、琼玖）。匪以为报，永以为好"，一样可以），而是作者有意无意地用这种句式造成一种跌宕有致的韵味，在歌唱时易于取得声情并茂的效果。其次，语句具有极高的重叠复沓程度。不要说每章的后两句一模一样，就是前两句也仅一字之差，并且"琼琚""琼瑶""琼玖"语虽略异，义实全同，而"木瓜""木桃""木李"据李时珍《本草纲目》考证，也是同一属的植物，其间的差异大致也就像橘、柑、橙之间的差异那样并不大。这样，三章基本重复，而如此高的重复程度在整部《诗经》中也并不多见，这是由《诗经》的音乐性与文学性决定的。"你赠给我果子，我回赠你美玉"，与"投桃报李"不同，回报的东西价值要比受赠的东西大得多，这体现了人类的一种高尚情感（包括爱情，也包括友情）。这种情感重的是心心相印，是精神上的契合，因而回赠的东西及其价值的高低实际上也具有象征性的意义，表现的是对他人、对自己的情意的珍视，所以说"匪报也"。实际上，作者胸襟之高朗开阔，已无衡量厚薄轻重之心横亘其间，他想要表达的就是：珍重、理解他人的情意便是最高尚的情意。

释义 投我以木瓜，报之以琼琚：你将木瓜投给我，我将回报你珍贵的佩玉。投，投掷，此作赠送、给予。报，报答。琼琚，佩玉名，古代的饰物。后边“琼玖”“琼瑶”与此同。

匪报也，永以为好也：并非为了回报，而是表示永远相爱。匪，同“非”。好，爱。

木桃：蔷薇科木瓜属，落叶小乔木，无枝刺。

木李：果名，即榠楂，又名木梨。

德 原典 论语 二则

学而

子曰："君子食无求饱，居无求安，敏于事而慎于言，就有道而正焉，可谓好学也已。"

为政

子曰："由！诲女知之乎！知之为知之，不知为不知，是知也。"

导读 第一则语录中，孔子讲什么是好学。君子是好学之人，好学从哪里能看到？它是什么样的一种表现？这里给我们讲到四个方面：第一是"食无求饱，居无求安"；第二是"敏于事"；第三是"慎于言"；第四是"就有道而正焉"。做到这四个方面才称为好学。第二则语录中，孔子说出了一个深刻的道理："知之为知之，不知为不知，是知也。"对于文化知识和其他社会知识，人们应当虚心学习、刻苦学习，尽可能多地加以掌握。但人的知识再丰富，总会有不懂的问题，那么就应当有实事求是的态度。只有这样，才能学到更多的知识。

释义 孔子说："君子不追求饮食的饱足，不追求居住的安逸，做事勤敏而说话谨慎，亲近有德之人来匡正自己，这就算得上是好学了。"

孔子说："由，我教给你怎样做的话，你明白了吗？知道的就是知道，不知道就是不知道，这就是智慧啊！"

原典　诗经·子衿

青青子衿，悠悠我心。纵我不往，子宁不嗣音？
青青子佩，悠悠我思。纵我不往，子宁不来？
挑兮达兮，在城阙兮。一日不见，如三月兮！

导读 这首诗写一个女子在城楼上等候她的恋人。全诗三章，采用倒叙手法。前两章以"我"的口气自述怀人。"青青子衿""青青子佩"，是以恋人的衣饰借代恋人。对方的衣饰给她留下这么深刻的印象，使她念念不忘，可想见其相思萦怀之情。如今因受阻不能前去赴约，只好等恋人过来相会，可望穿秋水，不见影儿，浓浓的爱意不由得转化为惆怅与幽怨：纵然我没有去找你，你为何就不能捎个音信？纵然我没有去找你，你为何就不能主动前来？第三章点明地点，写她在城楼上因久候恋人不至而心烦意乱，来来回回地走个不停，觉得虽然只有一天不见面，却好像分别了三个月那么漫长。

释义 衿：衣领。

嗣音：传音讯。嗣，同"贻"，给、寄的意思。

挑兮达兮：独自来回走动。

城阙：城门楼。

原典　列子·汤问　节选

伯牙善鼓琴，锺子期善听。伯牙鼓琴，志在登高山。锺子期曰："善哉！峨峨兮若泰山！"志在流水，锺子期曰："善哉！洋洋兮若江河！"伯牙所念，锺子期必得之。

伯牙游于泰山之阴，卒逢暴雨，止于岩下，心悲，乃援琴而鼓之。初为霖雨之操，更造崩山之音。曲每奏，锺子期辄穷其趣。伯牙乃舍琴而叹曰："善哉！善哉！子之听夫！志想象犹吾心也。吾于何逃声哉？"

导读 列子（约前450—前375），名寇，又名御寇，战国时郑国圃田（今属河南郑州）人，"列子"是后人对他的尊称。战国前期思想家，是老子和庄子之外的又一位道家思想代表人物。《列子》是列子、列子弟子及其后学所著的哲学著作，是中国先秦思想史上的重要著作之一。

这是一个脍炙人口的寓言故事，寓言通过伯牙与锺子期关于音乐的对话和理解，展现了一个心灵高度契合的故事：伯牙所念，锺子期必得之。我们仿佛看到，他们两人就像一个躯体的两半，哪一半都不可或缺，任何一半的细微颤动都必然会引起另一半的共振。于是，后人就常用"高山流水"来比喻知音或知己，也用以形容乐曲的高雅精妙。

释义 洋洋：非常浩大。

霖雨：连绵大雨。

辄穷其趣：总是完全理解他（伯牙）的志趣。

原典 归田赋

游都邑以永久，无明略以佐时。徒临川以羡鱼，俟河清乎未期。感蔡子之慷慨，从唐生以决疑。谅天道之微昧，追渔父以同嬉。超埃尘以遐逝，与世事乎长辞。

于是仲春令月，时和气清；原隰郁茂，百草滋荣。王雎鼓翼，仓庚哀鸣；交颈颉颃，关关嘤嘤。于焉逍遥，聊以娱情。

尔乃龙吟方泽，虎啸山丘。仰飞纤缴，俯钓长流。触矢而毙，贪饵吞钩。落云间之逸禽，悬渊沉之魦鰡。

于时曜灵俄景，系以望舒。极般游之至乐，虽日夕而忘劬。感老氏之遗诫，将回驾乎蓬庐。弹五弦之妙指，咏周孔之图书。

挥翰墨以奋藻，陈三皇之轨模。苟纵心于物外，安知荣辱之所如。

导读 本篇是东汉辞赋家张衡的代表作之一，它形象地描绘了田园山林间和谐欢快、神和气清的景色，反映了作者畅游山林、悠闲自得的心情，又颇含自戒之意，表达了道家的超脱思想。《归田赋》一洗西汉大赋铺采缛文、繁重凝滞、虚夸堆砌的套路，开创出文句平淡清丽、结构短小灵活的抒情小赋，其语言自然优美，感情真挚，情景交融，千百年来传为汉赋名篇。

释义 都邑：指京都雒阳，今作洛阳。

佐时：对当朝有所辅助。

徒临川以羡鱼：《淮南子·说林训》中有“临川流而羡鱼，不如归家织网”之语，作者用这一典故表明自己空有辅政的愿望。徒，徒然。

河清：黄河变清，我国古代政治清明的象征。

蔡子：指战国时期的智者、辩士蔡泽，道家“功成身退”“明哲保身”思想的代表人物。

唐生：指战国时期著名相士唐举，曾为蔡泽看相解惑。

原隰（xí）：平地和湿地。

王雎（jū）鼓翼：王雎，鸟名，即雎鸠。鼓翼，扇动翅膀。

仓庚：同“鸧鹒（cāng gēng）”，鸟名，即黄鹂。

颉颃（xié háng）：鸟上下翻飞貌。

方泽：大湖沼。

纤缴：射鸟时箭上所系的丝绳。

逸禽：高飞的禽鸟。

鲂鰡：水底吹沙的小鱼。

曜灵：太阳。

俄景：太阳偏西。

望舒：传说中为月亮驾车的仙人，亦代指月亮。

般游：游乐。

劬：劳苦。

五弦：指古琴，相传伏羲氏始造琴为五弦，西周时期复增二弦，故后世古琴多为七弦。

奋藻：谓奋笔写作。藻，辞藻。

原典　四民月令·正月　节选

正月之朔，是谓正日，躬率妻孥，洁祀祖祢。前期三日，家长及执事，皆致齐焉。及祀日，进酒降神。毕，乃室家尊卑，无大无小，以次列于先祖之前。子、妇、孙、曾，各上椒柏酒于其家长，称觞举寿，欣欣如也。谒贺君、师、故将、宗人、父兄、父友、友、亲、乡党耆老。是月也，择元日，可以冠子。

农事未起，命成童以上入大学，师法未备，勿读书传。研冻释，命幼童入小学，学篇章。命女红趋织布。自朔暨晦，可移诸树，竹、漆、桐、梓、松、柏、杂木；惟有果实者，及望而止。

雨水中，地气上腾，土长冒橛，陈根可拔，急菑强土黑垆之田。可种春麦、豍豆，尽二月止。可种瓜、瓠、芥、葵、薤，大、小葱，蓼、苏、苜蓿子及杂蒜、芋。可别薤、芥。粪田畴。自是月以终季夏，不可以伐竹木——必生蠹虫。

导读　本篇节选自东汉崔寔所著《四民月令》。四民指的是士、农、工、商，此概念早于春秋时已出现；月令是一种文章体裁，现存《礼记》中有一篇《月令》，记述每年夏历十二个月的时令物事，以及朝廷执行祭祀礼仪、职务、法令、禁令等的相应安排。《四民月令》也按照一年十二个月的时间顺序和自然规律记述了农业、手工业、商业、教育、节事等日常生产生活的安排建议，体现了东汉时期开始兴盛的地主庄园经济活动的常态，是我们全面了解中国古代劳动生活的珍贵资料。

节选段落记载了正月之中祭祖、拜年、入学、植树、播种等日常的生产生活内容，充满新春到来的祥和喜悦和勃勃生机，即使在1800多年后的今天，依然可以让我们在阅读中感到熟悉的温暖。

释义　朔：阴历每月的第一天。正月之朔即大年初一。朔，一作“旦”。

妻孥：妻子和儿女。

祖祢：先祖和先父，亦泛指祖先。

致齐：同“致斋”，举行祭祀前清心洁身。

进酒降神：在神位前敬奉祭酒，请祖先和神灵来享用。

椒柏酒：椒酒和柏酒，用花椒和柏叶泡的酒，古人认为饮之可以益寿延年。

称觞举寿：举杯祝寿。觞，酒杯。

乡党耆老：同乡德高望重的老人。

冠子：为儿子行冠礼（成人礼）。

研：同“砚”，砚台。

暨晦：到月末。晦，阴历每月的最后一天。

望：阴历每月的第十五日。

雨水：二十四节气中的第二个节气。

橛（jué）：树木的残根。

菑（zì）：开垦、翻土。

强土黑垆之田：有坚硬黑土的田地。

豍（bī）豆：指豌豆。

瓠（hù）：今多称“瓠子”，果实长圆形，青嫩可食。

薤（xiè）：指藠（jiào）头。

蓼：一年生草本植物，生长在水边或水中，茎叶味辛辣，可用以调味。

苏：一年生草本植物，叶两面或背面带紫色，茎、叶、种子入药，嫩叶可用以调味、去腥，种子可榨油。

季夏：夏天的最后一个月，即农历六月。

蠹（dù）虫：蛀虫。

第五周

原典　道德经·上善若水

上善若水。水善利万物而不争，处众人之所恶，故几于道。居善地，心善渊，与善仁，言善信，正善治，事善能，动善时。夫唯不争，故无尤。

导读　《上善若水》出自老子的《道德经》第八章。老子用水之特征和作用来比喻最优秀的领导者所应该具有的人格特征。水最基本的特征和作用主要有四点：第一，柔弱，水是天下最为柔弱的东西；第二，水善于趋下，善于处在低下的位置，善于停留在卑下的地位；第三，包容、宽容，小溪注入江河，江河注入大海，因而水具有容纳同类的无穷力量；第四，滋养万物而不与之相争。老子认为，最优秀的领导者，具有如水一般的最完善的人格。这样的人，愿意去别人不愿意去的地方，愿意做别人不愿意做的事情。

释义　最高的德行好像水。水最能便利万物而又不与它们相争，停留在人们所厌恶的地方，所以水最接近道。上善的人居住的地方最能适应地势，心思最沉静，交往最友好，说话最讲信用，执政的时候最会治理，办事最能干，行动最合时宜。正因为与一切无争，所以没有过失，心中也不会有遗憾。

原典　道德经·信言不美

信言不美，美言不信。善者不辩，辩者不善。知者不博，博者不知。圣人不积，既以为人己愈有，既以与人己愈多。天之道，利而不害；圣人之道，为而不争。

导读 “信言不美，美言不信。善者不辩，辩者不善。知者不博，博者不知。”这三句从人类认识事物的角度提出了“信”与“美”、“善”与“辩”、“知”与“博”的矛盾对立关系，是善者、圣人（具有最完善人格的人）立言、立学、求知的准则。

释义 真实可信的话不漂亮，漂亮的话不真实。善良的人不巧言善辩，巧言善辩的人不善良。真正有知识的人不卖弄，卖弄自己懂得多的人不是真有知识。圣人是不存占有之心的，而是尽力照顾别人，他自己也更为充足；他尽力给予别人，自己反而更丰富。自然的规律是让万事万物都得到好处，而不伤害它们。圣人的行为准则是做什么事都不跟别人争夺。

智

原典 孟子·弈秋

弈秋，通国之善弈者也。使弈秋诲二人弈，其一人专心致志，惟弈秋之为听；一人虽听之，一心以为有鸿鹄将至，思援弓缴而射之。虽与之俱学，弗若之矣。为是其智弗若与？曰：非然也。

导读 孟子认为，“认真”二字是学习所不能缺少的。即使先天条件再好，如果不认真学习，恐怕也不能够成才。这则寓言故事，正是从反面来说明一个人若要成才必须认真和勤奋的道理。故事中那位“一心以为有鸿鹄将至，思援弓缴而射之”的学棋者，并不是他的智力不如别人，而是因为他不能够专心致志听弈秋讲课，虽然与前一个人一起学习，同样是上着名师的课，他却远远比不上人家。

释义 弈秋：古代棋手的名字，因善于下棋，故人称为“弈秋”。

通国：指全城。国，这里指都城。

鸿鹄：鸿，大雁。鹄，天鹅。

缴：系在箭上的丝绳。这里指射鸟用的带有丝绳的箭。

与：同“欤”，表示反诘。

原典　洛神赋　节选

……其形也，翩若惊鸿，婉若游龙。荣曜秋菊，华茂春松。髣髴兮若轻云之蔽月，飘飖兮若流风之回雪。远而望之，皎若太阳升朝霞；迫而察之，灼若芙蕖出渌波。秾纤得衷，修短合度。肩若削成，腰如约素。延颈秀项，皓质呈露。芳泽无加，铅华弗御。云髻峨峨，修眉联娟。丹唇外朗，皓齿内鲜。明眸善睐，靥辅承权。瓌姿艳逸，仪静体闲。柔情绰态，媚于语言。奇服旷世，骨像应图。披罗衣之璀粲兮，珥瑶碧之华琚。戴金翠之首饰，缀明珠以耀躯。践远游之文履，曳雾绡之轻裾。微幽兰之芳蔼兮，步踟蹰于山隅。于是忽焉纵体，以遨以嬉。左倚采旄，右荫桂旗。攘皓腕于神浒兮，采湍濑之玄芝。

导读　本篇节选自曹植《洛神赋》，主要描写洛神的仪态、容貌、身材、服饰、风度。作者用丰富多彩的词汇，精当细腻地描绘了洛神的形象。从整体到局部，从静态到动态，层次清楚，井然有序。作者从总体比喻着手，先给人造成一种印象，然后由整体到局部进行深入刻画，形神皆备，栩栩如生。在曹植的笔下，洛神之美可谓旷世绝伦，无以复加。他的写法，尽管受到宋玉《高唐赋》《神女赋》的影响，在文辞、形象、格调上亦有《楚辞》的影子，但《洛神赋》显然比前人更高一筹，华而不涩，感情深挚，既有承继又有创新，在艺术上给人以新的启迪，受到后世的广泛称颂。

释义　秾纤得衷，修短合度：这是说洛神胖瘦合宜，高矮恰当。秾，体态丰盈。纤，体态苗条。修，个子高。短，个子矮。

芳泽无加，铅华弗御：这句是说洛神不用化妆就很美。芳泽、铅华都是指化妆品。

明眸善睐，靥辅承权：明亮的眼睛顾盼有神，面颊上有酒窝。

奇服旷世，骨像应图：服装当世无与伦比，形象和画里的一样。

披罗衣之璀粲兮，珥瑶碧之华琚。戴金翠之首饰，缀明珠以耀躯。践远游之文履，曳雾绡之轻裾。微幽兰之芳蔼兮，步踟蹰于山隅：此段中每句的第一字，披、珥、戴、缀、践、曳、微、步都作动词用。

于是忽焉纵体，以遨以嬉。左倚采旄，右荫桂旗。攘皓腕于神浒兮，采湍濑之玄芝：忽然又飘然轻举，且行且戏，左面倚着彩旄，右面有桂旗庇荫，在河滩上伸出素手，采撷急流边的黑色芝草。

智 原典 资治通鉴·淝水之战 节选

秦兵逼肥水而陈，晋兵不得渡。谢玄遣使谓阳平公融曰："君悬军深入，而置陈逼水，此乃持久之计，非欲速战者也。若移陈少却，使晋兵得渡，以决胜负，不亦善乎！"秦诸将皆曰："我众彼寡，不如遏之，使不得上，可以万全。"坚曰："但引兵少却，使之半渡，我以铁骑蹙而杀之，蔑不胜矣！"融亦以为然，遂麾兵使却。秦兵遂退，不可复止。谢玄、谢琰、桓伊等引兵渡水击之。融驰骑略陈，欲以帅退者，马倒，为晋兵所杀，秦兵遂溃。玄等乘胜追击，至于青冈；秦兵大败，自相蹈藉而死者，蔽野塞川。其走者闻风声鹤唳，皆以为晋兵且至，昼夜不敢息，草行露宿，重以饥冻，死者什七八。初，秦兵少却，朱序在陈后呼曰："秦兵败矣！"众遂大奔。序因与张天锡、徐元喜皆来奔。获秦王坚所乘云母车。复取寿阳，执其淮南太守郭褒。

…… ……

谢安得驿书，知秦兵已败，时方与客围棋，摄书置床上，了无喜色，围棋如故。客问之，徐答曰："小儿辈遂已破贼。"既罢，还内，过户限，不觉屐齿之折。

导读 本篇节选自《资治通鉴·晋纪》孝武帝太元八年（383）十一月事，反映的是我国历史上著名的以少胜多的战役——"淝水之战"。这场战役是东晋十六国时期北方的统一政权前秦向南方的东晋发起的吞并战争中的决定性一战，八十万秦军与八万晋军在淝水（今安徽淮南寿县东南方）

会战，最终晋军以谋略大败前秦军，前秦由此衰败灭亡，北方各民族纷纷脱离前秦的统治，建立起后秦、后燕等数个政权。而东晋则趁此北伐，把边界推进到了黄河一线，此后数十年间再无北方边患。晋军以少胜多的关键，就是古代数十万众大军的指挥效率很低，前军一旦后退，后军很难及时了解退却的原因，极易演变为无序的大溃逃。因此，古代大规模战争中军心、阵脚的稳定至关重要，而两军阵前的先声夺气也是取胜常法。

释义 肥水：指“淝水”。

谢玄：陈郡谢氏子弟，东晋名将，太傅谢安之侄。

阳平公融：苻融，秦帝苻坚幼弟，封阳平公。

蹙：逼退。

蔑不胜矣：没有不胜的道理了。

谢琰：陈郡谢氏子弟，东晋将领，谢安次子。

桓伊：谯国铚县桓氏子弟，东晋将领、名士、音乐家。

驰骑略陈：纵马巡视阵地。

青冈：地名，在今安徽凤台县西北。

蹈藉：踩踏。

朱序：东晋名将，此时被俘在秦军阵中。

张天锡：前凉政权（被前秦所灭）末代国君，此时亦在秦军阵中。

徐元喜：东晋平虏将军，此前在寿阳被秦军俘虏。

郭褒：苻融的参军，此前秦取淮南后被任命为淮南太守。

摄书：收起书信。

户限：门槛。

屐齿：支撑木屐板的木齿。

德 原典　晏子春秋·出裘发粟　节选

景公之时，雨雪三日而不霁。公被狐白之裘，坐于堂侧阶。晏子入见，立有间。公曰："怪哉！雨雪三日而天不寒。"晏子对曰："天不寒乎？"公笑。晏子曰："婴闻古之贤君饱而知人之饥，温而知人之寒，逸而知人之劳，今君不知也。"公曰："善，寡人闻命矣。"乃出裘发粟以与饥寒者。

导读　晏婴亦称"晏子"，是春秋后期一位十分重要的政治家、思想家、外交家，以有政治远见和外交才能、作风朴素闻名。他忧国忧民，敢于直谏，在诸侯和百姓中享有极高的声誉。晏婴善于辞令，主张以礼治国，曾力谏齐景公轻赋省刑。

推己及人是一种美德。如果仅仅停留在思想与言语层面，仅仅表示同情、怜悯，这还不能称为推己及人，推己及人要有行动。自己温饱能想到尚未得到温饱的人，而且能够想方设法使那些人也得到温饱。晏子想到了齐国还有人在挨饿受冻，但是，他心有余而力不足，于是找到机会启发景公来完成救济饥寒这件善事。

释义　齐景公的时候，一连下了三天大雪，而天还不放晴。齐景公披着精美的狐裘，坐在殿堂旁的台阶上。晏子觐见，立了一会儿。齐景公说："奇怪呀，下雪下了三天而天不冷。"晏子答道："天不冷吗？"齐景公笑笑。晏子说："我听说古时候的贤君，自己吃饱了却也知道别人的饥饿，自己穿暖了却也知道别人的寒冷，自己安逸了却也知道别人的劳累。现在，君王您不知道（这么想）了。"景公说："好！我愿意受您的教诲了。"于是便命令人发放皮衣和粮食给饥饿寒冷的人。

德 原典　孟子·鱼我所欲也

鱼，我所欲也；熊掌，亦我所欲也。二者不可得兼，舍鱼而取熊掌者也。生，亦我所欲也；义，亦我所欲也。二者不可得兼，舍生而取义者也。生亦我所欲，所欲有甚于生者，故不为苟得也；死亦我所恶，所恶有甚于死者，故患有所不辟也。如使人之所欲莫甚于生，则凡可以得生者何不用也？使人之所恶莫甚于死者，则凡可以避患者何不为也？由是则生而有不用也，由是则可以避患而有不为也。是故所欲有甚于生者，所恶有甚于死者。非独贤者有是心也，人皆有之，贤者能勿丧耳。

导读　孟子（约前372—约前289），名轲，字子舆，战国时期伟大的思想家、教育家、政治家、文学家。儒家的主要代表之一。《鱼我所欲也》选自《孟子·告子上》，论述了孟子的一个重要主张——义重于生。当义和生不能两全时，应该舍生取义。孟子认为，自己做了坏事感到耻辱，别人做了坏事感到厌恶，这就是义；义是有道德的君子所必须遵循的正路。孟子从正面、反面、客观事实等三个方面论证了舍生取义的意义，用具体的事例使这种道理更令人信服、被人接受。孟子警告并批判了“万钟则不辩礼义而受之”的行径。其文气势充沛，感情强烈，生动活泼，充分体现了孟子大义凛然的个性，表现了孟子雄辩、善辩的才华。本篇使用比喻把道理说得深入浅出、生动有趣，大量运用对比的手法，将道理说得更加清楚，给人的印象特别深刻，加强了文章的说服力。

释义　鱼是我想要的，熊掌也是我想要的，如果这两种东西不能同时得到，那么我宁愿舍弃鱼而选取熊掌。生命是我想要的，正义也是我想要的，如果这两样东西不能同时得到，那么我宁愿牺牲生命而选取大义。生命是我想要的，但我想要的还有胜过生命的，所以我不做苟且偷生的事；死亡是我厌恶的，但我厌恶的还有超过死亡的事，所以有的灾祸我不躲避。如果人们想要的东西没有比生命更重要的，那么凡是一切可以保全生命的方法，又有什么手段不可用呢？如果人们厌恶的事情没有超过死亡的，那么凡是能够用来逃避灾祸的坏事，哪一桩不可以干呢？采用某种手段就能够活命，可是有的人却不肯采用；采用某种办法就能够躲避灾祸，可是有的人也不肯采用。由此可见，他们所喜爱的有比生命更宝贵的东西（那就是“义”）；他们所厌恶的，有比死亡更严重的事（那就是“不义”）。不仅贤人有这种思想，人人都有，只不过是贤人能够不丢掉罢了。

原典　荀子·劝学　节选

君子曰：学不可以已。青，取之于蓝，而青于蓝；冰，水为之，而寒于水。木直中绳，𫐓以为轮，其曲中规。虽有槁暴，不复挺者，𫐓使之然也。故木受绳则直，金就砺则利，君子博学而日参省乎己，则知明而行无过矣……

吾尝终日而思矣，不如须臾之所学也；吾尝跂而望矣，不如登高之博见也。登高而招，臂非加长也，而见者远；顺风而呼，声非加疾也，而闻者彰。假舆马者，非利足也，而致千里；假舟楫者，非能水也，而绝江河。君子生非异也，善假于物也……

积土成山，风雨兴焉；积水成渊，蛟龙生焉；积善成德，而神明自得，圣心备焉。故不积跬步，无以至千里；不积小流，无以成江海。骐骥一跃，不能十步，驽马十驾，功在不舍。锲而舍之，朽木不折；锲而不舍，金石可镂。蚓无爪牙之利，筋骨之强，上食埃土，下饮黄泉，用心一也。蟹六跪而二螯，非蛇鳝之穴无可寄托者，用心躁也。

是故无冥冥之志者，无昭昭之明；无惛惛之事者，无赫赫之功。行衢道者不至，事两君者不容。目不能两视而明，耳不能两听而聪。螣蛇无足而飞，鼫鼠五技而穷。《诗》曰：“尸鸠在桑，其子七兮。淑人君子，其仪一兮。其仪一兮，心如结兮！”故君子结于一也。

导读 《劝学》是《荀子》中的第一篇，是围绕学习问题系统阐述学习的重要、学习的态度、学习的内容和方法的论说文。文章说理深入，结构严谨，是先秦论说文的代表作之一。这里仅节选其中一段有关学习态度和方法的论述，作者通过巧妙设喻，以例说理，围绕“怎么学”的问题，阐述了只有长期积累、持之以恒，才能学有所成的道理。在论述手法上则通过利用比喻的连续转化和铺开，形成整齐而又富于变化的句式，达到了娓娓道来、层层递进的效果。

释义 青，取之于蓝：靛青，从蓝草中取得。青，靛青，一种染料。蓝，蓼蓝。蓼蓝，一年生草本植物，茎呈红紫色，叶子长椭圆形，叶子干时呈暗蓝色，花呈淡红色，穗状花序，结瘦果，果呈黑褐色。叶子含蓝汁，可以做蓝色染料。

中绳：（木材）合乎拉直的墨线。木工用拉直的墨线来取直。

輮：通“煣”，用火烤使木条弯曲（一种手工艺）。

虽有槁暴：即使又被风吹日晒而干枯了。有，同“又”。槁，枯。暴，同“曝”，晒干。槁暴，枯干。

驽马十驾：劣马拉车连走十天。驽马，劣马。驾，马拉车一天所走的路程叫“一驾”。

跬步：古代称跨一脚为“跬”，跨两脚为“步”。

金石可镂：金，金属。石，石头。镂，原指在金属上雕刻，泛指雕刻。

原典 琴赋序

余少好音声，长而翫之。以为物有盛衰，而此无变；滋味有厌，而此不倦；可以导养神气，宣和情志，处穷独而不闷者，莫近于音声也。是故，复之而不足，则吟咏以肆志；吟咏之不足，则寄言以广意。然八音之器，歌舞之象，历世才士。并为之赋颂。其体制风流，莫不相袭。称其材干，则以危苦为上；赋其声音，则以悲哀为生；美其感化，则以垂涕为贵。丽则丽矣，然未尽其理也。推其所由，似元不解音声；览其旨趣，亦未达礼乐之情也。众器之中，琴德最优。故缀叙所怀，以为之赋。

导读 本篇为三国时期曹魏文学家、音乐家嵇康所作《琴赋》的序言。《琴赋》一文从琴器之用材、巧匠之制琴、琴的外在纹饰、琴的演奏情状，以及琴曲的发展、风格、美感等多方面描述了古琴的艺术之美。此节选段落作为此赋的序言，叙述了作者自己钟情于古琴和音乐的缘由，也抒发了对于古琴所代表的更高音乐境界和道德境界的向往。

释义 宣和：疏通调和。

莫近于音声也：没有什么比音乐更符合的了。

复：指依谱奏曲。

广意：传达旨趣。

八音之器：指用金（如钟）、石（如磬）、土（如埙）、革（如鼓）、丝（如琴）、木（如柷）、匏（如笙）、竹（如笛）八类材料制作的乐器，我国传统乐器的总称。

以危苦为上：以表现危难困苦为上。

礼乐之情：礼乐的真正意义。

缀叙所怀：记述心中的想法。

原典 文心雕龙·情采 节选

昔诗人什篇，为情而造文；辞人赋颂，为文而造情。何以明其然？盖《风》、《雅》之兴，志思蓄愤，而吟咏情性，以讽其上，此为情而造文也；诸子之徒，心非郁陶，苟驰夸饰，鬻声钓世，此为文而造情也。故为情者要约而写真，为文者淫丽而烦滥。而后之作者，采滥忽真，远弃《风》、《雅》，近师辞赋，故体情之制日疏，逐文之篇愈盛。故有志深轩冕，而泛咏皋壤。心缠几务，而虚述人外。真宰弗存，翩其反矣。

夫桃李不言而成蹊，有实存也；男子树兰而不芳，无其情也。夫以草木之微，依情待实；况乎文章，述志为本。言与志反，文岂足征？

是以联辞结采，将欲明经，采滥辞诡，则心理愈翳。固知翠纶桂饵，反所以失鱼。“言隐荣华”，殆谓此也。是以“衣锦褧衣”，恶文太章；《贲》象穷白，贵乎反本。夫能设模以位理，拟地以置心，心定而后结音，理正而后摛藻，使文不灭质，博不溺心，正采耀乎朱蓝，间色屏于红紫，乃可谓雕琢其章，彬彬君子矣。

赞曰：言以文远，诚哉斯验。心术既形，英华乃赡。

吴锦好渝，舜英徒艳。繁采寡情，味之必厌。

导读 我国南朝时期文学理论家刘勰所著《文心雕龙》对前代文学做了全面的总结和评价，系统论述了文学创作和鉴赏的重要问题与方法，肯定了文学创作的发展变化，强调了文学与政治、社会的关系。《文心雕龙》使中国古代的文学批评理论进入系统完整的新阶段，是文学批评史上的杰作。本篇节选自《文心雕龙》的第三十一篇《情采》。《情采》的“情”指情理，即文章的思想内容，而“采”指文采，即文章的表现形式，节选段落深刻论述了二者的关系，对当时盛行的“繁采寡情”的形式主义文风提出了尖锐的批判，提倡了先确定文章主旨思想，再辅之以文采辞藻的写作正途。

释义 诗人什篇：指《诗经》一类的现实主义文学作品。

辞人赋颂：指辞、赋一类铺陈辞藻的文学作品。

《风》《雅》：《诗经》中与现实社会生活联系最为紧密的两类作品，即《国风》和《大雅》《小雅》。

轩冕：古时大夫以上官员的车乘和冕服，代指官位爵禄。

翩其反矣：语出《诗经·小雅·角弓》，意为方向完全相反。

桃李不言而成蹊：因为桃树李树有花有果，所以就算它们不会说话，人们也会自己踩出小路来到它们的树下。出自《史记·李广列传》。

言隐荣华：原文为“言隐于荣华”，出自《庄子·齐物论》，意思是至理名言会被华美的辞藻所掩盖。

衣锦褧（jiǒng）衣：语出《诗经·卫风·硕人》，穿锦衣时外面再套上麻纱罩衣，以掩盖其华丽，比喻不炫耀于人。

《贲》象穷白：贲卦的卦象最终归于白色，贲卦是《易经》第二十二卦，其六爻中最后一爻的《象》辞曰："白贲，无咎，上得志也。"

正采：也就是正色，指青、赤、黄、白、黑五色。朱、蓝，即正色中的赤、青二色。

间色：由正色相间杂而成的杂色，如绿、红、碧、紫之类。古代的"红"指的是今天粉红、桃红一类的颜色。

言以文远：文章有华美的文采才能流传久远。

吴锦好（hào）渝：吴地所产的锦绣容易褪色。

舜英：也就是木槿（jǐn）花，朝开暮落，有花无实。

原典　孟子·得道多助

天时不如地利，地利不如人和。

三里之城，七里之郭，环而攻之而不胜。夫环而攻之，必有得天时者矣；然而不胜者，是天时不如地利也。

城非不高也，池非不深也，兵革非不坚利也，米粟非不多也；委而去之，是地利不如人和也。

故曰：域民不以封疆之界，固国不以山溪之险，威天下不以兵革之利。得道者多助，失道者寡助。寡助之至，亲戚畔之；多助之至，天下顺之。以天下之所顺，攻亲戚之所畔，故君子有不战，战必胜矣。

导读　“得道多助，失道寡助”是孟子的一个著名论断。孟子通过论述战争胜负的问题，引出了“得道多助，失道寡助”的观点，在孟子看来，民心向背对于战争具有根本性的意义，对于政治也具有同样重要的意义。孟子反对战争，主张施行仁政，孟子认为，得天下之道，即是施行仁政。仁政是“得其心”之政，那么如何“得其心”、如何施行仁政呢？孟子提出了“保民”的思想。保民，就是关爱和保护人民，它要求君主做到“所欲与之聚之，所恶勿施”，就是人民所希望的就替他们聚积起来，人民所厌恶的不要强加给他们。人民所希望的是什么呢？当然是富裕幸福的生活。孟子认为，这是施行仁政的根本着眼点，做到了这一点，然后民心归服、天下归服，是任何力量都阻止不了的。

释义　天时：指有利于作战的时令、气候、机会等。

兵革：泛指武器装备。

封疆之界：划定的边疆界线。

得道者：施行仁政的君主。失道者：不施行仁政的君主。

亲戚：内外亲属，包括父系亲属和母系亲属。

德 原典　史记·孔子世家　节选

他日，叶公问孔子于子路，子路不对。孔子闻之，曰："由，尔何不对曰：'其为人也，学道不倦，诲人不厌，发愤忘食，乐以忘忧，不知老之将至'云尔。"

导读　司马迁在这里引用了《论语·述而》中孔子自述心态的一段对话，介绍孔子的"发愤忘食，乐以忘忧"，说这个人勤奋起来，往往是忘记了吃饭，高兴得忘记了忧愁，连自己老了都觉察不出来。表现了孔子从读书学习和各种活动中体味到无穷乐趣，不为身旁的小事而烦恼，表现出了积极向上的精神面貌。这也说明了一个道理：学习不仅可以作为增长知识、技术和才能的一种手段，更可以作为一种人生乐趣和精神追求。

释义　他日：异日，另外一天。

叶公：沈诸梁，楚国大夫，因封地在叶城（今河南叶县南），所以叫叶公。

问孔子于子路：向子路打听孔子的情况。子路，孔子的学生。

由：即子路，子路字仲由。

学道不倦，诲人不厌：学习道理不知道疲倦，教导别人不知道厌烦。

劳 原典　齐民要术·序　节选

盖神农为耒耜，以利天下；尧命四子，敬授民时；舜命后稷，食为政首；禹制土田，万国作乂；殷周之盛，诗书所述，要在安民，富而教之。

《管子》曰："一农不耕，民有饥者；一女不织，民有寒者。""仓廪实，知礼节；衣食足，知荣辱。"丈人曰："四体不勤，五谷不分，孰为夫子？”

《传》曰：“民生在勤，勤则不匮。”《语》曰：“力能胜贫，谨能胜祸。”盖言勤力可以不贫，谨身可以避祸。故李悝为魏文侯作尽地力之教，国以富强；秦孝公用商君，急耕战之赏，倾夺邻国而雄诸侯。

“……故自天子以下，至于庶人，四肢不勤，思虑不用，而事治求赡者，未之闻也。”“故田者不强，囷仓不盈；将相不强，功烈不成。”

……　……

晁错曰：“圣王在上而民不冻饥者，非能耕而食之，织而衣之，为开其资财之道也。”“夫寒之于衣，不待轻暖；饥之于食，不待甘旨。饥寒至身，不顾廉耻。一日不再食则饥，终岁不制衣则寒。夫腹饥不得食，体寒不得衣，慈母不能保其子，君亦安能以有民？”……

导读　北魏贾思勰所著《齐民要术》是我国现存最早的一部综合性农学著作，也是世界农学史上最早的专著之一。全书内容极为丰富，在农、林、牧、副、渔等农业范畴内都有所涉及。全书结构严谨，重点突出，主次分明，详略适宜，从开荒到耕种，从生产前的准备到生产后的农产品加工、酿造与利用，论述全面，脉络清楚，许多方面有独到而精辟的见解，是我国古代农业生产的一部百科全书。

释义　神农：指神农氏，中国上古部落联盟首领，他制作了耒、耜这两种农具，来发展农业生产。

尧：上古时期部落联盟首领。四子指羲仲、羲叔、和仲、和叔。古籍记载，尧命四人厘定春夏秋冬四时，以正农时。

舜：上古时期部落联盟首领，是尧的继任者。

后稷：古籍记载他是我国的农耕始祖、五谷之神。

食为政首：舜认为，要治理国家，解决吃饭问题是最大的事情。

禹：舜的继承者，是传说中夏朝的开国君王。

乂：割草、割麦。

《管子》：是记载春秋时期(前770—前476)管仲及管仲弟子言行事迹的书。

原典 梦溪笔谈·猫眼与正午牡丹

藏书画者，多取空名。偶传为钟、王、顾、陆之笔，见者争售，此所谓“耳鉴”。又有观画而以手摸之，相传以为色不隐指者为佳画，此又在耳鉴之下，谓之“揣骨听声”。欧阳公尝得一古画，牡丹丛其下有一猫，未知其精粗。丞相正肃吴公与欧公姻家，一见曰：“此正午牡丹也。何以明之？其花披哆而色燥，此日中时花也；猫眼黑睛如线，此正午猫眼也。有带露花，则房敛而色泽。猫眼早暮则睛圆，日渐中狭长，正午则如一线耳。”此亦善求古人笔意也。

导读 沈括在这条笔记中，先批评了当时流行于书画鉴赏界的一种“耳鉴”与“揣骨听声”的现象：一些收藏书画作品的人，往往只注重书画家的名声，偶然传闻某幅作品为名家之作就争相购买，这就叫作“耳鉴”。又有以为画布不硌手指的为佳画，被称为“揣骨听声”。沈括在这条笔记中饶有兴致地记述了吴育评画的高明之处。吴育之所以敢于断定那幅画所画的是正午时分的牡丹，一靠敏锐的观察和分析能力，二靠生活常识和科学知识。他列举了两方面的有力证据：一是看花的外形和色泽，因为画中的牡丹花冠绽放、花瓣分散、色泽干燥，这是花儿经过较长时间日晒才会出现的典型特征，跟花冠收拢、色泽湿润的带露朝花是完全不同的，因此可以断定所画的是正午时候的花；二是看猫的眼睛，猫眼的瞳孔会随着光线变化而改变形状，这种变化是独特的（不是由大变小，而是在圆形、竖立的扁圆形直至线形之间变化，这一点更有力地证明了画中牡丹为正午牡丹）。

释义 欧阳公：指欧阳修。

正肃吴公：吴育。

披哆（chǐ）：文中指花朵完全开放、花瓣散开。哆，张开口的样子。

房敛：文中是“花冠收紧”的意思。房，花房，指花瓣的总体，也就是花冠。

原典 人间词话 节选

古今之成大事业大学问者，必经过三种之境界："昨夜西风凋碧树。独上高楼，望尽天涯路。"此第一境也。"衣带渐宽终不悔，为伊消得人憔悴。"此第二境也。"众里寻他千百度，回头蓦见，那人正在灯火阑珊处。"此第三境也。此等语皆非大词人不能道。然遽以此意解释诸词，恐为晏、欧诸公所不许也。

…… ……

美之为物有两种：一曰优美，一曰壮美。苟一物焉，与吾人无利害之关系，而吾人之观之也，不观其关系，而但观其物，或吾人之心中无丝毫生活之欲存，而其观物也，不视为与我有关系之物，而但视为外物：则今之所观者，非昔之所观者也。此时吾心宁静之状态，名之曰优美之情，而谓此物曰优美。若此物大不利于吾人，而吾人生活之意志为之破裂，因之意志遁去，而知力得为独立之作用，以深观其物，吾人谓此物曰壮美，而谓其感情曰壮美之情。

导读 《人间词话》是国学大师王国维所著，是近代中国最负盛名的一部词话著作，在中国诗话、词话发展史上是一部划时代的作品。全书观点新颖、立论精辟、自成体系，一直受到国内外学者的重视。这里所选的第一则，是作者用三句宋词概括人生和事业的三重境界。"三重境界"说，受到了后人的广泛接受和推崇，影响深远。本篇第二则选自《人间词话》的附录，是《红楼梦评论》第一章《人生及美术之概观》中的一段话。在这段话中，王国维首次提出了美的两种形态——优美和壮美，并对这两种美学形态做了精当的解读，后人广为认同。

释义 "昨夜西风凋碧树。独上高楼，望尽天涯路"：词句出自宋代词人晏殊的《蝶恋花·槛菊愁烟兰泣露》。

“衣带渐宽终不悔，为伊消得人憔悴”：词句出自宋代词人柳永的《蝶恋花·伫倚危楼风细细》。

“众里寻他千百度，回头蓦见，那人正在灯火阑珊处”：词句出自宋代词人辛弃疾的《青玉案·元夕》。

德 原典 孟子·闻过则喜

孟子曰："子路，人告之以有过，则喜。禹闻善言，则拜。大舜有大焉，善与人同，舍己从人，乐取于人以为善。自耕稼、陶、渔，以至为帝，无非取于人者。取诸人以为善，是与人为善者也。故君子莫大乎与人为善。"

导读 人的本性往往是"闻喜则喜"，而古人有"闻过则喜"之说。要做到"闻过则喜"，需要一定的境界。孟子引用子路、禹、舜的事迹，目的在于劝诫人们要虚心接受别人的批评，要勇于检讨自己的缺点，学习别人的优点，要对批评者心怀感激，让美德善行流行于天下。

释义 孟子说："子路，别人指出他的过错，他就很高兴。大禹听到有教益的话，就给人家敬礼。伟大的舜帝更为了不得，总是与别人共同做善事。舍弃自己的缺点，学习人家的优点，非常快乐地吸取别人的长处来行善。从他种地、做陶器、捕鱼一直到做帝王，没有哪个时候他不向别人学习。吸取别人的优点来行善，也就是与别人一起来行善。所以君子最重要的就是要与别人一起来行善。"

德 原典 孟子·习焉不察

孟子曰："求则得之，舍则失之，是求有益于得也，求在我者也。求之有道，得之有命，是求无益于得也，求在外者也。"

孟子曰："万物皆备于我矣。反身而诚，乐莫大焉。强恕而行，求仁莫近焉。"

孟子曰："行之而不著焉，习矣而不察焉，终身由之而不知其道者，众也。"

导读 对于知识的积累、思想的修养、人生境界的追求，是精神的自我完善。金钱富贵、名誉地位则是身外之物。前者全在于自我，只要坚持追求，便可以一分耕耘，一分收获。后者则是谋事在人，成事在天。所以，"命里有时终须有，命里无时莫强求"。当然，不强求并不是完全拒斥，而是要顺其自然。就像孔子对待金钱富贵的态度："如不可求，从吾所好。"如果求不到，那还是让我做自己喜欢的事吧。

所谓"万物皆备于我"，并不是说"万物都为我而存在"，不能由此认为孟子是典型的主观唯心主义者。孟子的意思是说天地万物的本性我都具备了，所以天地万物本性才能备于我心。因此，"反身而诚，乐莫大焉"，与其向外求索，不如向内探求来达到天人合一的境界，这样便会得到莫大的快乐。这是一种认识的快乐，探求真理的快乐。但是，仅有认识，仅有自身的发现还不够，还要"强恕而行"，尽力按恕道办事，这样来实行仁道。所谓恕道，就是孔子反复强调的"己所不欲，勿施于人"。如果说"反身而诚，乐莫大焉"是一种认识的快乐，局限于自身，那么"强恕而行，求仁莫近焉"就是一种实践的快乐，涉及他人与社会。

释义 孟子说："求索就能得到，放弃便会失去，这种求索有益于得到，因为所求的东西就存在于我自身。求索有一定的方法，能否得到却取决于天命，这种求索无益于得到，因为所求的东西是身外之物。"

孟子说："万物的本性我都具备了。向内探求到至诚境界，便是最大的快乐。尽力按恕道办事，便是最接近仁德的道路。"

孟子说："做了而不明白，习惯了而不觉察，一辈子走这条路，却不知道那是条什么路，这种人是一般的人。"

原典　与朱元思书　节选

风烟俱净，天山共色，从流飘荡，任意东西。自富阳至桐庐一百许里，奇山异水，天下独绝。水皆缥碧，千丈见底。游鱼细石，直视无碍。急湍甚箭，猛浪若奔。夹岸高山，皆生寒树，负势竞上，互相轩邈，争高直指，千百成峰。泉水激石，泠泠作响；好鸟相鸣，嘤嘤成韵。蝉则千转不穷，猿则百叫无绝。鸢飞戾天者，望峰息心；经纶世务者，窥谷忘返。横柯上蔽，在昼犹昏；疏条交映，有时见日。

导读　这是吴均写给朋友朱元思（一作宋元思）的一篇写景小品文，绘声绘色地描写了富阳至桐庐一百多里的富春江上的雄奇景色。这篇文章可分为两段，从“风烟俱净”至“天下独绝”为第一段，总叙富春江奇美秀丽的景色。作者乘舟顺流而下，随波任意飘荡，在描绘天下独绝的秀美江山时，也抒发了作者陶醉于大自然的闲适心情。第二段从“水皆缥碧”至“有时见日”，具体描绘了山之奇、水之异。其中细腻地描绘了江水的澄澈，江流的汹涌，高山奇树，峰峦叠嶂，泉声、鸟鸣、蝉噪、猿啼组成了一部美妙的大自然交响曲。同时也委婉地表达了作者避世退隐的高洁志趣。这篇骈体抒情小品写得绘声绘色、清新秀丽、淡雅自然、意境幽深，读后使人恍如亲临其境，久久萦怀，是一篇千古流传的美文。

释义　互相轩邈：争着向上。

鸢飞戾天者，望峰息心：鸢，鹰类猛禽。戾，同“唳”，鸣叫。这句是说，鸣叫着向高天冲飞的猛禽，见到如此高的山峰，也不敢向上飞了。

经纶世务者，窥谷忘返：忙于各种世间俗务的人，看到了这些山谷，也会流连忘返，产生归隐之心。

智 原典 隋书·皇甫绩传 节选

绩三岁而孤，为外祖韦孝宽鞠养。尝与诸外兄博弈，孝宽以其惰业，督以严训，愍绩孤幼，特舍之。绩叹曰："我无庭训，养于外氏，不能克躬励己，何以成立？"深自感激，命左右自杖三十。孝宽闻而对之流涕。于是精心好学，略涉经史。

导读 因为懈惰学业，皇甫绩的表兄们被外公训斥。考虑到皇甫绩是孤儿，外公不舍得责骂他，但是皇甫绩却主动守信求责。通过这样一个事例，说明有的人不需要戒尺帮助就能成才，有的人需要借助戒尺提醒才能成才，而前者成才要比后者容易得多，强调了自觉学习的重要性。

释义 绩：指皇甫绩，隋朝开国元勋。

鞠养：抚养，养育。

惰业：荒废学业。

愍：同"悯"，哀怜。

庭训：谓父教。

克躬励己：克制自身，勉励自己。

略涉：大略涉猎。

美 原典 正则丛刊·美育与美术 节选

教行乎自然，止于尽性。行动情生，亦尽情焉而已。

性惟生，竭生之能曰尽性。情惟爱生，竭生之爱曰尽情。

生有则，惟求适，适益求适。生之能终不可竭，生之爱亦终不可竭也。

生谓动变无极；适谓因动变而动变，变应变，应隘变纡，应泛变亟。生之则如是，爱生者爱是则。

相应斯和。独应众，和。众应独，和。众应众，和。独应独，和。和斯美，不相应斯乱。爱生者爱美，教止乱而尽爱，是为美育。

执，和之障，乱之源也。美育有序：观和，平执；观爱，止执；观执，绝执。

导读 吕凤子（1886—1959），原名吕濬，号凤子，别署凤先生。是现代著名教育家、国画家。江苏丹阳人。吕凤子1912年创办的正则女子学校，是镇江高等专科学校的前身之一。这是1947年6月吕凤子为正则学校校庆日所做的演讲，选自正则艺专刊印的《正则丛刊·美育与美术》。吕凤子是中国近代美育革命的积极倡导者、推动者和实践者。在每年的正则立校纪念日（6月6日）前后，吕凤子都为师生做专门讲话，不厌其烦地宣传美育主张，阐释“爱”与“美”的理念。在本篇演讲中，吕凤子从教育目的入题，强调要“尽性”“尽情”“适变”“应变”，从而达到“和美”的境界，他认为“教止乱而尽爱”就是美育。最后，吕凤子又对美育之“序”做了明确划分：让受教育者了解“和”的意义而平息心中的“执念”（私欲），学会用“爱”的情感去控制“执念”，通过了解认识“执念”而祛除“执念”，从而实现万异并存并成的美的世界。

释义 教行乎自然，止于尽性：教育的行为在于潜移默化，达到竭尽生命的能量。

应隘变纡，应泛变亟：针对狭窄的地势而使行动变得缓慢，针对地势的宽泛而使行动变得急迫。

相应斯和：互相适应、契合就是和。

独应众：个体能够适应群体。

爱生者爱美，教止乱而尽爱，是为美育：热爱生命的就是爱美，通过教育（祛除人的私欲），使纷乱的秩序变为充满爱的和谐环境，就是美育。

执：坚持，固执。指由虚妄分别之心对事物或事理固执不舍，又称迷执、执着。

第九周

原典　孟子·富贵不能淫

景春曰："公孙衍、张仪岂不诚大丈夫哉？一怒而诸侯惧，安居而天下熄。"

孟子曰："是焉得为大丈夫乎？子未学礼乎？丈夫之冠也，父命之；女子之嫁也，母命之，往送之门，戒之曰：'往之女家，必敬必戒，无违夫子！'以顺为正者，妾妇之道也。居天下之广居，立天下之正位，行天下之大道。得志与民由之，不得志独行其道。富贵不能淫，贫贱不能移，威武不能屈。此之谓大丈夫。"

导读　本文中，景春认为公孙衍、张仪能够左右诸侯，挑起国与国之间的战争，"一怒而诸侯惧，安居而天下熄"，是了不得的男子汉大丈夫。孟子则认为公孙衍、张仪之流靠摇唇鼓舌、曲意顺从诸侯的意思往上爬，没有仁义道德的原则，因此不过是小人、女人，奉行的是"妾妇之道"，哪里谈得上是大丈夫呢？接着孟子提出了真正的大丈夫之道，这就是他那流传千古的名言："富贵不能淫，贫贱不能移，威武不能屈。"如何才能做到呢？那就得"居天下之广居，立天下之正位，行天下之大道"。还是回到儒学所一贯倡导的仁义礼智信上去了。

释义　景春：与孟子同时代的人，纵横家。

公孙衍：战国时期魏国人，纵横家。曾在秦国为相，又曾佩五国相印。

张仪：战国时期魏国人，纵横家，秦惠王时为相，游说六国连横以服从秦国。

大丈夫：指有大志、有作为、有气节的男子。

一怒而诸侯惧，安居而天下熄：（像公孙衍、张仪这样的人）一发怒诸侯们就会害怕，安静下来天下就太平。

丈夫之冠也，父命之；女子之嫁也，母命之：男子到了加冠的年龄，还要父亲给予训导；女子到了出嫁的时候，还要母亲给予训导。

居天下之广居，立天下之正位，行天下之大道：（大丈夫应该）住进天下最宽广的住宅——仁，站在天下最正确的位置——礼，走着天下最正确的道路——义。这里的“广居”“正位”“大道”分别喻指“仁”“礼”“义”。

与民由之：与百姓一同遵循正道而行。由，遵从、遵循。

独行其道：独立走自己的道路。《孟子·尽心上》：“穷则独善其身，达则兼济天下。”独，独立、独自。行，这里是固守、坚持的意思。道，原则、行为准则。

德 原典 孟子·生于忧患

舜发于畎亩之中，傅说举于版筑之中，胶鬲举于鱼盐之中，管夷吾举于士，孙叔敖举于海，百里奚举于市。故天将降大任于是人也，必先苦其心志，劳其筋骨，饿其体肤，空乏其身，行拂乱其所为，所以动心忍性，曾益其所不能。人恒过，然后能改；困于心，衡于虑，而后作；征于色，发于声，而后喻。入则无法家拂士，出则无敌国外患者，国恒亡。然后知生于忧患而死于安乐也。

导读 本文选自《孟子·告子下》，是一篇论证严密、雄辩有力的说理散文。作者先列举六位经过贫困、挫折的磨炼而终于成为担当大任的人的事例，证明忧患可以激励人奋发有为，磨难可以促使人有新成就。接着，作者从一个人的发展和一个国家的兴亡两个不同的角度进一步论证忧患则生、安乐则亡的道理。

释义 舜、傅说、胶鬲、管夷吾、孙叔敖、百里奚：都是古代的圣贤之士。

征于色，发于声，而后喻：（把内心的想法）显露在脸色上，表达在声音中，然后才能被人了解。

入则无法家拂（bì）士，出则无敌国外患者，国恒亡：（一个国家）内没有守法的贤士，外没有敌对国家的忧患，往往容易亡国。

原典　观公孙大娘弟子舞剑器行并序

大历二年十月十九日，夔府别驾元持宅见临颍李十二娘舞剑器，壮其蔚跂；问其所师，曰："余公孙大娘弟子也。"开元五载，余尚童稚，记于郾城观公孙氏舞剑器浑脱，浏漓顿挫，独出冠时。自高头宜春、梨园二伎坊内供奉，晓是舞者，圣文神武皇帝初，公孙一人而已。玉貌锦衣，况余白首；今兹弟子，亦匪盛颜。既辨其由来，知波澜莫二。抚事慷慨，聊为《剑器行》。昔者吴人张旭，善草书书帖，数尝于郯县见公孙大娘舞西河剑器，自此草书长进，豪荡感激，即公孙可知矣！

昔有佳人公孙氏，一舞剑器动四方。
观者如山色沮丧，天地为之久低昂。
㸌如羿射九日落，娇如群帝骖龙翔；
来如雷霆收震怒，罢如江海凝清光。
绛唇珠袖两寂寞，晚有弟子传芬芳。
临颍美人在白帝，妙舞此曲神扬扬。
与余问答既有以，感时抚事增惋伤。
先帝侍女八千人，公孙剑器初第一。
五十年间似反掌，风尘澒洞昏王室。
梨园弟子散如烟，女乐余姿映寒日。
金粟堆前木已拱，瞿塘石城草萧瑟。
玳筵急管曲复终，乐极哀来月东出。
老夫不知其所往，足茧荒山转愁疾。

导读　"剑器舞"是唐代健舞的一种，主要是由女子穿着军装执剑为舞，舞蹈浏漓顿挫、雄健刚劲。作者通过观看公孙大娘弟子李十二娘所表演的剑器舞，忆及童年所见公孙大娘舞蹈，说明早在玄宗初年，公孙大娘剑器舞已享有盛誉，如今作者深有感慨，因而写下了这首七言歌行诗。结尾以张旭见舞而书艺大有长进之故事点缀，尤见诗人敬佩之情。七言古诗始终围绕公孙大娘师徒剑器舞，时而回忆五十年前公孙大娘的风采，时而描写与公孙之徒的现场交流，跳跃转折，以雄浑的气势展现五十年来兴衰历史。全文对剑器舞的描写手法，既有“浏漓顿挫”的气势节奏，又有“豪荡感激”的感人力量，给人以舞蹈健美的艺术享受，值得细细品味。

释义 公孙大娘：唐玄宗开元年间著名的教坊舞伎。公孙是她的姓，大娘是对年长妇人的敬称。公孙大娘弟子，即序中所说的李十二娘。

大历：唐代宗李豫年号（766—779）。大历二年，即767年。

夔府：唐朝设置夔州，州治在奉节（今属重庆），为府署所在，故称。

剑器浑脱：把剑器舞和浑脱舞结合起来的一种新型舞蹈。

高头宜春、梨园二伎坊内人：指供奉宫廷的歌舞女艺人。高头，犹如说“前头”，指在皇帝跟前。宜春，即宜春院。宜春院与梨园是唐玄宗时宫内教授歌舞的处所。伎坊，也称“教坊”，是教练歌舞的机构。内人，宫中的女伎，也称“前头人”。外供奉舞女，与内人相对而言，指不居宫中，随时应召入宫表演的歌舞艺伎。

爧：闪烁的样子。

来如雷霆收震怒，罢如江海凝清光：剑器舞主要以鼓伴奏，舞前鼓乐喧闹，形成一种紧张的战斗气氛。

绛唇珠袖两寂寞，晚有弟子传芬芳：绛唇，大红的嘴唇，这里指青年时的公孙大娘。珠袖，饰有珍珠的衣袖，借指公孙大娘的舞姿。

临颍美人在白帝，妙舞此曲神扬扬：临颍美人，指李十二娘。白帝，即白帝城。

风尘澒（hòng）洞昏王室：风尘，比喻战乱。澒洞，弥漫无际。昏，昏暗，比喻国运衰退。王室，指朝廷。

智 原典 马 说

世有伯乐，然后有千里马。千里马常有，而伯乐不常有。故虽有名马，只辱于奴隶人之手，骈死于槽枥之间，不以千里称也。

马之千里者，一食或尽粟一石。食马者不知其能千里而食也。是马也，虽有千里之能，食不饱，力不足，才美不外见，且欲与常马等不可得，安求其能千里也？

策之不以其道，食之不能尽其材，鸣之而不能通其意，执策而临之，曰：“天下无马！”呜呼！其真无马邪？其真不知马也！

导读 韩愈（768—824），字退之，唐代文学家、哲学家、思想家，河南河阳（今河南孟州南）人，祖籍邓州，自称“郡望昌黎”，世称韩昌黎，晚年任吏部侍郎，又称韩吏部，谥号“文”，又称韩文公，唐宋八大家之一。韩愈主张文以载道，与柳宗元同为唐代古文运动的倡导者，开辟了唐宋以来古文的发展道路。后人对韩愈评价颇高，明人推他为“唐宋八大家”之首，与柳宗元并称“韩柳”，有“文章巨公”和“百代文宗”之名。有《昌黎先生集》。

《马说》是一篇借物寓意的杂文，属论说文体，原为韩愈所作《杂说》的第四篇，“马说”这个标题为后人所加。此文作于贞元十一年（795）至贞元十六年（800）间。当时韩愈初登仕途，不得志。曾经三次上书宰相求擢用，但结果是“待命”四十余日而“志不得通”，“足三及门，而阍人辞焉”。尽管如此，韩愈仍然声明自己“有忧天下之心”，不会遁迹山林。依附于宣武节度使董晋、武宁节度使张建封，终未被重用。后来又相继依附于一些节度使，再加上朝中奸佞当权，政治黑暗，才能之士不受重视，郁郁不得志。

“说”是古代一种议论文体裁。这篇文章以马为喻，谈的是人才问题，流露出作者愤世嫉俗之意、怀才不遇之慨与愤懑不平之情，表达了作者对封建统治者不能识别人才、不重用人才、埋没人才的强烈愤慨。

释义 伯乐：春秋时期秦穆公时人，本名孙阳，擅长相马。这里指能够发现人才的人。

骈（pián）死：并列而死。骈，两马并驾。

槽（cáo）枥（lì）：喂牲口用的食器。枥，马棚、马厩。

不以千里称也：不以千里马之名被称呼和对待。

尽粟（sù）一石（dàn）：吃尽一石粟。

尽其材：发挥它的全部才能。

执策：拿着马鞭。策，赶马的鞭子。

智 原典 师说

古之学者必有师。师者，所以传道受业解惑也。人非生而知之者，孰能无惑？惑而不从师，其为惑也，终不解矣。生乎吾前，其闻道也固先乎吾，吾从而师之；生乎吾后，其闻道也亦先乎吾，吾从而师之。吾师道也，夫庸知其年之先后生于吾乎？是故无贵无贱，无长无少，道之所存，师之所存也。

嗟乎！师道之不传也久矣！欲人之无惑也难矣！古之圣人，其出人也远矣，犹且从师而问焉；今之众人，其下圣人也亦远矣，而耻学于师。是故圣益圣，愚益愚。圣人之所以为圣，愚人之所以为愚，其皆出于此乎？爱其子，择师而教之；于其身也，则耻师焉，惑矣。彼童子之师，授之书而习其句读者，非吾所谓传其道解其惑者也。句读之不知，惑之不解，或师焉，或不焉，小学而大遗，吾未见其明也。巫医乐师百工之人，不耻相师。士大夫之族，曰师曰弟子云者，则群聚而笑之。问之，则曰："彼与彼年相若也，道相似也，位卑则足羞，官盛则近谀。"呜呼！师道之不复，可知矣。巫医乐师百工之人，君子不齿，今其智乃反不能及，其可怪也欤！

圣人无常师。孔子师郯子、苌弘、师襄、老聃。郯子之徒，其贤不及孔子。孔子曰："三人行，则必有我师。"是故弟子不必不如师，师不必贤于弟子，闻道有先后，术业有专攻，如是而已。

李氏子蟠，年十七，好古文，六艺经传皆通习之，不拘于时，学于余。余嘉其能行古道，作《师说》以贻之。

导读 此文作于唐德宗贞元十八年（802），韩愈35岁，任国子监四门博士，这是一个"从七品"的学官，职位不高，但是他在文坛上早已有了名望，他所倡导的"古文运动"也已经开展，他是这个运动公认的领袖。这篇文章是针对门第观念影响下"耻学于师"的坏风气写的。在当时士大夫阶层中就普遍存在着从师“位卑则足羞，官盛则近谀”的心理，韩愈反对这种错误的观念，提出以“道”为师，“道”在即师在，这是有进步意义的。与韩愈同时代的柳宗元在《答韦中立论师道书》中说：“今之世不闻有师，有辄哗笑之，以为狂人。独韩愈奋不顾流俗，犯笑侮，收召后学，作《师说》，因抗颜而为师，世界群怪聚骂，指目牵引，而增与为言词，愈以是得狂名，居长安，炊不暇熟，又挈挈而东，如是者数矣。”由此可知《师说》的写作背景和作者的斗争精神。

释义 师者，所以传道受业解惑也：老师，是用来传授道理、教授学业、解释疑难问题的人。

道之所存，师之所存也：哪里有道存在，哪里就有我的老师存在。

是故圣益圣，愚益愚：因此圣人更加圣明，愚人更加愚昧。

小学而大遗：学了小的（指“句读之不知”）却丢了大的（指“惑之不解”）。

郯子：春秋时郯国（今山东郯城）的国君，相传孔子曾向他请教官职。

苌（cháng）弘：东周敬王时候的大夫，相传孔子曾向他请教古乐。

师襄：春秋时鲁国的乐官，名襄，相传孔子曾向他学琴。

老聃：老子，相传孔子曾向他学习周礼。

李氏子蟠：李家的孩子名蟠。李蟠，韩愈的弟子，唐德宗贞元十九年（803）进士。

第十周

原典　管子·牧民　节选

政之所兴，在顺民心；政之所废，在逆民心。民恶忧劳，我佚乐之；民恶贫贱，我富贵之；民恶危坠，我存安之；民恶灭绝，我生育之。能佚乐之，则民为之忧劳；能富贵之，则民为之贫贱；能存安之，则民为之危坠；能生育之，则民为之灭绝。故刑罚不足以畏其意，杀戮不足以服其心。故刑罚繁而意不恐，则令不行矣；杀戮众而心不服，则上位危矣。故从其四欲，则远者自亲；行其四恶，则近者叛之。故知予之为取者，政之宝也。

导读　对于一个执政者来说，“民心”问题是一个根本问题。节选自《管子》的这篇文章，正道出了民心与执政相辅相成的关系。要“以百姓之心为心”，切身体会民心所向、民瘼所在、民生疾苦。在理论上鲜明提出、在实践中明确要求以人民利益为出发点和落脚点。《牧民》为《管子》的开篇，系统地阐述了管子的治国理政思想。判断政权是否“有德”的标准，即在于人民是否安居乐业。先秦时期，管仲已经意识到，政权要稳定长久，就必须推行顺乎民心的政策。

释义　政令之所以能推行，在于顺应民心；政令之所以废弛，在于违背民心。人民怕忧劳，我便使他安乐；人民怕贫贱，我便使他富贵；人民怕危难，我便使他安定；人民怕灭绝，我便使他生育繁息。因为我能使人民安乐，他们就可以为我承受忧劳；我能使人民富贵，他们就可以为我忍受贫贱；我能使人民安定，他们就可以为我承担危难；我能使人民生育繁息，他们也就不惜为我而牺牲了。单靠刑罚不足以使人民真正害怕，仅凭杀戮不足以使人民心悦诚服。刑罚繁重而人心不惧，法令就无法推行了；杀戮多行而人心不服，为君者的地位就危险了。因此，满足人民的上述四种愿望，疏远的自会亲近；强制推行人民厌恶的上述四种事情，亲近的也会叛离。由此可知，“予之于民就是取之于民”这个原则是治国的法宝。

原典　管子·枢言　节选

……德不盛，义不尊，而好加名于人。人不众，兵不强，而好以其国造难生患。恃与国，幸名利。如此者，人之所制也。人进亦进，人退亦退，人劳亦劳，人佚亦佚，进退劳佚，与人相胥。如此者，不能制人，人亦不能制也。

爱人甚而不能利也，憎人甚而不能害也。故先王贵当，贵周。周者不出于口，不见于色，一龙一蛇，一日五化之谓周，故先王不以一过二。先王不独举，不擅功。

先王不约束，不结纽。约束则解，结纽则绝，故亲不在约束、结纽。先王不货交，不列地，以为天下。天下不可改也，而可以鞭箠使也。

时也，义也，士为之也。余目不明，余耳不聪。是以能继天子之容。官职亦然。时者得天，义者得人。既时且义，故能得天与人。

先王不以勇猛为边竟则边竟安。边竟安则邻国亲，邻国亲则举当矣。

导读　《管子》此篇认为，任何人都有私心、情欲，普通百姓的私欲因其欲望低、不易满足等因素决定了其危害不大，而统治者的私欲因欲望高、不易满足等因素决定了其危害巨大。作者还认为，顺民心、满足百姓的基本需要是统治者效法“道”的具体体现。不唯如此，《枢言》还提出统治者以民生、地利为先，以自贵、自骄为后的执政理念，认为帝王作为体道者在施政时应先考虑百姓的利益，把满足百姓的基本生活所需放在第一位，然后再考虑如何巩固自己的统治地位，即举贤、置官等应放在次要地位。

释义　有的国家德义不尊盛，却喜欢将自己的意愿强加于他国；人口不多，兵力不强盛，却喜欢让自己的国家成为危难祸乱的制造者；依仗同盟，心存侥幸猎取名利。这样的国家必然被他国控制。人进亦进，人退亦退，人劳亦劳，人逸亦逸，进退劳逸，与人相从；这样的国家，不能控制他人，他人也是不能控制的。爱人过了头，反而不能有利于其人；恨人过了头，反而不能加害于其人。所以，先王总是注重分寸适当，也注重保守机密。机密，就是不可说出口，不可形于色，就像龙、蛇一天五变而无人察觉一样，才叫作保守机密。所以，先王总是不肯惊人地把一说成超过二，先王也不肯独自包办事业或独自居功。先王在处理国家关系时，既不"约束"，也不"结纽"。约结成束就必然解散，结成绳扣就必然折断。所以，国家亲善不在于"约束"和"结纽"。先王也不用"货交"和"裂地"的办法来治理天下。因为天下各国的既成关系不可轻易改变，只可以用威力统一驾驭。合于天时，合于正义，都要去做。此外，虽有多余的视力也不看，多余的耳力也不听，这才能够保持天子圣智的颂声。官吏的职责也同样如此。合于天时则得到自然优势，合于正义则得到人的拥护。既占天时，又合正义，这就能把天与人的力量一并掌握起来了。先王不采用武力解决边境问题，这样，边境就会安定；边境安定，则邻国亲善；邻国亲善，问题就可以处理得当了。

原典　水经注·三峡

自三峡七百里中，两岸连山，略无阙处。重岩叠嶂，隐天蔽日，自非亭午夜分，不见曦月。

至于夏水襄陵，沿溯阻绝。或王命急宣，有时朝发白帝，暮到江陵，其间千二百里，虽乘奔御风，不以疾也。

春冬之时，则素湍绿潭，回清倒影，绝巘多生怪柏，悬泉瀑布，飞漱其间，清荣峻茂，良多趣味。

每至晴初霜旦，林寒涧肃，常有高猿长啸，属引凄异，空谷传响，哀转久绝。故渔者歌曰："巴东三峡巫峡长，猿鸣三声泪沾裳。"

导读　郦道元（约470—527），北魏地理学家、散文家，字善长。范阳涿州（今河北涿州）人。撰有《水经注》，对后世游记散文发展影响颇大。作者以地理学家的目光探寻自然，又以文学家的心灵感受自然，在介绍三峡地理风貌的同时，给我们带来艺术的享受。长江三峡全长约 193 公里，而作者却仅用 155 个字，从鸟瞰、横看、仰视三个角度描写了山形水势，用夏春冬秋展现了四季不同美景。在手法上或总写，或分写；时而正面描写，时而侧面烘托；有写景，也有抒情；有惊险紧张，也有轻松晓畅。三峡风光的奇险壮丽都在笔下，俊逸秀美尽收眼前，让人叹为观止。

释义 三峡：指长江上游重庆、湖北两省间的瞿塘峡、巫峡和西陵峡。

阙：同“缺”，缺口，空隙。

江陵：今湖北荆州的古称。

绝巘（yǎn）：极高的山峰。

飞漱：急流冲荡。漱，冲荡。

清荣峻茂：水清树荣（茂盛），山高草盛。

晴初霜旦：初晴的时候，下霜的早晨。

属（zhǔ）引凄异：连续不断，异常凄凉。

哀转久绝：悲哀婉转，猿鸣声很久才消失。

巴东：汉郡名，在今重庆东部、湖北恩施西部，奉节、巫山一带。

原典 陋室铭

山不在高，有仙则名。水不在深，有龙则灵。斯是陋室，惟吾德馨。苔痕上阶绿，草色入帘青。谈笑有鸿儒，往来无白丁。可以调素琴，阅金经。无丝竹之乱耳，无案牍之劳形。南阳诸葛庐，西蜀子云亭。孔子云：“何陋之有？”

导读 刘禹锡（772—842），字梦得，唐代文学家、哲学家。河南洛阳人。“铭”是中国古代用于铭刻的文字逐步形成的一种文体。《陋室铭》作于和州任上。《历阳典录》：“陋室，在州治内，唐和州刺史刘禹锡建，有铭，柳公权书碑。”作者因在任监察御史期间曾经参加了王叔文的“永贞革新”，反对宦官和藩镇割据势力，革新失败后，被贬至安徽和州县当一名通判。按规定，通判应在县衙里住三间三厢的房子，可和州知县见刘禹锡被贬，故意刁难。和州知县先安排刘禹锡在城南面江而居，刘禹锡不但无怨言，反而很高兴，还随意写下两句话贴在门上：“面对大江观白帆，身在和州思争辩。”和州知县知道后很生气，吩咐衙里差役把刘禹锡的住处从县城南门迁到县城北门，面积由原来的三间减少到一间半。新居位于德胜河边，附近垂柳依依，环境也还可心。刘禹锡仍不计较，他见景生情，又在门上写了两句话：“垂柳青青江水边，人在历阳心在京。”那位知县见其仍然悠闲自乐、满不在乎，再次派人把他调到县城中部，而且只给一间仅能容下一床、一桌、一椅的小屋。半年时间，知县强迫刘禹锡搬了三次家，面积一次比一次小，最后仅是斗室。刘禹锡遂愤然提笔写下这篇《陋室铭》，并请人刻上石碑，立在门前。

本篇文章寥寥几十字，却写得摇曳多姿，跌宕起伏。这一陋室之所以值得称道，是因为主人的德行馨香。作者借用陋室的“陋”，来巧妙反衬主人的“贤”。而结句用“何陋之有”的反问，则表达出自己高远的志向和安贫乐道的情怀，使全文更具逸韵。

释义 陋室：简陋的屋子。这里指作者简朴的住房。

馨：香气，这里指品德高尚。

鸿儒：大学问家，这里指博学而又品德高尚的人。

白丁：平民，这里指缺乏文化素养的人。

素琴：不加装饰的古琴。

金经：指佛经（佛经用金泥书写）。

丝竹：指琴瑟、箫管等乐器，这里指奏乐的声音。

案牍：官府的公文。

子云亭：指成都草玄堂，是西汉时期辞赋家扬雄撰写《太玄》的地方。子云，是扬雄的字。

原典 新仪象法要·进仪象状 节选

今则兼采诸家之说，备存仪象之器，共置一台中，台中有二隔，浑仪置于上，而浑象置于下，枢机轮轴隐于中。钟鼓、时刻、司辰运于轮上，木阁五层蔽于前。司辰击鼓、摇铃、执牌出没于阁内，以水激轮，轮转而仪象皆动，此兼用诸家之法也。浑仪则上候三辰之行度，增黄道为单环，环中日见半体，使望筒常指日，日体常在筒窍中，天西行一周，日东移一度，此出新意也。浑象则列紫宫于北顶，布中外官星、二十八舍、周天度、黄赤道、天河遍于天体，……又以五色珠为日月五星，贯以丝绳，两末以钩环挂于南北轴，依七曜盈缩、迟疾、留逆、移徙，令常在见行躔次之内，昼夜随天而旋，使人于其旁验星在之次，与台上测验相应，以不差为准。二器皆出一机，以水激之，不由人力校之。……又置刻漏四副……并采用术人所制法式，置于别室，使挈壶专掌，逐时刻与仪、象互相参考，以合天星行度为正，所以验器数与天运不差，则寒暑气候自正也。

导读 本篇节选自北宋天文学家苏颂为水运仪象台所作的设计说明书《新仪象法要》开篇的序说《进仪象状》。苏颂，字子容，原籍同安，后徙居润州城内范公桥南漕河边。北宋中期宰相，杰出的天文学家、天文机械制造家、药学家。他领导制造的世界上最古老的天文钟“水运仪象台”，开启了近代钟表擒纵器的先河。李约瑟称他为“中国古代和中世纪最伟大的博物学家和科学家之一”。建中靖国元年（1101），苏颂逝世于润州，享年八十二岁，葬于丹徒县五州山（今属镇江市润州区）东北阜。

《新仪象法要》是一部具有世界意义的古代科技著作。这部不足三万字的著作，记载了许多光辉的科技成果，如世界上最早的机械钟表锚状擒纵器、随天体运动的游仪窥管（现代天文台的跟踪机械——转仪钟的雏形），以及天文观测室的可开启屋顶等。此外，此书还留下了天文仪器和机械传动的全图、分图、零件图五十多幅，绘制了机械零配件一百五十多种，是我国也是世界保存至今的最早、最完整的机械图纸。正是由于这些图纸保存至今，现代学者才得以对失传的水运仪象台进行复原研究。节选段落简介了水运仪象台的基本结构和运行原理，反映了我国宋代天文学、机械学所达到的高度，其中更可以看到当时已经显露端倪的科学精神。

释义 仪象之器：指浑仪和浑象。浑仪是我国古代的一种天文观测仪器，以浑天说（类似于“地心说”）为理论基础制造，由相应天球坐标系各基本圈的环规及瞄准器构成；浑象是我国古代表现天体运动的一种演示仪器，类似现代的天球仪，造型是一种可绕轴转动的刻画有星宿、赤道、黄道、恒隐圈、恒显圈等图案的圆球，主要用于象征天球的运动并演示天象的变化。

司辰：做成报时官模样的报时器。

三辰：指日、月、星。

行度：运行的度数。

黄道：太阳周年视运动在天球上的轨迹，这里指浑仪上用以观测太阳运行的轨道。

紫宫：指紫微垣，天球北顶以北极星为中心的一片区域，是神话中天帝所居的地方。

中外官星：天球上二十八宿以北的星辰为中官星，以南的为外官星。

二十八舍：也称二十八宿，天球上黄道附近二十八组星象的总称，东南西北各有七宿。

周天度：天球上黄道一周的度数。

五星：指水、火、木、金、土五星。

七曜：日、月、五星的总称，又称“七政”。

盈缩：太阳在天球黄道上视运动速度不均匀的现象（因为地球绕太阳旋转的轨道是一个椭圆，在近日点时速度快，在远日点时速度慢）。

迟疾：月球在天球白道上视运动速度不均匀的现象，其成因与“盈缩”同理。

留逆：“留”指行星在星空背景上短暂停留不动的现象，“逆”指行星在星空背景上由东向西运动的现象，留逆现象是地球和其他行星的公转运动在天球背景上合成后的视运动现象。

躔（chán）次：七曜在运行轨道上的位次。

刻漏：又称漏壶，一种古代计时器，以铜为壶，底穿一孔，壶中立一有刻度的箭形浮标，从壶中水滴漏而显示箭上的度数而知其时刻。

挈（qiè）壶：掌刻漏之官。

器数：指刻漏仪器的时间度数。

原典 报任安书 节选

人固有一死，死或重于泰山，或轻于鸿毛，用之所趣异也。太上不辱先，其次不辱身，其次不辱理色，其次不辱辞令，其次诎体受辱，其次易服受辱，其次关木索、被箠楚受辱，其次剔毛发、婴金铁受辱，其次毁肌肤、断肢体受辱，最下腐刑极矣！传曰："刑不上大夫。"此言士节不可不勉励也。猛虎在深山，百兽震恐，及在槛阱之中，摇尾而求食，积威约之渐也。故士有画地为牢，势不可入；削木为吏，议不可对，定计于鲜也。今交手足，受木索，暴肌肤，受榜箠，幽于圜墙之中，当此之时，见狱吏则头抢地，视徒隶则心惕息。何者？积威约之势也。及以至是，言不辱者，所谓强颜耳，曷足贵乎！

且西伯，伯也，拘于羑里；李斯，相也，具于五刑；淮阴，王也，受械于陈；彭越、张敖，南面称孤，系狱抵罪；绛侯诛诸吕，权倾五伯，囚于请室；魏其，大将也，衣赭衣，关三木；季布为朱家钳奴；灌夫受辱于居室，此人皆身至王侯将相，声闻邻国，及罪至罔加，不能引决自裁。在尘埃之中，古今一体，安在其不辱也？由此言之，勇怯，势也；强弱，形也。审矣，何足怪乎？夫人不能早自裁绳墨之外，已稍陵迟，至于鞭箠之间，乃欲引节，斯不亦远乎！古人所以重施刑于大夫者，殆为此也。

导读 历史上许多人物曾遭遇不幸，他们因而发愤著书，从而在历史上留下了名声。司马迁从他们身上找到了精神力量，决心坚持写完"通古今之变，成一家之言"的《史记》，即使在受了酷刑之后，仍矢志不移，忍辱完成父亲未竟之业。他在给好友任安的书信中，表达了他受刑之后的痛苦心情，并提到写作《史记》的意图和完成的决心。就在这篇著名的书信之中，司马迁把泰山融入千古名句：“人固有一死，或重于泰山，或轻于鸿毛。”可见，在司马迁的心目中，泰山是庄重、威严、雄伟的象征。

释义 易服：换上罪犯的服装。古代罪犯穿赭色的衣服。

木索：木枷和绳索。

槛：关兽的笼子。

箠：竹棒。

惕息：胆战心惊。

李斯：秦始皇时任为丞相，后因秦二世听信赵高谗言，被受五刑，腰斩于咸阳。

五刑：秦汉时五种刑罚。

淮阴：指淮阴侯韩信。

受械于陈：汉立，淮阴侯韩信被刘邦封为楚王，都下邳（今江苏邳州）。后高祖疑其谋反，用陈平之计，在陈（楚地）逮捕了他。械，拘禁手足的木制刑具。

彭越：汉高祖的功臣。

张敖：汉高祖功臣张耳的儿子，袭父爵为赵王。彭越和张敖都因被人诬告称孤谋反，下狱定罪。

绛侯：汉初功臣周勃，封绛侯。惠帝和吕后死后，吕后家族中吕产、吕禄等人谋夺汉室，周勃和陈平一起定计诛诸吕，迎立刘邦中子刘恒为文帝。

五伯：指“五霸”。

请室：大臣犯罪等待判决的地方。周勃后被人诬告谋反，囚于狱中。

魏其：大将军窦婴，汉景帝时被封为魏其侯。武帝时，窦婴营救灌夫，被人诬告，下狱判处死罪。

三木：头枷、手铐、脚镣。

季布：楚霸王项羽的大将，曾多次打击刘邦。项羽败死，刘邦出重金缉捕季布。季布改名换姓，受髡刑和钳刑，卖身给鲁人朱家为奴。

灌夫：汉景帝时为中郎将，武帝时官太仆。因得罪了丞相田蚡，被囚于居室，后受诛。

居室：少府所属的官署。

原典　悲士不遇赋

悲夫！士生之不辰，愧顾影而独存。恒克己而复礼，惧志行而无闻。谅才韪而世戾，将逮死而长勤。虽有形而不彰，徒有能而不陈。何穷达之易惑，信美恶之难分。时悠悠而荡荡，将遂屈而不伸。

使公于公者，彼我同兮；私于私者，自相悲兮。天道微哉，吁嗟阔兮；人理显然，相倾夺兮。好生恶死，才之鄙也；好贵夷贱，哲之乱也。炤炤洞达，胸中豁也；昏昏罔觉，内生毒也。

我之心矣，哲已能忖；我之言矣，哲已能选。没世无闻，古人唯耻；朝闻夕死，孰云其否！逆顺还周，乍没乍起。理不可据，智不可恃。无造福先，无触祸始。委之自然，终归一矣！

导读　汉武帝天汉三年（前98），司马迁因李陵之祸被处以腐刑，身心遭到极大的摧残，含悲忍垢，他为自己的遭遇感到极大的愤慨和不平。此赋就行文及感情可推定约为其晚年对自己一生的悲剧命运和人生经验所作的概括和总结，是司马迁八篇重要赋作中迄今唯一留存的一篇。全文倾诉了“士生之不辰，愧顾影而独存”的悲愤心情，揭示了悲剧的社会根源——人世的倾夺和道德的堕落。短小精悍的《悲士不遇赋》沉实而有锋芒，矛头直指整个封建地主官僚及其统治下的时世，表达了作者的理想与志节，同时也体现了包括作者在内的一代有理想、有才能而遭遇不幸的正直士人的悲哀与愤慨。篇末“无造福先，无触祸始”和“委之自然，终归一矣”等语，表露了司马迁内心的矛盾和痛苦，可与《报任安书》中的“从俗浮沉，与时俯仰”相对照。

释义　恒克己而复礼，惧志行而无闻：经常约束自己以符合礼的要求，唯恐自己的志向和行为默默无闻。

谅才韪（wěi）而世戾，将逮死而长勤：相信自己才高而世道暴戾，要至死而勤勉不息。谅，信。才韪，才质美好。韪，美善。逮，到达。

虽有形而不彰，徒有能而不陈：虽有形体而不得显扬名声，徒然有才能而不得施展。

使公于公者，彼我同兮；私于私者，自相悲兮：那些秉公处理公务的人，与我志同道合；那些以私情对待私党的人，我以为可悲。

天道微哉，吁嗟阔兮：天道幽深难知，旷远难见。

好贵夷贱，哲之乱也：爱慕富贵，鄙夷贫贱，是理智的惑乱。

炤炤洞达，胸中豁也：明辨事理，通晓领悟。炤炤，同“昭昭”，明亮的样子，这里意为明白。

昏昏罔觉，内生毒也：昏愦迷乱而不觉醒，是因内心受了毒害。

我之言矣，哲已能选：我的心意如何，哲人自能揣度；我言论中的是非，哲人自能选择。

没世无闻，古人唯耻：终生默默无闻，古人以为耻。《论语·卫灵公》：“君子疾没世而名不称焉。”

否：《周易》中的一卦，为“天地不交而万物不通”。这里是不善、不利的意思。

逆顺还周，乍没乍起：背逆和顺遂循环往复，周而复始，忽起忽落。

无造福先，无触祸始：不要跑到福的前面，也不要接近祸的开端。

原典　桃花源记

晋太元中，武陵人捕鱼为业。缘溪行，忘路之远近。忽逢桃花林，夹岸数百步，中无杂树，芳草鲜美，落英缤纷。渔人甚异之。复前行，欲穷其林。

林尽水源，便得一山，山有小口，仿佛若有光。便舍船，从口入。初极狭，才通人。复行数十步，豁然开朗。土地平旷，屋舍俨然，有良田、美池、桑竹之属。阡陌交通，鸡犬相闻。其中往来种作，男女衣着，悉如外人。黄发垂髫，并怡然自乐。

见渔人，乃大惊，问所从来，具答之。便要还家，设酒杀鸡作食。村中闻有此人，咸来问讯。自云先世避秦时乱，率妻子邑人来此绝境，不复出焉，遂与外人间隔。问今是何世，乃不知有汉，无论魏晋。此人一一为具言所闻，皆叹惋。余人各复延至其家，皆出酒食。停数日，辞去。此中人语云："不足为外人道也。"

既出，得其船，便扶向路，处处志之。及郡下，诣太守，说如此。太守即遣人随其往，寻向所志，遂迷，不复得路。

南阳刘子骥，高尚士也，闻之，欣然规往。未果，寻病终，后遂无问津者。

导读 陶渊明（约365—427），东晋诗人。一名潜，字元亮，号五柳先生，浔阳柴桑（今属江西九江）人。曾做过几年小官，后辞官回家，隐居田园。本篇选自《陶渊明集》，这是一幅理想中的农村美景图。作者以武陵渔人行踪为线索，采用写实手法，通过捕鱼溪行、桃源仙境、重寻迷路三个场景，虚景实写，使读者仿佛亲历。在桃花源的乡间，田、路、房、池、桑、人、鸡、犬，无不带着原始的清净与淳厚，表现出和谐完美的统一。这一纯美图景，艺术地反映了作者逃禄归耕、经过农村生活体验后所产生的人生追求，也反映了他对理想社会的向往和赞美。

释义 桃花源：相传在今湖南桃源县西南15公里处。

太元：东晋孝武帝的年号。

武陵：郡名，今武陵山区或湖南常德一带。

缘溪行：沿着山溪前行。

落英：落花。一说为初开的花。

林尽水源：桃花林尽头就是桃花溪的源头。

俨然：整齐的样子。

阡陌交通：田间小路交错相通。阡陌，田间小路。交通，交错相通。

黄发垂髫（tiáo）：老人和小孩。黄发，旧说是长寿的象征，用以指老人。垂髫，垂下来的头发，用来指小孩子。髫，小孩垂下的短发。

乃不知有汉，无论魏晋：竟然不知道有汉朝，（更）不必说魏晋。

具言所闻：详细地说出自己（渔人）所知道的世事。

处处志之：处处都做了标记。志，动词，做标记。

诣（yì）：到。特指到尊长那里去。

原典　小石潭记

从小丘西行百二十步，隔篁竹，闻水声，如鸣珮环，心乐之。伐竹取道，下见小潭，水尤清冽。全石以为底，近岸，卷石底以出，为坻，为屿，为嵁，为岩。青树翠蔓，蒙络摇缀，参差披拂。

潭中鱼可百许头，皆若空游无所依。日光下澈，影布石上，佁然不动，俶尔远逝，往来翕忽。似与游者相乐。

潭西南而望，斗折蛇行，明灭可见。其岸势犬牙差互，不可知其源。

坐潭上，四面竹树环合，寂寥无人，凄神寒骨，悄怆幽邃。以其境过清，不可久居，乃记之而去。

同游者：吴武陵，龚古，余弟宗玄。隶而从者，崔氏二小生：曰恕己，曰奉壹。

导读　柳宗元（773—819），字子厚，河东解（今山西运城一带）人，世称柳河东。柳宗元少有才名，早有大志，文以辞采华丽为工。与韩愈共同倡导古文运动，并称“韩柳”，同列“唐宋八大家”。与刘禹锡并称“刘柳”，与王维、孟浩然、韦应物并称“王孟韦柳”。柳宗元于唐顺宗永贞元年（805）因拥护王叔文的改革，被贬为永州司马，王叔文被害。政治上的失意，使他寄情于山水。柳宗元贬官之后，为排解内心的愤懑之情，常常不避幽远，伐竹取道，探山访水，并通过对景物的具体描写，抒发自己的不幸遭遇，此间共写了八篇山水游记，后称《永州八记》。《小石潭记》是一篇文质精美、情景交融的山水游记，全文用移步换景、特写、变焦等手法，有形、有声、有色地刻画出小石潭的动态美，写出了小石潭环境景物的幽美和静穆，抒发了作者贬官失意后的孤凄之情。

释义　篁竹：成林的竹子。

为坻，为屿，为嵁（kān），为岩：成为坻、屿、嵁、岩各种不同的形状。坻，水中高地。屿，小岛。嵁，不平的岩石。岩，悬崖。

蒙络摇缀，参差披拂：覆盖缠绕，摇动下垂，参差不齐，随风飘动。

佁然不动：（鱼影）呆呆地一动不动。佁然，呆呆的样子。

俶（chù）尔远逝：忽然间向远处游去了。

往来翕（xī）忽：来来往往，轻快敏捷。翕忽，轻快敏捷的样子。翕，迅疾。

斗折蛇行，明灭可见：（溪水）曲曲折折，（望过去）一段看得见，一段又看不见。

犬牙差（cī）互：像狗的牙齿那样交错。犬牙，像狗的牙齿一样。差互，交错。

凄神寒骨，悄怆幽邃：使人感到心神凄凉，寒气透骨，幽静深远，弥漫着忧伤的气息。

吴武陵：作者的朋友，也被贬谪在永州。

龚古：作者的朋友。

宗玄：作者的堂弟。

崔氏：指柳宗元姐夫崔简。

小生：年轻人。

劳 原典　进新修《营造法式》序　节选

臣闻“上栋下宇”，《易》为“大壮”之时；“正位辨方”，《礼》实太平之典。“共工”命于舜日；“大匠”始于汉朝。各有司存，案（按）为功绪。……欂栌枅柱之相枝，规矩准绳之先治；五材并用，百堵皆兴。惟时鸠僝之工，遂考翚飞之室。而斫轮之手，巧或失真；董役之官，才非兼技；不知以“材”而定“分”，乃或倍斗而取长。弊积因循，法疏检察。非有“三宫”之精识，岂能新一代之成规？

……乃诏百工之事，更资千虑之愚。臣考阅旧章，稽参众智。功分三等，第为精粗之差；役辨四时，用度长短之晷。以至木议刚柔，而理无不顺；土评远迩，而力易以供。类例相从，条章具在。研精覃思，故述者之非工；案（按）牒披图，或将来之有补。

导读 本篇节选自北宋建筑学家、将作监李诫将其奉敕编撰的《营造法式》进呈御览时所作表文。《营造法式》是李诫在两浙工匠喻皓《木经》的基础上编成的、由宋朝官方颁布的一部官式建筑设计、施工的标准书。北宋绍圣四年（1097），李诫奉敕重编《元祐法式》，他以其个人丰富的营造经验为基础，参考大量文献和旧有规章制度，收集工匠口述的各工种操作规程、技术要领，以及各种建筑构件的形制和加工方法，最终编成今本《营造法式》，于崇宁二年（1103）刊行全国。《营造法式》是我国古代仅有的两部集大成、成体系的建筑学著作之一（另一部是清代工部颁布的《工程作法则例》），其系统性的经验总结、科学的模数思想和工程管理制度，以及精确细致的设计施工方法记载，奠定了我国汉唐以来传统官式建筑在后世传承发展的基础，也深刻影响了我国民间建筑的工程体系，是我国传统建筑科学的最优秀的代表性成果。节选段落叙述了《营造法式》的编纂缘起和指导思想，虽只寥寥数行，却已可管窥全书严谨的工匠精神和科学的工程体系。

释义 上栋下宇：指宫室建筑最基本的屋顶结构和梁柱结构，出自《易传·系辞下》："上古穴居而野处，后世圣人易之以宫室，上栋下宇，以待风雨，盖取诸大壮。"大壮，周易第三十四卦，卦象上震下乾，意为上有雷雨，下有圆盖（如天）可避之，所以说宫室取象于此。

正位辨方：语出《周礼·天官》："惟王建国，辨方正位。""建国"，指营造王者的都城，故称"太平之典"。

共工：帝舜设置的"共理百工之事"的职官。

大匠："将作大匠"的简称，汉朝开始设置的专掌营造的职官。

司存：职掌。

按为功绪：按照本职去工作。

欃（jiān）栌（lú）栱（gǒng）柱："欃"即下昂，是斗栱之上利用杠杆原理挑起屋檐的构件；"栌"即斗，用以承托栱的构件；栱是水平方向上横竖交叠与斗、昂等共同组成一"朵"斗栱的横木状构件，斗栱在柱头与屋面（屋顶）之间起承托和缓冲的作用。

先治：要先准备好。

五材：指金、木、皮、玉、土等各种建筑材料。

百堵：语出《诗经·斯干》"筑室百堵"，即大量的建筑物。

鸠僝（chán）：聚集工料。

翚飞：语出《诗经·斯干》“如翚斯飞”，形容新造宫殿屋面的曲线优美，如同彩雉展翅飞翔一般。翚，有五彩羽毛的雉。

斫轮：本意是砍木造车轮，喻指工匠的经验丰富。

董役：主管工程。

兼技：兼通各个工种的技术。

以“材”而定“分”：用“材”这一单位来作为度量建筑物比例和大小的尺度。

倍枓而取长：用斗口的倍数来确定构件的长短尺寸。枓，即“斗栱”之“斗”。

三宫：古代的三种高等级建筑，即明堂、辟雍和灵台，此处代指专业的建筑学知识。

诏百工之事：（皇帝）下诏关心百工的事务。

千虑之愚：愚者千虑必有一得，此处是作者自谦之词。

稽参：调查参考。

第为精粗之差：按照活计粗细的差别。

用度长短之晷：依据白天时间的长短。晷（guǐ），日影，比喻时光。古代用来观测日影以定时刻的仪器亦叫晷。

土评远迩：根据距离的远近来确定搬运的土方量。

类例相从：按照类别排列。

覃（tán）思：深思。

故述者之非工：所以文字叙述仍可能尚不完备。

按牒披图：按照文字记载画出图样。

第十二周

原典　史记·吴太伯世家　节选

吴太伯，太伯弟仲雍，皆周太王之子，而王季历之兄也。季历贤，而有圣子昌，太王欲立季历以及昌，于是太伯、仲雍二人乃奔荆蛮，文身断发，示不可用，以避季历。季历果立，是为王季，而昌为文王。太伯之奔荆蛮，自号句吴。荆蛮义之，从而归之千余家，立为吴太伯……

自太伯作吴，五世而武王克殷，封其后为二：其一虞，在中国；其一吴，在夷蛮。十二世而晋灭中国之虞。中国之虞灭二世，而夷蛮之吴兴。大凡从太伯至寿梦十九世……

二十五年，王寿梦卒。寿梦有子四人，长曰诸樊，次曰余祭，次曰余眛，次曰季札。季札贤，而寿梦欲立之，季札让不可，于是乃立长子诸樊，摄行事当国。王诸樊元年，诸樊已除丧，让位季札。季札谢曰："曹宣公之卒也，诸侯与曹人不义曹君，将立子臧，子臧去之，以成曹君，君子曰'能守节矣'。君义嗣，谁敢干君！有国，非吾节也。札虽不材，愿附于子臧之义。"吴人固立季札，季札弃其室而耕，乃舍之。

十三年，王诸樊卒。有命授弟余祭，欲传以次，必致国于季札而止，以称先王寿梦之意，且嘉季札之义，兄弟皆欲致国，令以渐至焉。季札封于延陵，故号曰延陵季子。

导读　本篇节选自《史记》三十篇"世家"中的第一篇《吴太伯世家》。《吴太伯世家》记载了先秦时期的吴国从开国始祖吴太伯远避荆蛮，建立吴国，到末代吴王夫差败于越王勾践身死国亡，共计700余年的兴亡历史。节选段落叙述了"太伯奔吴"、吴国在西周春秋时期的发展，以及"季札让国"的历史，传扬了太伯、仲雍、诸樊、季札等吴国宗室让贤守礼的高风亮节，这也是吴越文化流传后世最为重要的精神内涵之一。文中提到的吴王余眛，其墓已在江苏镇江大港北山顶发现，出土了为数众多的青铜重器，表明镇江一带正是吴国早期政权的中心所在。而号称“延陵季子”的季札，其封地就在今丹阳延陵镇，那里至今仍有传承千年的季子庙。

释义 周太王：周文王姬昌的祖父。王季历：周文王姬昌的父亲。圣子昌：贤明的儿子姬昌。

立季历以及昌：立季历为继承人，以便让姬昌顺次即位。

荆蛮：商周时期生活在长江以南的土著族群，主要分布于皖南以及苏南宁镇一带，考古学界一般认为这一地区的湖熟文化即是荆蛮族群的文化。

文身断发：南方荆蛮族及百越族的风俗，在身上文龙蛇图案以避水中神怪，剪短头发以便在水中行动。

示不可用：显示自己已变成蛮夷，不能再做继承人。

句（gōu）吴：又作“勾吴”，用荆蛮语言表述的吴国国号。

荆蛮义之，从而归之千余家：荆蛮人感念太伯的义举，归顺者有一千余家。

作吴：建立吴国。

克殷：攻灭商朝。

封其后为二：将其后裔册封为两个诸侯国。

蛮夷之吴兴：在蛮夷之地的吴国强盛起来。

寿梦：吴王，吴国强盛期的第一位君主。

授弟余祭：传王位给弟弟余祭。

欲传以次：想要按照兄弟次序传承王位。

必致国于季札而止：一定要传到季札即位为止。

令以渐至焉：通过这种方法顺次传给季札。

延陵：今江苏丹阳一带。

德 原典 史记·越王勾践世家 节选

越王句践，其先禹之苗裔，而夏后帝少康之庶子也。封于会稽，以奉守禹之祀。文身断发，披草莱而邑焉。后二十余世，至于允常。允常之时，与吴王阖庐战而相怨伐。允常卒，子句践立，是为越王……

句践之困会稽也，喟然叹曰："吾终于此乎？"种曰："汤系夏台，文王囚羑里，晋重耳奔翟，齐小白奔莒，其卒王霸。由是观之，何遽不为福乎？"吴既赦越，越王句践反国，乃苦身焦思，置胆于坐，坐卧即仰胆，饮食亦尝胆也。曰："女忘会稽之耻邪？"身自耕作，夫人自织，食不加肉，衣不重采，折节下贤人，厚遇宾客，振贫吊死，与百姓同其劳。欲使范蠡治国政，蠡对曰："兵甲之事，种不如蠡；填抚国家，亲附百姓，蠡不如种。"于是举国政属大夫种，而使范蠡与大夫柘稽行成，为质于吴。二岁而吴归蠡。

导读 本篇节选自《史记》三十篇"世家"中的第十一篇《越王勾践世家》。《越王勾践世家》主要记载了春秋晚期越国君主勾践的强国称霸史，以及战国时期越国的兴衰、秦汉时期勾践的后裔等内容。从节选段落中我们可以看到，越王勾践继承父辈遗志，不断与吴国抗争，在经历重大失败之后也没有放弃，反而卧薪尝胆，忍辱负重，与百姓同心同行，任用各路人才，最终成功复仇，攻灭世仇吴国，并由此实现了国家富强，北上称霸于中原。历史上从此留下了"苦心人，天不负，卧薪尝胆，三千越甲可吞吴"的千古佳话，而越王勾践这种忍辱负重、吃苦耐劳、扎根人民的可贵品质，也成为吴越文化最为重要的精神内涵之一。

释义 禹之苗裔：大禹的后裔。

夏后：夏朝宗室的氏称。

少康：大禹的后裔，夏朝中兴君主。

庶子：非正妻所生的子嗣。

会稽：在今浙江绍兴。

奉守禹之祀：传承、守护大禹的祭祀之事，传说大禹逝世并葬于会稽。

文身断发：南方百越族和荆蛮族共通的风俗，在身上纹龙蛇图案以避水中神怪，剪短头发以便在水中行动。

披草莱而邑焉：在长满杂草的地方开辟出城邑。

允常：相传是越国第一位称王的君主，越国在他的统治下开始强大。

吴王阖庐：也就是吴王阖闾，吴王诸樊之子，任用孙武、伍子胥等人才富国强兵，曾大败楚国并攻入其国都。

种：文种，越国大夫。

汤系夏台：商朝开国君主商汤曾被夏桀囚禁于夏台。

晋重耳奔翟：晋文公重耳（春秋五霸之一），在即位前曾逃奔到狄人的地盘。翟，同“狄”。

齐小白奔莒：齐桓公小白（春秋五霸之一），在即位前曾逃奔到莒国。

衣不重采：只穿单色（朴素）的衣服。

折节下贤人：屈尊侍奉贤明的人。

振贫吊死：赈济穷人，慰问死者的家族。

范蠡：政治家，军事家，经济学家，越王勾践的重要谋臣。

填抚：填，同“镇”，填抚即“镇抚”。

柘稽：越国大夫。

原典　醉翁亭记

环滁皆山也。其西南诸峰，林壑尤美。望之蔚然而深秀者，琅琊也。山行六七里，渐闻水声潺潺，而泻出于两峰之间者，酿泉也。峰回路转，有亭翼然临于泉上者，醉翁亭也。作亭者谁？山之僧智仙也。名之者谁？太守自谓也。太守与客来饮于此，饮少辄醉，而年又最高，故自号曰醉翁也。醉翁之意不在酒，在乎山水之间也。山水之乐，得之心而寓之酒也。

若夫日出而林霏开，云归而岩穴暝，晦明变化者，山间之朝暮也。野芳发而幽香，佳木秀而繁阴，风霜高洁，水落而石出者，山间之四时也。朝而往，暮而归，四时之景不同，而乐亦无穷也。

至于负者歌于途，行者休于树，前者呼，后者应，伛偻提携，往来而不绝者，滁人游也。临溪而渔，溪深而鱼肥。酿泉为酒，泉香而酒洌；山肴野蔌，杂然而前陈者，太守宴也。宴酣之乐，非丝非竹，射者中，弈者胜，觥筹交错，起坐而喧哗者，众宾欢也。苍颜白发，颓然乎其间者，太守醉也。

已而夕阳在山，人影散乱，太守归而宾客从也。树林阴翳，鸣声上下，游人去而禽鸟乐也。然而禽鸟知山林之乐，而不知人之乐；人知从太守游而乐，而不知太守之乐其乐也。醉能同其乐，醒能述以文者，太守也。太守谓谁？庐陵欧阳修也。

导读 北宋仁宗庆历五年（1045），参知政事范仲淹等人遭谗离职，欧阳修上书替他们辩护，被贬到滁州做了两年知州。到任以后，他内心抑郁，但还能发挥“宽简而不扰”的作风，与民同乐，《醉翁亭记》就写在这个时期。文章描写了滁州一带朝暮四季自然景物不同的幽深秀美、滁州百姓和平宁静的生活，特别是作者在山林中与民一齐游赏宴饮的乐趣。全文贯穿一个“乐”字，既体现了作者能“与民同乐”的情怀，也暗示了寄情山水背后隐藏着难言的苦衷。正当四十岁的盛年却自号“醉翁”，而且经常出游，加上他那“饮少辄醉”“颓然乎其间”的种种表现，都表明欧阳修是借山水之乐来排遣谪居生活的苦闷。

释义 滁：滁州，在今安徽东部。

蔚然而深秀者，琅琊也：树木茂盛，既幽深又秀丽的，是琅琊山。

翼然：四角翘起，像鸟张开翅膀的样子。

林霏：树林中的雾气。

伛偻：腰背弯曲的样子，这里指老年人。

野蔌：野菜。

射：这里指投壶，古人宴饮时的一种游戏，把箭向壶里投，投中多的为胜，负者照规定的杯数喝酒。

觥：酒杯。

庐陵：宋代称吉州，今江西吉安。欧阳修先世为庐陵大族。

原典　秋声赋

欧阳子方夜读书，闻有声自西南来者，悚然而听之，曰：异哉！初淅沥以萧飒，忽奔腾而砰湃；如波涛夜惊，风雨骤至。其触于物也，𨱔𨱔铮铮，金铁皆鸣；又如赴敌之兵，衔枚疾走，不闻号令，但闻人马之行声。予谓童子："此何声也？汝出视之。"童子曰："星月皎洁，明河在天，四无人声，声在树间。"余曰："噫嘻，悲哉！此秋声也。胡为而来哉？"

盖夫秋之为状也，其色惨淡，烟霏云敛；其容清明，天高日晶；其气栗冽，砭人肌骨；其意萧条，山川寂寥。故其为声也，凄凄切切，呼号愤发。丰草绿缛而争茂，佳木葱茏而可悦；草拂之而色变，木遭之而叶脱。其所以摧败零落者，乃其一气之余烈。夫秋，刑官也，于时为阴；又兵象也，于行为金。是谓天地之义气，常以肃杀而为心。天之于物，春生秋实。故其在乐也，商声主西方之音，夷则为七月之律。商，伤也，物既老而悲伤；夷，戮也，物过盛而当杀。"

"嗟夫！草木无情，有时飘零。人为动物，惟物之灵。百忧感其心，万事劳其形，有动乎中，必摇其精；而况思其力之所不及，忧其智之所不能。宜其渥然丹者为槁木，黟然黑者为星星。奈何以非金石之质，欲与草木而争荣？念谁为之戕贼，亦何恨乎秋声！"

童子莫对，垂头而睡，但闻四壁虫声唧唧，如助余之叹息。

导读　《秋声赋》是宋代文赋的典范，它骈散结合，铺陈渲染，词采讲究。此赋写秋以立意新颖著称，从题材上讲，悲秋是中国古典文学的永恒题材，但欧阳修选择了从新的角度入手，虽然承袭了写秋天肃杀萧条的传统，但却烘托出人事忧劳更甚于秋的肃杀这一主题。作者把无形的秋声写得可见可闻。文章开头便用形象的比喻描写秋夜西风渐起，触物有声；再用星月皎洁、四无人声加以烘托，一幅萧瑟幽森的画面便呈现在读者面前；

最后以“四壁虫声唧唧”收尾，也紧扣季节的特色。中间两大段用赋体的传统铺陈手法，渲染秋天的肃杀和万物的凋零，抒写对人事忧劳的悲感，最后“念谁为之戕贼，亦何恨乎秋声”，又转喻祸根在人，反映了作者对人生的感悟。

释义 悚（sǒng）然：惊惧的样子。

砰湃：同“澎湃”，波涛汹涌的声音。

鏦鏦（cōng）铮铮：金属相击的声音。

衔枚：古时行军或袭击敌军时，让士兵衔枚以防出声。

秋之为状：秋天所表现出来的意气容貌。

砭：古代用来治病的石针，这里引用为动词“刺”的意思。

绿缛：碧绿繁茂。

一气：指构成天地万物的混然之气。天地万物的变化都是“一气”运行的结果。

刑官：执掌刑狱的官。《周礼》把官职与天、地、春、夏、秋、冬相配，称为六官。秋天肃杀万物，所以司寇为秋官，执掌刑法，称刑官。

渥：红润的脸色。

黟（yī）然：形容黑的样子。

非金石之质：指人体不能像金石那样长久。

戕（qiāng）贼：残害。

原典　梦溪笔谈·活字印刷术

板印书籍，唐人尚未盛为之。自冯瀛王始印五经，已后典籍，皆为板本。庆历中，有布衣毕昇又为活板。其法用胶泥刻字，薄如钱唇，每字为一印，火烧令坚。先设一铁板，其上以松脂腊和纸灰之类冒之，欲印则以一铁范置铁板上，乃密布字印，满铁范为一板，持就火炀之，药稍镕，则以一平板按其面，则字平如砥。若止印三、二本，未为简易；若印数十百千本，则极为神速。常作二铁板，一板印刷，一板已自布字，此印者才毕，则第二板已具，更互用之，瞬息可就。每一字皆有数印，如“之”、“也”等字，每字有二十余印，以备一板内有重复者。不用则以纸贴之，每韵为一贴，木格贮之。有奇字素无备者，旋刻之，以草火烧，瞬息可成。不以木为之者，木理有疏密，沾水则高下不平，兼与药相粘，不可取，不若燔土，用讫再火令药熔，以手拂之，其印自落，殊不沾污。昇死，其印为予群从所得，至今宝藏。

导读 本篇介绍北宋布衣工匠毕昇所发明的活字印刷术。活字印刷术是中国古代的四大发明之一，也是世界上最伟大的发明之一。活字印刷术比德国人古登堡发明的金属活字印刷早四百多年。活字印刷术是把胶泥做成四方长柱体，一面刻上单字，再用火烧硬，使之成为陶质，一个字为一个印，称为胶泥活字。将这种胶泥活字按文章内容排列起来，然后印刷，称为活字印刷。活字印刷术有三个主要步骤：制造活字、排版和印刷。毕昇发明的这种活字印刷术，大大提高了印刷的效率，为推动文化的发展、传承文明起了重大的、不可估量的作用。

释义 板印书籍：用雕版印刷书籍。在活字印刷之前，古人印书都用雕版印刷。雕版印刷是在一定厚度的平滑的木板上，用刀刻上抄写工整的书稿，然后印刷。

冯瀛王：指五代时的冯道。曾倡议国子监校订“九经”，组工雕印，我国官府大规模刻书自此开始。冯死后，后周世宗追封为瀛王，故称。

毕昇：生卒年约970—1051年，北宋湖北蕲州（今黄冈英山县）人。平民工匠，生平事迹不详。

其印为予群从所得：予，我。群从，堂兄弟和侄儿们。

第十三周

原典　资治通鉴·田子方诫子击　节选

子击出，遭田子方于道，下车伏谒。子方不为礼。子击怒，谓子方曰：“富贵者骄人乎？贫贱者骄人乎？”子方曰：“亦贫贱者骄人耳！富贵者安敢骄人！国君而骄人，则失去国；大夫而骄人则失其家。失其国者未闻有以国待之者也，失其家者未闻有以家待之者也。夫士贫贱，言不用，行不合，则纳履而去耳，安往而不得贫贱哉！”子击乃谢之。

导读　本篇文章主要讲述了田子方运用巧妙的语言，以反驳为介，来教导子击治国之道。这里说的是富贵者骄人则失富贵，贫贱者骄人贫贱并不会失去。可见，要守持自己的高贵地位和富贵所得，就要每时每刻地谨慎做人，不伤于他人，否则最终会一无所有。

释义　子击：魏文侯的长子，国君的继承人。

田子方：子击的老师。

伏谒：行礼拜见。

家：大夫的封地称“家”。

原典　朱子语类　节选

大抵观书先须熟读，使其言皆若出于吾之口。

大凡读书，须是熟读。熟读了，自精熟；精熟后，理自见得。如吃果子一般，劈头方咬开，未见滋味，便吃了。须是细嚼教烂，则滋味自出，方始识得这个是甜是苦是甘是辛，始为知味。

…… ……

书只贵读，读多自然晓。

…… ……

读书之法，须是用工去看。先一书费许多工夫，后则无许多矣，始初一书费十分工夫，后一书费八九分，后则费六七分，又后则费四五分矣。

导读 俗话说："熟读唐诗三百首，不会作诗也会吟。"说的就是"书"必须熟读、精读的"读书法"，阐述了"书读百遍，其义自见"的道理。《朱子语类》是南宋大儒朱熹与其门人对答的集录，全书共 140 卷，按内容分为 26 个项目，由南宋末期的黎靖德编成。

释义 大抵：大都，表示总括一般的情况。

大凡：同"大抵"。

原典 岳阳楼记

庆历四年春，滕子京谪守巴陵郡。越明年，政通人和，百废具兴。乃重修岳阳楼，增其旧制，刻唐贤今人诗赋于其上。属予作文以记之。

予观夫巴陵胜状，在洞庭一湖。衔远山，吞长江，浩浩汤汤，横无际涯；朝晖夕阴，气象万千。此则岳阳楼之大观也，前人之述备矣。然则北通巫峡，南极潇湘，迁客骚人，多会于此，览物之情，得无异乎？

若夫淫雨霏霏，连月不开，阴风怒号，浊浪排空，日星隐曜，山岳潜形，商旅不行，樯倾楫摧，薄暮冥冥，虎啸猿啼。登斯楼也，则有去国怀乡，忧谗畏讥，满目萧然，感极而悲者矣。

至若春和景明，波澜不惊，上下天光，一碧万顷；沙鸥翔集，锦鳞游泳；岸芷汀兰，郁郁青青。而或长烟一空，皓月千里，浮光跃金，静影沉璧，渔歌互答，此乐何极！登斯楼也，则有心旷神怡，宠辱偕忘，把酒临风，其喜洋洋者矣。

嗟夫！予尝求古仁人之心，或异二者之为，何哉？不以物喜，不以己悲；居庙堂之高则忧其民；处江湖之远则忧其君。是进亦忧，退亦忧。然则何时而乐耶？其必曰“先天下之忧而忧，后天下之乐而乐”乎！噫！微斯人，吾谁与归？

时六年九月十五日。

导读 范仲淹（989—1052），字希文，北宋政治家、思想家、军事家、文学家。“记”是古代一种借写景、叙事或议论，抒发作者情怀和抱负的文体。本文选自范仲淹《范文正公集》，是范仲淹被贬邓州时，应谪守岳州的滕子京之请所写的一篇著名散文。作者一反“迁客骚人”因个人得失而生的牢骚哀怨，而是以凝练生动的笔触，借登览洞庭湖的壮阔美景，抒写旷达豪迈之情，特别是叙写洞庭景色的阴晴变化，引起登临者或悲或喜的不同情绪，并以这两种迥然不同的览物之情的描述作陪衬，归结到“古仁人之心”。表达了自己“不以物喜，不以己悲”的审美情趣、“先天下之忧而忧，后天下之乐而乐”的为人处世态度，以及以天下为己任的宏大抱负。本文不仅结构谨严、立意新颖、构思精妙，而且骈散交杂、词采富丽、音调谐美，更是将写景、记事、抒情、议论熔于一炉，气势磅礴。

释义 庆历四年：公元1044年。庆历，宋仁宗赵祯的年号。

滕子京谪守巴陵郡：滕子京降职任岳州知事。滕子京，名宗谅，字子京，范仲淹的朋友。

迁客：被贬谪流迁的人。

日星隐曜：太阳和星星隐藏起光辉。

樯倾楫摧：桅杆倒下，船桨折断。

居庙堂之高则忧其民：在朝中做官担忧百姓。

处江湖之远则忧其君：处在僻远的地方做官则为君主担忧。

先天下之忧而忧，后天下之乐而乐：在天下人担忧之前先担忧，在天下人享乐之后才享乐。

微斯人，吾谁与归：如果没有这样的人，那我同谁一起呢？

原典　爱莲说

水陆草木之花，可爱者甚蕃。晋陶渊明独爱菊；自李唐来，世人甚爱牡丹；予独爱莲之出淤泥而不染，濯清涟而不妖，中通外直，不蔓不枝，香远益清，亭亭净植，可远观而不可亵玩焉。予谓菊，花之隐逸者也；牡丹，花之富贵者也；莲，花之君子者也。噫！菊之爱，陶后鲜有闻，莲之爱，同予者何人？牡丹之爱，宜乎众矣！

导读　这是一篇广为传诵的经典散文，作者是北宋理学濂洛学派的创始人周敦颐。周敦颐（1017—1073），又名周元皓，字茂叔，道州营道（今湖南道县）人，北宋哲学家。曾筑室于庐山莲花峰下小溪旁，后人因他旧居濂溪畔，遂称其为濂溪先生。公元 1037 年，20 岁的周敦颐随母亲来到镇江，与鹤林寺寺僧寿涯成为忘年交，常借居寺内读书且“每以师事之”，学业大进。在寺内读书凿有一方小池植莲，名曰“爱莲池”。“说”是一种议论文的文体，可以直接说明事物或论述道理，也可以借人、借事或借物的记载来论述道理。全文以一“爱”字贯穿，托物咏志，以简洁凝练的笔墨，传神地描摹了莲花的高洁之美。表明了作者对美好理想的憧憬，对高尚情操的敬慕，以及对当时社会贪腐时弊的憎恶。文章所表达的崇廉品德与高尚的美学情趣，在今天仍然具有十分重要的借鉴意义。作为经典之作，本篇的写作手法也是别具一格的，文字简洁、内蕴丰富，虚实结合、借花喻人，极具艺术感染力。

释义　甚蕃：很多。

晋陶渊明独爱菊：晋朝陶渊明只喜爱菊花。陶渊明独爱菊花，常在诗里咏菊，如《饮酒》诗里的“采菊东篱下，悠然见南山”，向来称为名句。

出淤泥而不染：比喻君子不为世俗所污。

濯（zhuó）清涟而不妖：在清水里洗过，显得洁净而不妖媚。

不蔓（màn）不枝：不生蔓，不长枝。

亵（xiè）玩：态度不庄重地亲近玩赏。

原典　弈　喻

予观弈于友人所。一客数败。嗤其失算，辄欲易置之；以为不逮己也。顷之，客请与予对局，予颇易之。甫下数子，客已得先手。局将半，予思益苦，而客之智尚有余。竟局数之，客胜予十三子。予赧甚，不能出一言。后有招予观弈者，终日默坐而已。

今之学者，读古人书，多訾古人之失；与今人居，亦乐称人失。人固不能无失。然试易地以处，平心而度之，吾果无一失乎？吾能知人之失，而不能见吾之失；吾能指人之小失，而不能见吾之大失。吾求吾失且不暇，何暇论人哉？

弈之优劣，有定也。一著之失，人皆见之；虽护前者，不能讳也。理之所在，各是其所是，各非其所非。世无孔子，谁能定是非之真？然则人之失者，未必非得也；吾之无失者，未必非大失也；而彼此相嗤，无有已时，曾观弈者之不若已！

导读 钱大昕（1728—1804），字晓徵，号辛楣，又号竹汀，晚称潜揅老人。嘉定（今属上海）人。乾隆年间（1736—1796）进士。由编修累官至少詹事、广东学政。乾隆四十年（1775）以后主讲钟山、娄东、紫阳等书院。治学颇广，尤精校勘、音韵，著有《十驾斋养新录》《恒言录》等，后辑为《潜揅堂文集》。《弈喻》是钱大昕创作的一篇散文，该文寓意深刻，以下围棋作比喻，阐述了“人贵有自知之明，也贵有知人之明，不要妄自尊大，也不要轻视别人”的道理。以弈为喻，并不少见，如“世事如棋”“常恨人生不如棋”等，孟子也曾以弈为喻，指出“不专心致志不得也”，但是钱大昕的《弈喻》一文更能引起读者深入的思索。

释义 辄欲易置之：总是想替换他去下棋，意思是替人下。易，变易取代。

易之：轻视它，认为它很容易。

竟局数（shǔ）之：终盘计算棋子（以定胜负情况）。

赧甚：很惭愧。

訾（zǐ）：诋毁。

护前：回护以前的错误，泛指护短。

各是其所是，各非其所非：赞成自以为正确的，反对自以为不正确的。

曾观弈者之不若己：简直连看棋的人都赶不上了。

第十四周

德 原典　世说新语　三则

其一

管宁、华歆共园中锄菜。见地有片金，管挥锄与瓦石不异，华捉而掷去之。又尝同席读书，有乘轩冕过门者，宁读如故，歆废书出看。宁割席分坐，曰："子非吾友也。"

其二

魏武尝过曹娥碑下，杨脩从。碑背上见题做"黄绢幼妇，外孙齑臼"八字。魏武谓脩曰："卿解不？"答曰："解。"魏武曰："卿未可言，待我思之。"行三十里，魏武乃曰："吾已得。"令脩别记所知。脩曰："黄绢，色丝也，于字为'绝'。幼妇，少女也，于字为'妙'。外孙，女子也，于字为'好'；齑臼，受辛也，于字为'辤'。所谓'绝妙好辤'也。"魏武亦记之，与脩同，乃叹曰："我才不及卿，乃觉三十里。"

其三

锺士季精有才理，先不识嵇康。锺要于时贤俊之士，俱往寻康。康方大树下锻，向子期为佐鼓排。康扬槌不辍，傍若无人，移时不交一言。锺起去，康曰："何所闻而来？何所见而去？"锺曰："闻所闻而来，见所见而去。"

导读　《世说新语》一般认为是南朝时期刘义庆所作，其内容主要是记载东汉后期到魏晋间一些名士的言行与轶事，具有很高的文史价值。本篇所选的三则故事，说明了各自的道理。第一则通过管宁与华歆一起劳动和读书时的表现，说明了两人的品性差异。作者对管宁和华歆的褒贬态度是显而易见的。第二则讲杨脩的聪明，实际上是小聪明。杨脩后来终于因自己的这些小聪明而被曹操所杀。这就给人以提示，做人要低调，不要耍小聪明。第三则讲钟会与嵇康的故事。锺会去拜访嵇康，嵇康只顾自己打铁，对锺会根本不予理睬，得罪了锺会，后来遭其构陷，被司马昭所杀，年仅四十岁。说明自恃清高而目中无人是不可取的。

释义 管挥锄与瓦石不异，华捉而掷去之：管宁（看到金片）继续挥锄劳动（把金片当作瓦石一样，不动心），而华歆则把金片捡起来扔出去了。

割席分坐：把席子一割两半分开坐。古人坐在席子上读书，两人同坐一张席相当于现在的同桌。把席子割开分坐，表示管宁不愿与华歆同桌。

卿未可言，待我思之：你先不要说，让我想一想。

我才不及卿，乃觉三十里：我的才能不如你，相差三十里。当时曹操和杨脩随部队一起行军，看到碑上的八个字后，杨脩立刻理解了这八个字的意思，而曹操走了三十里后才明白。

锺士季精有才理，先不识嵇康：锺会这个人精明而有才智，开始时不认识嵇康。钟会，字士季。嵇康是当时的名人，竹林七贤之一。

锺要于时贤俊之士，俱往寻康：锺会邀请当时的贤俊之士一起去拜访嵇康。

康方大树下锻，向子期为佐鼓排：嵇康正在大树下打铁，向秀帮他用风箱鼓风。向秀，字子期，是嵇康的朋友，也是竹林七贤之一。

康扬槌不辍，傍若无人，移时不交一言：嵇康抡锤不停地打铁，旁若无人，一直不说话。

原典　全唐文·棋赋　节选

奇谋入妙，巧思参玄，虽一枰之可美，起三隅而邈然，似将军之出塞，若猛士之临边。及其进也，则鸟集云布，阵合兵连，或参差而易决，或龃龉而难便。开马眼以防后，张虎口而遮前，磊磊似玉石之相饰，粲粲若众星之丽天。尔其深思远虑，知白守黑，以仁义为反道，用诡谲为明德。或意在东南，而伪击西北，类行藏之通变，同阴阳之不测。于是且侵且战，不恃不平，雁行络绎，鱼阵纵横。宁扶危以救死，不贪败以丧生。或偏攻于略地，或专命于用兵，或辘轳以成劫，或宛转而入征。虽劳形而竭思，固难得以言名。及夫雌雄有决，疑多胜寡，思悠扬而不定，气沉吟而未下。名不可窃，智不可假。千虑万计，复何为者？行必量力，动则相时，其措意也屡巧，其适变也多姿。既得之者荣，失之者辱，此余而未已，彼怀而讵足。驰神不竭，应运无穷，势出心外，命悬手中。围初开而复闭，路欲塞而还通，伊仁智之可玩，岂造化之为功。使夫离娄丧睛，隶首迷术，公子罢宴而惊视，樵客入山而忘出。

导读 这是一篇专门描写围棋博弈的赋，作者为唐代文学家吴大江。作者通过精巧鲜活的比喻和引人入胜的描写，生动地展示了棋手之间斗智斗勇、纵横捭阖、跌宕多姿的精彩，令人有身临其境之感。最后以“公子罢宴而惊视，樵客入山而忘出”的对句结尾，言尽棋韵之神妙，虽是戛然而止，却余味无穷。

释义 入妙、参玄：均指棋手思考时的神态。

枰：棋盘。

开马眼：指围棋中的做眼，即在棋盘上围成使对方不可在内投子的空格。

张虎口：在棋盘上以虎形的三子由三面围拢中的空着的那个交叉点就叫作虎口，用来使棋盘上己方的棋子连络，也是为了防止对方的棋子切断己方连络的手段。

略地：占领土地。

劫：指围棋中的打劫。对局双方从开劫、提劫、找劫、应劫、再提劫，直至劫最后解消的整个过程，均可概括称为“打劫”。

征：也称征子、征吃，围棋的基本走法之一。是一种利用对方棋子只有一口气，通过不断扭拐叫吃的吃子方法。

离娄：传说中的视力特强的人。

隶首：黄帝的史官，始作算数。也借指善算数者。

樵客：出门打柴的人。

原典　恒斋文集　节选

治生之道，莫尚乎勤。故邵子云："一日之计在于晨，一岁之计在于春，一生之计在于勤。"言虽近，而旨则远矣！

无如人之常情，恶劳而好逸，甘食褕衣，玩日愒岁。以之为农，则不能深耕而易耨；以之为工，则不能计日而效功；以之为商，则不能乘时而趋利；以之为士，则不能笃志而力行；徒然食息于天地之间，是一蠹耳！

夫天地之化，日新则不敝。故户枢不蠹，流水不腐，诚不欲其常安也。人之心与力，何独不然？劳则思，逸则淫，物之情也。

大禹之圣，且惜寸阴；陶侃之贤，且惜分阴；又况贤圣不若彼者乎？

导读　本篇选自清代李文炤的《恒斋文集》。李文炤，经学家。字元朗，号恒斋，湖南善化（今属湖南长沙）人。潜心于程朱之学，曾任岳麓书院山长。

勤能补拙是良训，一分辛苦一分才。作者通过引用先贤之言和具体事实说理，说明伟大的成绩和辛勤的劳动是成正比的，阐释了有一份劳动就有一份收获的道理。强调圣贤之人都十分珍惜光阴，我们普通人更是要爱惜时间，日积月累地去努力。

释义　治生：自营生计，维持生活。

邵子：邵雍，宋代理学家。

甘食褕（yú）衣：只顾眼前吃好穿好。

玩日愒（kài）岁：贪图玩乐，空过时日。

易耨（nòu）：锄草。

户枢不蠹，流水不腐：经常转动的门轴不会被虫子蛀蚀，流动的水不会腐臭。

智 原典　白鹤堂诗文集·为学一首示子侄

蜀之鄙有二僧，其一贫，其一富。贫者语于富者曰："吾欲之南海，何如？"富者曰："子何恃而往？"曰："吾一瓶一钵足矣。"富者曰："吾数年来欲买舟而下，犹未能也。子何恃而往？"越明年，贫者自南海还，以告富者，富者有惭色。西蜀之去南海，不知几千里也，僧富者不能至，而贫者至焉。人之立志，顾不如蜀鄙之僧哉！

导读　本篇选自彭端淑的《白鹤堂诗文集》。彭端淑（约 1699—1779），字乐斋，号仪一，眉州丹棱（今四川丹棱）人。为官待民宽厚，常以"清慎"自励；辞官后曾任锦江书院主讲、院长二十年。

篇中二僧都准备去南海，照理说富僧更易成行，他却在等待着买船后再出发。然而就在等待中，贫僧靠着一瓶一钵，已去南海并顺利返回了，这让富僧深感惭愧。诚然，成就事业需要有一定的客观条件，但事实上远大的志向、坚定的意志更为重要。贫僧与富僧的差别，不在于物质条件，而在于远大的志向、坚定的意志和超人的毅力。正因为这一点，贫僧才能打破富僧的思维定式，以足代舟，实现步行南海的成功之旅。有理想、肯行动、不畏艰难，是成就奇迹的关键。天下无难事，有志者事竟成。这正是作者从立志苦行的僧人那里敏悟到的具有普遍性的道理。

释义　鄙：偏远的地方。

何恃：依靠什么。

钵：钵盂。古代和尚盛饭的器皿。

越明年：过了一年，到了第二年。

原典 病梅馆记

江宁之龙蟠，苏州之邓尉，杭州之西溪，皆产梅。或曰："梅以曲为美，直则无姿；以欹为美，正则无景；以疏为美，密则无态。"固也。此文人画士，心知其意，未可明诏大号以绳天下之梅也；又不可以使天下之民斫直，删密，锄正，以夭梅、病梅为业以求钱也。梅之欹之疏之曲，又非蠢蠢求钱之民能以其智力为也。有以文人画士孤癖之隐明告鬻梅者，斫其正，养其旁条，删其密，夭其稚枝，锄其直，遏其生气，以求重价，而江浙之梅皆病。文人画士之祸之烈至此哉！

予购三百盆，皆病者，无一完者。既泣之三日，乃誓疗之：纵之顺之，毁其盆，悉埋于地，解其棕缚；以五年为期，必复之全之。予本非文人画士，甘受诟厉，辟病梅之馆以贮之。

呜呼！安得使予多暇日，又多闲田，以广贮江宁、杭州、苏州之病梅，穷予生之光阴以疗梅也哉！

导读 本文是一篇针砭时弊而又寓意隐晦的小品文，选自《龚自珍全集》。文章通篇以梅为中心，托物取喻，以"病梅"比喻被束缚、被摧残的官场庸才，以自然之梅比喻个性解放的俊杰之才，并满怀深情痛惜美之被害，意欲"穷予生之光阴以疗梅"，从而隐晦曲折地表达了自己的政治见解和思想感情。

释义 江宁：旧江宁府所在地，在今江苏南京。

龙蟠：龙蟠里，在今南京清凉山下。

邓尉：山名。在今江苏苏州西南。

西溪：地名。在今浙江杭州灵隐西北。

明诏大号：宣告，大声疾呼。

斫（zhuó）：用刀斧砍削。

鬻（yù）：卖。

棕缚：棕绳的束缚。

诟厉：斥责，辱骂。

第十五周

原典　世说新语　二则

其一

郗太傅在京口，遣门生与王丞相书，求女婿。丞相语郗信："君往东厢，任意选之。"门生归白郗曰："王家诸郎亦皆可嘉，闻来觅婿，咸自矜持，惟有一郎在东床上坦腹卧，如不闻。"郗公云："正此好！"访之，乃是逸少，因嫁女与焉。

其二

王子猷居山阴，夜大雪，眠觉，开室，命酌酒。四望皎然，因起彷徨，咏左思《招隐》诗，忽忆戴安道。时戴在剡，即便夜乘小船就之。经宿方至，造门不前而返。人问其故，王曰："吾本乘兴而行，兴尽而返，何必见戴？"

导读　第一则即典故"东床快婿"的出处，选自《雅量》篇，表现了王羲之清高坦荡、不慕权门的品格和名臣郗鉴善于识人的过人之处；第二则是典故"雪夜访戴"的出处，选自《任诞》篇，体现了王徽之潇洒率真的个性，也反映了东晋名士们任性旷达、不拘形式的精神风貌。

释义　郗（xī）太傅：指东晋名臣郗鉴，高平金乡（今属山东济宁）人，少年时即以清节儒雅著名，东晋建立后曾任安西将军、尚书令等职，参与讨平王敦之乱和苏峻之乱，并与王导、卞壸（kǔn）等同受元帝遗诏辅佐晋成帝，历任司空、侍中，咸康四年（338）拜太尉，拒绝外戚庾亮废王导的建议，阻止了朝中的士族斗争，咸康五年（339）去世，追赠太宰，谥"文成"。

在京口：咸和六年（331）后赵石勒部将刘征侵扰东南诸郡，郗鉴率兵屯驻京口，节度诸郡军事，最终将刘征击退。镇江方志记载，镇江城内的唐颓山即是当年郗鉴驻节屯兵之处。

王丞相：东晋名臣王导，东晋朝廷的奠基者之一。

逸少：王羲之的表字。

王子猷：即王徽之，字子猷，王羲之第五子，也是书法名家。

山阴：会稽郡山阴县，今属浙江绍兴。

皎然：洁白明亮貌。

因起彷徨：于是起身徘徊。

左思：西晋著名文学家。

招隐：左思所作两首描写隐士生活的诗。

戴安道：戴逵（326—396），字安道，谯郡铚（今安徽宿州）人，东晋名士，善属文，工书画，能鼓琴。

剡：会稽郡剡县（今浙江嵊州）。

造门不前：到了门口却不上前。

原典 滕王阁序

南昌故郡，洪都新府。星分翼轸，地接衡庐。襟三江而带五湖，控蛮荆而引瓯越。物华天宝，龙光射牛斗之墟；人杰地灵，徐孺下陈蕃之榻。雄州雾列，俊采星驰。台隍枕夷夏之交，宾主尽东南之美。都督阎公之雅望，棨戟遥临；宇文新州之懿范，襜帷暂驻。十旬休假，胜友如云；千里逢迎，高朋满座。腾蛟起凤，孟学士之词宗；紫电青霜，王将军之武库。家君作宰，路出名区；童子何知，躬逢胜饯。

时维九月，序属三秋。潦水尽而寒潭清，烟光凝而暮山紫。俨骖騑于上路，访风景于崇阿。临帝子之长洲，得天人之旧馆。层峦耸翠，上出重霄；飞阁流丹，下临无地。鹤汀凫渚，穷岛屿之萦回；桂殿兰宫，即冈峦之体势。

披绣闼，俯雕甍，山原旷其盈视，川泽纡其骇瞩。闾阎扑地，钟鸣鼎食之家；舸舰弥津，青雀黄龙之舳。云销雨霁，彩彻区明。

落霞与孤鹜齐飞，秋水共长天一色。渔舟唱晚，响穷彭蠡之滨；雁阵惊寒，声断衡阳之浦。

遥襟甫畅，逸兴遄飞。爽籁发而清风生，纤歌凝而白云遏。睢园绿竹，气凌彭泽之樽；邺水朱华，光照临川之笔。四美具，二难并。穷睇眄于中天，极娱游于暇日。天高地迥，觉宇宙之无穷；兴尽悲来，识盈虚之有数。望长安于日下，目吴会于云间。地势极而南溟深，天柱高而北辰远。关山难越，谁悲失路之人；萍水相逢，尽是他乡之客。怀帝阍而不见，奉宣室以何年？

嗟乎！时运不齐，命途多舛。冯唐易老，李广难封。屈贾谊于长沙，非无圣主；窜梁鸿于海曲，岂乏明时？所赖君子见机，达人知命。老当益壮，宁移白首之心？穷且益坚，不坠青云之志。酌贪泉而觉爽，处涸辙以犹欢。北海虽赊，扶摇可接；东隅已逝，桑榆非晚。孟尝高洁，空余报国之情；阮籍猖狂，岂效穷途之哭！

勃，三尺微命，一介书生。无路请缨，等终军之弱冠；有怀投笔，慕宗悫之长风。舍簪笏于百龄，奉晨昏于万里。非谢家之宝树，接孟氏之芳邻。他日趋庭，叨陪鲤对；今兹捧袂，喜托龙门。杨意不逢，抚凌云而自惜；钟期既遇，奏流水以何惭？

呜乎！胜地不常，盛筵难再；兰亭已矣，梓泽丘墟。临别赠言，幸承恩于伟饯；登高作赋，是所望于群公。敢竭鄙怀，恭疏短引；一言均赋，四韵俱成。请洒潘江，各倾陆海云尔。

滕王高阁临江渚，佩玉鸣鸾罢歌舞。
画栋朝飞南浦云，珠帘暮卷西山雨。
闲云潭影日悠悠，物换星移几度秋。
阁中帝子今何在？槛外长江空自流。

导读 王勃（650 或 649—676），字子安，绛州龙门（今山西河津）人。隋末学者文中子王通之孙。年十四，举幽素科，授朝散郎。因作文得罪唐高宗而被放逐，漫游于蜀中。后补虢州参军，犯死罪，遇赦，革职。因渡南海赴交趾探望父亲，溺水受惊而死。工诗能文，与杨炯、卢照邻、骆宾王齐名，并称“初唐四杰”。《滕王阁序》堪称千古鸿文，文章由洪州的地势、人才写到宴会，写滕王阁的壮丽，眺望广远，扣紧秋日，景色鲜明；

再从宴会娱游写到人生遇合，抒发身世之感；接着写作者的遭遇并表白要自励志节，最后以应命赋诗和自谦之辞作结。全文表露了作者的抱负和怀才不遇的愤懑心情。

释义 滕王阁：为唐高祖的儿子滕王李元婴任洪州都督时修建，旧址在今江西南昌长江之滨。

星分翼轸（zhěn）：（洪州）属于翼、轸二星所对着的地面的区域。古人用天上二十八宿（列星）的方位来区分地面的区域，某个星宿对着地面的某个区域，叫作某地在某星的分野。

衡庐：指湖南的衡山和江西的庐山。

人杰地灵，徐孺下陈蕃之榻：人有俊杰是因为地有灵秀（之气），徐孺子在太守陈蕃家中下榻。徐孺，名稚，字孺子，南昌人，东汉时名士，家贫，常亲自耕种，德行为人所景仰。当时陈蕃为南昌太守，素来不接待宾客，专为徐稚设一榻，平时挂起，只有在徐稚来访时才放下。因此后世有“下榻”的说法。

家君作宰，路出名区；童子何知，躬逢胜饯（jiàn）：家父做交趾县（今属越南）的县令，自己因探望父亲路过这个有名的地方（指洪州）；年幼无知，（却有幸）参加这场盛大的宴会。

原典　蜀道难

噫吁嚱，危乎高哉！蜀道之难，难于上青天！蚕丛及鱼凫，开国何茫然！尔来四万八千岁，不与秦塞通人烟。西当太白有鸟道，可以横绝峨眉巅。地崩山摧壮士死，然后天梯石栈相钩连。上有六龙回日之高标，下有冲波逆折之回川。黄鹤之飞尚不得过，猿猱欲度愁攀援。青泥何盘盘，百步九折萦岩峦。扪参历井仰胁息，以手抚膺坐长叹。问君西游何时还？畏途巉岩不可攀。但见悲鸟号古木，雄飞雌从绕林间。又闻子规啼夜月，愁空山。蜀道之难，难于上青天，使人听此凋朱颜！连峰去天不盈尺，枯松倒挂倚绝壁。飞湍瀑流争喧豗，砯崖转石万壑雷。其险也若此，嗟尔远道之人胡为乎来哉！剑阁峥嵘而崔嵬，一夫当关，万夫莫开。所守或匪亲，化为狼与豺。朝避猛虎，夕避长蛇，磨牙吮血，杀人如麻。锦城虽云乐，不如早还家。蜀道之难，难于上青天，侧身西望长咨嗟！

导读 诗仙李白以雄健奔放、变幻莫测的笔调，运用夸张的手法，淋漓尽致地描绘了由秦入蜀道路上惊险而奇丽的山川，表现了诗人杰出的艺术才能和丰富的想象力。《蜀道难》是乐府古题，也就是说，古代有很多人用这个题目作诗。但唐以前的《蜀道难》作品，简短单薄，少有可取之处。李白的这首《蜀道难》，对乐府古题有所创新和发展，用了大量散文化诗句，字数从三言、四言、五言、七言直到十一言，参差错落，长短不齐，形成了极为奔放的语言风格。诗的用韵，也突破了南朝时期一韵到底的程式，在描写蜀中险要环境时，一连三换韵脚，极尽变化之能事。殷璠在《河岳英灵集》中称此诗“奇之又奇，自骚人以还，鲜有此体调”。

释义 蚕丛、鱼凫：传说中古蜀国开国的两个国君。

太白：山名，即今秦岭的主峰太白山。

地崩山摧壮士死，然后天梯石栈相钩连：传说秦惠王曾派五丁力士开山筑路，经过千难万险才在秦蜀之间修建了一条勾连群山的天梯栈道。

上有六龙回日之高标：羲和所驾的六龙车遇到了这么高的山，也只好回头。传说太阳神羲和是驾着六条龙所拉的车子在天上行走的。

青泥：山名，即青泥岭。

扪参历井仰胁息，以手抚膺坐长叹：参、井都是星宿名。这句意谓山高入天，伸手可摸到天上的星辰。

使人听此凋朱颜：人们听到蜀道的险峻，便会因惊愕而变了脸色。

飞湍瀑流争喧豗（huī），砯崖转石万壑雷：这句是说，激流瀑布发出巨大的响声，水流在岩石上撞击翻滚，听起来像在万山丛中打雷。喧豗，哄闹声。砯（pēng），水击岩石声。转，翻滚。

锦城：指成都。

德 原典　蝜蝂传

蝜蝂者，善负小虫也。行遇物，辄持取，卬其首负之。背愈重，虽困剧不止也。其背甚涩，物积因不散，卒踬仆不能起。人或怜之，为去其负。苟能行，又持取如故。又好上高，极其力不已，至坠地死。

今世之嗜取者，遇货不避，以厚其室，不知为己累也，唯恐其不积。及其怠而踬也，黜弃之，迁徙之，亦以病矣。苟能起，又不艾。日思高其位，大其禄，而贪取滋甚，以近于危坠，观前之死亡不知戒。虽其形魁然大者也，其名人也，而智则小虫也。亦足哀夫！

导读　本篇为寓言小品，通过描写小虫蝜蝂善负物、喜爬高的特性，讽刺“今世之嗜取者”聚敛资财、贪得无厌、至死不悟的丑恶面目和心态，嘲讽了一味追求名位、贪婪成性的丑行。文章包括两个部分：第一部分描述蝜蝂善负物、喜爬高两个特性；第二部分讽刺腐败官僚的贪得无厌。这两部分分别扣住蝜蝂和腐败官吏各自特点展开议论，两部分相互对应，意理一贯，内在逻辑十分严密，将小虫和贪官的形象淋漓尽致地揭示出来。虽然篇幅短小，却像是一面明镜映射出当时社会的黑暗现实。作者善于观察生活，写小虫持物负重的本性如可目睹；更善于思考社会人生问题，写贪官污吏的贪婪成性入木三分。此文的一个重要特色是塑造了蝜蝂这一艺术形象。柳宗元的文章善于绘声绘影，因物肖形，创造了比较完整的、个性化的寓言形象，既集中动物本身的特征，形象鲜明生动，又揭示了现实生活中某些人的嘴脸，寓意深刻，表达了作者对于官场腐败的厌恶及批判。文章行文简约精妙，说理师法自然，结构细密，逻辑严谨，类比恰切，过渡自然，语言犀利，叙事生动，议论精警，寓意深刻，具有很强的批判精神。更妙的是，连作者自己都可能始料未及，此文给后世的阅读者、研究者提供了不尽的想象空间，千载以后，仍能警戒世人。

释义 蝜蝂：《尔雅》中记载的一种黑色小虫，背隆起部分可负物。

辄持取：就去抓取。

卬：同“昂”，仰，抬头。

困剧：非常困倦疲累。困，疲乏。剧，很，非常。

踬仆：跌倒，这里是被东西压倒的意思。

嗜取者：贪得无厌的人。嗜，贪，喜好。

怠：通“殆”，松懈。

踬：跌倒，这里是垮台失败的意思。

黜弃：罢官。

迁徙：这里指贬斥放逐，流放。

不艾：不停止。艾，止息，停息，悔改。

原典 大风留金山两日

塔上一铃独自语，明日颠风当断渡。朝来白浪打苍崖，倒射轩窗作飞雨。龙骧万斛不敢过，渔舟一叶从掀舞。细思城市有底忙，却笑蛟龙为谁怒。无事久留童仆怪，此风聊得妻孥许。灊山道人独何事，半夜不眠听粥鼓。

导读 这首诗是苏轼经过镇江时所作，可分为两部分。前六句写“大风”。一、二句借佛图澄事言大风将至。佛图澄借铃语来说吉凶，苏轼借铃语来说风兆。第二句是铃语的内容：颠风即狂风。三至六句写风势，行文扣得很紧。风无形，故借浪以状风大：白浪打着苍崖，又从苍崖倒射于船上的轩窗，像雨点般洒在船上。“打”“射”“飞”三字，把无形的风写得有声有形、可触可感。五、六句通过集中写船进一步写风势：大船不敢过，小船任掀舞，通过一大一小，极写风浪的险恶。后六句写人，写他们一行因风浪太大被迫“留金山两日”。七、八句写他自己的态度：“赶到湖州去也没有什么事，在这里逗留几天也没有什么不好，蛟龙掀起汹涌的怒涛难不倒我。”这是一种随缘自适的态度。九、十句写妻孥童仆的态度：他们想快点到湖州，如果“无事久留”，定会受到责怪，此时是因风而留，他们也就无话可说了。最后两句是写潆山道人的态度。苏轼这次由徐州赴湖州，曾先到南都（商丘）看望弟弟苏辙，然后才南下，“至高邮，见太虚（秦观）、参寥，遂载与俱”（苏轼《跋秦太虚题名记》），可见这时参寥也在船上。后两句说，尽管风浪正掀打着船舱，参寥却正专心地倾听金山寺的木鱼声，反映了僧人不以风浪为意的镇定态度。此诗前半写景，有声有色；后半写人，风趣幽默。全诗表现了苏轼这种随缘自适、不以风浪为怀的情愫。

释义　“塔上”句：《晋书·佛图澄传》：“（石）勒死之年，天静无风，而塔上一铃独鸣。澄谓众曰：‘铃音云：国有大丧，不出今年矣。’既而勒果死。”此处化用其事。

颠风：狂风。

龙骧：晋龙骧将军王濬受命伐吴，造大船，一船可容二千余人，后因此以龙骧称大船。

万斛（hú）：形容船容量极大。古时一斛为十斗，南宋末改一斛为五斗。

潆山道人：北宋诗僧，与苏轼、秦观友善，常有唱和。苏轼赴湖州任途中，过高邮时与他相会，并与之同行。著有《参寥子诗集》。

粥鼓：指粥鱼，僧寺于黎明击木招呼众僧食粥，木像鱼形，故称粥鱼，此处泛指木鱼。

德 原典　诗经·无衣

岂曰无衣？与子同袍。王于兴师，修我戈矛，与子同仇！
岂曰无衣？与子同泽。王于兴师，修我矛戟，与子偕作！
岂曰无衣？与子同裳。王于兴师，修我甲兵，与子偕行！

导读　这首诗充满了激昂慷慨、同仇敌忾的气氛。按其内容，当是一首战歌，全诗表现了秦国军民团结互助、共御外侮的高昂士气和乐观精神，其独具矫健而爽朗的风格，正是秦人爱国主义精神的反映。当时的秦国位于今甘肃东部及陕西一带。朱熹《诗集传》说："秦人之俗，大抵尚气概，先勇力，忘生轻死，故其见于诗如此。"这首诗意气风发，豪情满怀，确实反映了秦地人民的尚武精神。在大敌当前、兵临城下之际，他们以大局为重，与周王室保持一致，一听"王于兴师"，他们就一呼百应，紧跟出发，团结友爱，协同作战，表现出崇高无私的品质和英雄气概。诵读此诗，不禁为诗中火一般燃烧的激情所感染，那种慷慨激昂的英雄主义气概令人心驰神往。之所以造成这样的艺术效果，第一是因为每章开头都采用了问答式的句法。一句"岂曰无衣"，似自责，似反问，洋溢着不可遏止的愤慨，仿佛在人们复仇的心灵上点上一把火，于是无数战士同声响应："与子同袍""与子同泽""与子同裳"。第二是因为语言富有强烈的动作性，"修我戈矛""修我矛戟""修我甲兵"，使人想象到战士们在磨刀擦枪、舞戈挥戟的热烈场面。这样的诗句，可以歌，可以舞，堪称激动人心的活剧。

释义　袍：战袍。

同仇：共同对敌。

泽：通"襗"，内衣，如今之汗衫。

原典　三国志·董遇传　节选

遇字季直，性质讷而好学。兴平中，关中扰乱，与兄季中依将军段煨。采稆负贩，而常挟持经书，投闲习读。其兄笑之而遇不改。

…… ……

初，遇善治《老子》，为《老子》作训注。又善《左氏传》，更为作朱墨别异。人有从学者，遇不肯教，而云“必当先读百遍”。言“读书百遍，其义自见”。从学者云：“苦渴无日。”遇言：“当以三余”。或问三余之意，遇言“冬者岁之余，夜者日之余，阴雨者时之余也”。

导读　本篇选自陈寿的《三国志》。董遇，字季直，为人朴实敦厚而且喜欢学习。汉献帝兴平年间，关中李榷等人作乱，董遇和他哥哥便投朋友段煨处。董遇和他哥哥入山打柴，背回来卖几个钱（维持生活），每次去打柴董遇总是带着书本，一有空闲就拿出来诵读，哥哥讥笑他，但他还是照样读他的书。董遇对《老子》很有研究，替它作了注释；对《春秋左氏传》也下过很深的功夫，根据研究心得写成《春秋左氏经传朱墨别异》。附近的读书人请他讲学，他不肯教，却对人家说：“读书百遍，其义自见。”请教的人说：“（您这番话有道理，）只是苦于没有时间。”董遇说：“应当用‘三余’时间。”有人问“三余”是什么。董遇说：“三余就是三种空闲时间。冬天，没有多少农活，这是一年里的空闲时间；夜间，不便下地劳动，这是一天里的空闲时间；雨天，不好出门干活，也是一种空闲时间。”

释义　讷：口齿不流利。

渴：急切，迫切。

原典　颜氏家训·名实　节选

名之与实，犹形之与影也。德艺周厚，则名必善焉；容色姝丽，则影必美焉。今不修身而求令名于世者，犹貌甚恶而责妍影于镜也。上士忘名，中士立名，下士窃名。忘名者，体道合德，享鬼神之福佑，非所以求名也；立名者，修身慎行，惧荣观之不显，非所以让名也；窃名者，厚貌深奸，干浮华之虚称，非所以得名也。

导读　《颜氏家训》是南北朝时期颜之推撰写的家训。该书成书于隋文帝灭陈国以后，隋炀帝即位之前（6 世纪末），是颜之推记述个人经历、思想、学识以告诫子孙的著作。作为传统社会的典范教材，《颜氏家训》开后世“家训”的先河，是我国古代家庭教育理论宝库中的一份珍贵遗产。历代统治者对《颜氏家训》非常推崇，甚至认为“古今家训，以此为祖”，被后世广为征引、反复刊刻，虽历经千余年而不佚，可见《颜氏家训》影响之大。

释义　一个人的名声与实际的他之间的关系，就好比形体与影子一样。德艺双馨的人，名声一定很好；长得好看的人，那影子一定很美。如今有人不修养身心却想在世上留个好名声，这就好比自身长得像丑八怪却责备镜子中的影子一样。自古以来，上等的士子品德高尚，却淡泊名利；中等的士子修身慎行，树立名声，怕不能彰显荣耀，不会推让名誉；下等的士子看起来朴素厚道，可内心狡猾奸诈，窃取人家的名誉，以谋求浮华的虚名，这样做是得不到真正的好名声的。

原典　梦游天姥吟留别

海客谈瀛洲，烟涛微茫信难求；越人语天姥，云霞明灭或可睹。天姥连天向天横，势拔五岳掩赤城。天台四万八千丈，对此欲倒东南倾。我欲因之梦吴越，一夜飞度镜湖月。湖月照我影，送我至剡溪。谢公宿处今尚在，渌水荡漾清猿啼。脚著谢公屐，身登青云梯。半壁见海日，空中闻天鸡。千岩万转路不定，迷花倚石忽已暝。熊咆龙吟殷岩泉，栗深林兮惊层巅。云青青兮欲雨，水澹澹兮生烟。列缺霹雳，丘峦崩摧。洞天石扉，訇然中开。青冥浩荡不见底，日月照耀金银台。霓为衣兮风为马，云之君兮纷纷而来下。虎鼓瑟兮鸾回车，仙之人兮列如麻。忽魂悸以魄动，恍惊起而长嗟。惟觉时之枕席，失向来之烟霞。世间行乐亦如此，古来万事东流水。别君去兮何时还？且放白鹿青崖间，须行即骑访名山。安能摧眉折腰事权贵，使我不得开心颜！

导读 此诗作于李白出翰林之后，其作年一说为天宝四载（745），一说为天宝五载（746）。唐玄宗天宝三载（744），李白在长安受到权贵的排挤被放出京，返回东鲁家园（在今山东济宁）。之后再度踏上漫游的旅途，这首描绘梦中游历天姥山的诗大约作于李白即将离开东鲁南游吴越之时。李白因政治上遭受挫折，精神上的苦闷愤怨郁结于怀。在现实社会中找不到出路，只有向虚幻的神仙世界和远离尘俗的山林去寻求解脱。这种遁世思想看似消沉，却不能一笔抹杀，它在一定程度上表现了李白在精神上摆脱了尘俗的桎梏，这才导致他在诗的最后发出“安能摧眉折腰事权贵，使我不得开心颜”那样激越的呼声。这种坚决不妥协的精神和强烈的反抗情绪正是这首诗的基调。此诗意境雄伟，变化惝恍莫测，艺术形象缤纷多彩，表现手法新奇，向来为人传诵，被视为李白的代表作之一。

释义 天姥：山名，在浙江新昌东面。传说登山的人能听到仙人天姥唱歌的声音，山因此得名。

瀛洲：古代传说中的东海三座仙山之一（另两座叫蓬莱和方丈）。

赤城：山名，在浙江天台西北。

天台（tāi）：山名，在浙江天台北部。

镜湖：又名鉴湖，在浙江绍兴南面。

剡（shàn）溪：水名，在浙江嵊州南面。

谢公：指南朝诗人谢灵运。

谢公屐（jī）：谢灵运穿的那种木屐。《南史·谢灵运传》记载：谢灵运游山，必到幽深高峻的地方，他备有一种特制的木屐，屐底装有活动的齿，上山时去掉前齿，下山时去掉后齿。木屐，以木板作底，上面有带子，形状像拖鞋。

半壁见海日：上到半山腰就看到从海上升起的太阳。

天鸡：古代传说东南有桃都山，山上有棵大树叫桃都，树枝绵延三千里，树上栖有天鸡，每当太阳初升照到这棵树上，天鸡就叫起来，天下的鸡也都跟着它叫。

列缺：闪电的别称。

金银台：金银铸成的宫阙，指神仙居住的地方。

鸾回车：鸾鸟驾着车。

原典　体育之研究　节选

体育一道，配德育与智育，而德智皆寄于体，无体是无德智也。顾知之者或寡矣，或以为重在知识，或曰道德也。夫知识则诚可贵矣，人之所以异于动物者此耳。顾徒知识之何载乎？道德亦诚可贵矣，所以立群道、平人己者此耳。顾徒道德之何寓乎？体者，为知识之载而为道德之寓者也。其载知识也如车，其寓道德也如舍。体者，载知识之车而寓道德之舍也。……

……　……

……欲文明其精神，先自野蛮其体魄，苟野蛮其体魄矣，则文明之精神随之。夫知识之事，认识世间之事物而判断其理也。于此有须于体者焉，直观则赖乎耳目，思索则赖乎脑筋。耳目、脑筋之谓体，体全而知识之事以全。故可谓间接从体育以得知识。今世百科之学，无论学校独修，总须力能胜任。力能胜任者，体之强者也，不能胜任者，其弱者也。强弱分，而所任之区域以殊矣。

导读　本篇节选自毛泽东《体育之研究》。这篇文章发表在 1917 年 4 月的

《新青年》杂志上，全文约七千字，署名“二十八画生”。这个“二十八画生”就是毛泽东，因为“毛泽东”三个字的繁体字“毛澤東”总共二十八画。毛泽东在文章里开宗明义，把体育和国力联系起来，说“国力苶弱，武风不振，民族之体质，日趋轻细。此甚可忧之现象也”，他认为身体是知识和道德的载体，没有一个强健的身体，知识和道德就没有依托。在这篇文章中，毛泽东提出了一个著名的论断：“欲文明其精神，先自野蛮其体魄。”

释义 顾知之者或寡矣：只是懂得这个道理的人很少啊。

或以为重在智识，或曰道德也：有的人认为重要的是知识，有的人认为是道德。

道德亦诚可贵矣，所以立群道平人己者此耳：道德也确实非常重要，社会的规范、个人的约束都有赖于此啊。立群道，建立大众的规范。平人己，约束别人和自己。

今世百科之学，无论学校独修，总须力能胜任：当今社会的所有学问，不管是在学校里学，还是自学，都需要体力能够胜任。

强弱分，而所任之区域以殊矣：（身体）强弱不同，则能够承担的任务轻重就不同啊。

第十七周

原典　将进酒

君不见黄河之水天上来，奔流到海不复回。
君不见高堂明镜悲白发，朝如青丝暮成雪。
人生得意须尽欢，莫使金樽空对月。
天生我材必有用，千金散尽还复来。
烹羊宰牛且为乐，会须一饮三百杯。
岑夫子，丹丘生，将进酒，杯莫停。
与君歌一曲，请君为我倾耳听。
钟鼓馔玉不足贵，但愿长醉不愿醒。
古来圣贤皆寂寞，惟有饮者留其名。
陈王昔时宴平乐，斗酒十千恣欢谑。
主人何为言少钱，径须沽取对君酌。
五花马、千金裘，呼儿将出换美酒，与尔同销万古愁。

导读　唐玄宗天宝初年（742），李白由道士吴筠推荐，被唐玄宗召进京，任命为供奉翰林。不久，因权贵的谗毁，于天宝三载（744）被排挤出京，唐玄宗赐金放还。此后，李白在江淮一带盘桓，思想极度烦闷，又重新踏上了云游祖国山河的漫漫旅途。李白作此诗时距他被唐玄宗“赐金放还”已有八年之久。这一时期，李白多次与友人岑勋（岑夫子）应邀到嵩山另一好友元丹丘的颍阳山居为客，三人登高饮宴，借酒放歌。诗人在政治上被排挤、受打击，理想不能实现，正值“抱用世之才而不遇合”之际，于是借酒兴诗情，以抒发满腔不平之气。这首诗非常形象地表现了李白桀骜不驯的性格：一方面对自己充满自信，孤高自傲；另一方面在政治前途出现波折后，又流露出纵情享乐之情。在这首诗里，李白演绎庄子的乐生哲学，表示对富贵、圣贤的藐视。而在豪饮行乐中，实则深含怀才不遇之情。

释义 将（qiāng）进酒：乐府旧题，《乐府诗集》卷十六引《古今乐录》曰："汉鼓吹铙歌十八曲，九曰《将进酒》。"

岑夫子：岑勋。丹丘生：元丹丘。二人均为李白的好友。

钟鼓：富贵人家宴会中奏乐使用的乐器。

馔（zhuàn）玉：形容食物如玉一样精美。

平乐：观名。在洛阳西门外，为汉代富豪显贵的娱乐场所。

沽：同"酤"，买。

五花马：指名贵的马。一说毛色作五花纹，一说颈上长毛修剪成五瓣。

原典　丹青引赠曹将军霸

将军魏武之子孙，于今为庶为清门。
英雄割据虽已矣，文采风流今尚存。
学书初学卫夫人，但恨无过王右军。
丹青不知老将至，富贵于我如浮云。
开元之中常引见，承恩数上南薰殿。
凌烟功臣少颜色，将军下笔开生面。
良相头上进贤冠，猛将腰间大羽箭。
褒公鄂公毛发动，英姿飒爽来酣战。
先帝御马玉花骢，画工如山貌不同。
是日牵来赤墀下，迥立阊阖生长风。
诏谓将军拂绢素，意匠惨淡经营中。
斯须九重真龙出，一洗万古凡马空。
玉花却在御榻上，榻上庭前屹相向。
至尊含笑催赐金，圉人太仆皆惆怅。
弟子韩幹早入室，亦能画马穷殊相。
幹惟画肉不画骨，忍使骅骝气凋丧。
将军画善盖有神，遇逢佳士亦写真。

即今飘泊干戈际，屡貌寻常行路人。
途穷反遭俗眼白，世上未有如公贫。
但看古来盛名下，终日坎壈缠其身。

导读 这是杜甫为唐代大画家曹霸写的一首诗，全诗错综多变，叙事抒情，跌宕有致，艺术上很成功。诗起笔先叙曹氏乃魏武帝曹操之后，如今却沦为寻常百姓。然后宕开一笔，颂扬曹霸祖先曹操称雄中原的业绩。这些业绩虽然已成为历史，但曹霸画中的笔墨文采却继承了其先祖曹操的英雄气概、流风余韵。开头四句，抑扬起伏，跌宕多姿，清代诗人王士禛十分赞赏，称为“工于发端”。接着写曹霸在书画上的师承渊源，最初学东晋卫夫人的书法，可惜不能超过王羲之，于是他就专心沉浸在绘画中而不知老之将至，淡于功名富贵。诗人笔姿灵活，错落有致：“开元”八句，写曹霸几次受到唐玄宗的召见，并颂扬曹氏人物画的成就；“先帝”八句，细腻刻画曹氏描绘“玉花骢”的经过；“玉花”八句，写画马的艺术魅力，竟使真假难分，并以韩幹之画作为反衬；“将军”八句，写如此精湛绝伦的画师，竟在战乱年代中落魄江湖，靠为路人画像为生。这也是杜甫对世态炎凉的感慨和切身体会。诗在结构上错综神奇、宾主分明；情感上抑扬起伏、摇曳多姿。杜甫此诗为历代诗人所赞赏，清代诗人翁方纲曾称此诗为“古今七言诗第一压卷之作”。

释义 丹青引：“丹青”指绘画，“引”是乐府诗歌的一种曲调，如李贺有《李凭箜篌引》。

曹霸：唐代画家。据张彦远《历代名画记》载：“每诏写御马及功臣，官至左武卫将军。”

卫夫人：晋代著名的女书法家。

王右军：王羲之，东晋著名书法家，史称“书圣”。

凌烟功臣少颜色，将军下笔开生面：凌烟功臣，凌烟阁上画的功臣像。这句是说，唐太宗时期由大画家阎立本在凌烟阁上画的功臣像已经褪颜色了，由曹霸重画，画像焕然一新，别开生面。

但看古来盛名下，终日坎壈（lǎn）缠其身：自古负有盛名的艺术家，往往最终时运不济、穷愁缠身。全诗也暗含了杜甫对自身不遇的慨叹。坎壈，失意困顿，不顺利。

原典　梦溪笔谈·索要回执

蒋堂侍郎为淮南转运使日，属县例致贺冬至书，皆投书即还。有一县令使人，独不肯去，须责回书；左右谕之皆不听，以至呵逐亦不去，曰："宁得罪；不得书，不敢回邑。"时苏子美在坐，颇骇怪，曰："皂隶如此野狠，其令可知。"蒋曰："不然，令必健者，能使人不敢慢其命令如此。"乃为一简答之，方去。子美归吴中月余，得蒋书曰："县令果健者。"遂为之延誉，后卒为名臣。或云乃天章阁待制杜杞也。

导读　本文记述了一个信使坚持向上级官府索要回执的事情。有趣的是，对该信使人们各有自己的看法：转运使的手下一个劲地赶他走，甚至大声斥责起来；来做客的大文人苏舜钦感到惊讶，并由此推论信使的县令也是个倔强、不通事理的人；唯独蒋堂很冷静且独具慧眼，断定派信使来的县令一定是个很有才能的人，所以他的手下才不敢怠慢他的命令。蒋堂的判断是正确的。沈括确实是高手，落墨不多，为我们写了个很有情趣的、生动的小故事。

释义　蒋堂：字希鲁，号遂翁，宋常州宜兴（今江苏宜兴）人，进士出身，历任知县、通判、知州等职，后又任江南东路、淮南转运使和礼部侍郎等。

贺冬至书：下级官员向上级祝贺冬至节的书信。

苏子美：苏舜钦（1008—1049），字子美，宋绵州盐泉（今四川绵阳市东南）人，迁居开封。景祐进士，召为集贤校理，监进奏院。后因遭权势嫉恨被贬逐，退居苏州。苏舜钦精于诗文书法，尤其擅长散文，有《苏学士文集》。

皂隶：差役，后专指衙门里的差役。

野狠：顶真，倔强，文中指不听人劝告。

健者：古指有雄才大略的人。

延誉：传扬美名。

杜杞：字伟长，曾知庆州。

智 原典　梦溪笔谈·巧筑苏州至昆山长堤

苏州至昆山县凡六十里，皆浅水，无陆途，民颇病涉。久欲为长堤，但苏州皆泽国，无处求土。嘉祐中，人有献计，就水中以蘧蒢刍稿为墙，栽两行，相去三尺。去墙六丈，又为一墙，亦如此。漉水中淤泥实蘧蒢中，候干，则以水车汱去两墙之间旧水，墙间六丈皆土，留其半以为堤脚，掘其半为渠，取土以为堤。每三四里则为一桥，以通南北之水。不日堤成，至今为利。

导读　沈括所记述的这件事，堪称交通与水利工程史上的创新之举。筑堤修路要用大量的土，但在水网地带，多的是水，缺的正是土。怎么办？劳动群众的智慧是无穷的，他们因地制宜，设计了一个巧妙的施工方案：就地取材，先用草把、芦席等在水中扎成宽三尺、相隔六丈的两组夹墙，接着捞出水中淤泥填进两道草把夹墙内，于是水中就形成了草把墙夹护而成的两道淤泥墙；等淤泥干了以后，再将两道土墙之间的积水抽干，这样就有六丈宽的土可挖了。这种方法，与现今修建大型水坝、大型桥墩的围堰法有异曲同工之妙。这项工程确实很有创意，可惜正史不载。沈括饶有兴味地详细记载了这项工程的具体施工方法，为北宋时期由民间成功实施的这项交通兼水利工程留下了宝贵的史料。

释义　陆途：陆路，地面上的道路。

涉：蹚着水走。

泽国：低洼积水之地。

蘧蒢（qú chú）：古代指用竹子或芦苇编织而成的席子，文中指芦席之类。

刍（chú）稿：指草把子。刍，喂牲畜的草。稿，谷类植物的茎秆。

汱（quǎn）：本指河水下落，这里是抽干水把水排掉的意思。

原典　天工开物·冶铸第八

宋子曰，首山之采，肇自轩辕，源流远矣哉。九牧贡金，用襄禹鼎，从此火金功用日异而月新矣。夫金之生也，以土为母；及其成形而效用于世也，母模子肖，亦犹是焉。精粗巨细之间，但见钝者司舂，利者司垦，薄其身以媒合水火而百姓繁，虚其腹以振荡空灵而八音起；愿者肖仙梵之身，而尘凡有至象；巧者夺上清之魄，而海寓遍流泉。即屈指唱筹，岂能悉数？要之，人力不至于此。

导读　本篇选自宋应星《天工开物》。相传上古黄帝时代已经开始在首山采铜铸鼎，可见中国冶铸的历史真是源远流长了。自从全国各地都进贡金属铜给夏禹铸成象征天下大权的九个大鼎以来，冶铸技术也就日新月异地发展起来了。金属本是从泥土中产生出来的，当它被铸造成器物来供人使用时，它的形状又跟泥土造的母模一个样。这正是所谓“以土为母”，“母模子肖”。铸件之中有精有粗，有大有小，作用各不相同。

释义　首山之采，肇自轩辕：轩辕，黄帝。《史记·孝武本纪》：“黄帝采首山铜，铸鼎于荆山下。”

九牧贡金，用襄禹鼎：《左传·宣公三年》：“昔夏之方有德也，远方图物，贡金九牧，铸鼎象物，万物而为之备。”九牧，九州之方伯。用九州所贡之铜铸九鼎以象九州之物。

母模子肖：按五行说，金生于土，故前云金“以土为母”，而浇铸金器则先以土为模范，故又云“母模子肖”。

薄其身以媒合水火：以金锻为刃器，铸为炊具，可为人获取食物，烹制于水火之中。

虚其腹以振荡空灵：以金铸为钟镈之属，可以发声传远。

愿者肖仙梵之身：有信仰者可以金铸仙佛之像。

上清：铜钱之代称。泉：钱。

第十八周

原典　月下独酌

花间一壶酒，独酌无相亲。举杯邀明月，对影成三人。月既不解饮，影徒随我身。暂伴月将影，行乐须及春。我歌月徘徊，我舞影零乱。醒时同交欢，醉后各分散。永结无情游，相期邈云汉。

导读　本篇以感情跌宕起伏和率性纯真而著称。通观全诗，李白的感情波澜可以明显分为几层，第一句起首是扬，“花间一壶酒”，而第二句紧接着抑，“独酌无相亲”。但是接下来的两句“举杯邀明月，对影成三人”一扫这种无相亲的冷落、孤单。在诗歌第一部分的结尾所出现的这种局面，是一种经过起伏、努力后获得的由冷清到热闹的场面。这第一波情感的起伏可以看作序幕的拉开，是“月下”场景的布置与“人物”（包括虚拟的月亮和身影）的出场。虽然出现了一点困扰，但还是比较圆满地顺着诗人自己设想的轨迹进行的。诗歌的第二部分也是四句，诗人同样又经历了一次由悲凉到喜悦的情感的轮回。从感叹月亮与身影这两个招呼来的酒伴的不尽如人意，到全然不顾、自得其乐的忘我境界，诗歌的第二波起伏是情节的正式展开，是“独酌”的实施。在这一阶段，诗人靠着自己既热烈又孤独的心境，在执着地追求一种不可能的完美，因为在孤独寂寞的境遇下，只有“不解饮”的月亮和“徒随身”的影子，已经不可能完美，但至少也是理想的境界。尽管“暂伴月将影”一句的“暂伴”多多少少透露了作者心中那一丝无奈，但是“行乐须及春”却说明了诗人已经调整了自己的心态，从而实现了这一次不再需要借助任何外界因素的自我满足的“独酌”。诗歌的第三波起伏是独酌的高潮与升华，在这一阶段，诗人已完全被自己创造出来的这个“月下独酌”的境界所陶醉，零乱的舞步，徘徊的月光，似醉似醒，物我一体，诗人在“尽欢”之后，马上就要在花间月下的美酒之乡沉沉睡去了。但就在他神志清醒的最后一刻，他没有忘记再次与那同他一起成就“独酌”的月亮与身影做出长久的约定：“永结无情游，相期邈云汉。”

释义 独酌：一个人饮酒。

间：一作“下”，一作“前”。

无相亲：没有亲近的人。

“举杯”二句：我举起酒杯招引明月共饮，明月与我及我的影子恰恰合成三人。一说月下人影、酒中人影和我为三人。

不解：不懂，不理解。三国魏嵇康《琴赋》：“推其所由，似元不解音声。”

及春：趁着春光明媚之时。

月徘徊：明月随我来回移动。

影零乱：因起舞而身影纷乱。

无情游：月、影没有知觉，不懂感情，李白与之结交，故称“无情游”。

相期邈云汉：约定在天上相见。这里指瑶天仙境。“邈云汉”一作“碧岩畔”。

原典 雨霖铃·寒蝉凄切

寒蝉凄切。对长亭晚，骤雨初歇。都门帐饮无绪，留恋处、兰舟催发。执手相看泪眼，竟无语凝噎。念去去、千里烟波，暮霭沉沉楚天阔。　　多情自古伤离别，更那堪冷落清秋节！今宵酒醒何处？杨柳岸、晓风残月。此去经年，应是良辰好景虚设。便纵有千种风情，更与何人说？

导读 柳永，字耆卿，原名三变，字景庄，崇安（今属福建）人。宋景祐元年（1034）进士，官至屯田员外郎。因排行第七，世称柳七或柳屯田。柳永墓在镇江北固山。其为人放荡不羁，终身潦倒，善为乐章，长于慢词。其词多描绘城市风光与歌妓生活，尤长于抒写羁旅行役之情。词风婉约，词作甚丰，是北宋第一个专力写词的词人。柳永创作慢词独多，发展了铺叙手法，在词史上产生了较大的影响，特别是对北宋慢词的兴盛和发展有重要作用。其词作流传极广，有“凡有井水饮处皆能歌柳词”之说。此词当为柳永从汴京南下时与一位恋人的惜别之作。上片细腻刻画了情人离别的场景，抒发离情别绪；下片着重摹写想象中别后的凄楚情状。全词遣词造句不着痕迹，绘景直白自然，场面栩栩如生，起承转合优雅从容，情景交融，蕴藉深沉，将恋人惜别时的真情实感表达得缠绵悱恻、凄婉动人，堪称抒写别情的千古名篇，也是柳词和婉约词的代表作。

释义 雨霖铃：词牌名，也写作“雨淋铃”，调见《乐章集》。相传唐玄宗入蜀时在雨中听到铃声而想起杨贵妃，故作此曲。曲调自身就具有哀伤的成分。

长亭：古代在交通要道边每隔十里修建一座长亭供行人休息，又称“十里长亭”。靠近城市的长亭往往是古人送别的地方。

都门：这里代指北宋的首都汴京（今河南开封）。

兰舟：船的美称。

凝噎：喉咙哽塞，欲语不出的样子。

去去：重复“去”字，表示行程遥远。

暮霭：傍晚的云雾。

原典 梦溪笔谈·透光鉴

世有透光鉴，鉴背有铭文，凡二十字，字极古，莫能读。以鉴承日光，则背文及二十字，皆透在屋壁上，了了分明。人有原其理，以谓铸时薄处先冷，唯背文上差厚，后冷而铜缩多，文虽在背，而鉴面隐然有迹，所以于光中现。予观之，理诚如是。然予家有三鉴，又见他家所藏，皆是一样，文画铭字无纤异者，形制甚古，唯此一样光透，其他鉴虽至薄者皆莫能透。意古人别自有术。

导读 铜镜在古代叫作鉴，是用铜、锡合金（有的还加有铅）铸成的。《考工记》载：“金锡半，谓之鉴燧之齐。”（这句话的大意是：铜和锡各占一半的配方，可以用来制造镜子。）我国使用镜子的历史很久远，一般认为透光镜发明于西汉时期，外形与普通铜镜一样，奇妙的是当光线照在镜面上时，镜背的花纹和铭文会随着投射光映照到前方。这种奇异的现象引起人们的种种猜想和推测，很多古代典籍中都有关于透光镜成像原理的猜测和推论，沈括《梦溪笔谈》所做的推论是比较科学的一种。沈括认为：铜镜之所以会透光，是由于铜镜各处厚薄不一，铸造时薄的地方冷却得快，而背面有花纹和文字的地方因为略厚所以冷却得慢一点，以致这些地方收缩会多一点；花纹和文字虽然在背面，但是正面仍隐有痕迹，所以在日光中一照就会显现出来。沈括对于铜镜透光原因的分析与推测，在经历了近千年之后，被证明是有科学道理的：铜镜透光是铜镜在冷却和加工研磨镜面或淬火的过程中产生的内应力所致。铜镜有铭文和图案处较厚，无铭文处较薄，由于厚薄不均匀，因此铜镜在铸造时产生铸造应力，在磨镜时发生弹性变形，使得厚处曲率小、薄处曲率大。由于差异太小，仅见微米，肉眼根本无法察觉。曲率的差异与背面的纹饰相对应，当光线照射到镜面时，曲率较大的地方（薄处）反射光比较分散，投影就比较暗；曲率较小的地方（厚处）反射光比较集中，投影就比较亮。因此，我们可以从镜的反射图像中见到有较亮的字迹花纹显现出来，看起来像铜镜真的能透光一样。这就是西汉铜镜透光的奥秘。

释义 透光鉴：文中指可以在镜面反射日光时把铜镜背面的文字或图案映射出来的一种铜镜，是我国古代人民的发明创造，一般认为西汉时已有制造。考古界把这种铜镜称为透光镜。

承：接，文中是“对着日光”的意思。

透：透射，文中是“反射”的意思。

了了：清楚。

原典 念奴娇·赤壁怀古

大江东去，浪淘尽，千古风流人物。故垒西边，人道是，三国周郎赤壁。乱石穿空，惊涛拍岸，卷起千堆雪。江山如画，一时多少豪杰。　　遥想公瑾当年，小乔初嫁了，雄姿英发。羽扇纶巾，谈笑间，樯橹灰飞烟灭。故国神游，多情应笑我，早生华发。人生如梦，一尊还酹江月。

导读　这首词是宋神宗元丰五年（1082）苏轼谪居黄州时所写，当时作者四十五岁，因“乌台诗案”被贬黄州已两年余。苏轼由于诗文讽喻新法，为新派官僚罗织论罪而被贬，心中有无尽的忧愁无从诉说，于是四处游山玩水以放松心情。正巧来到黄州城外的赤壁矶，此处壮丽的风景使作者感触良多，更是让作者在追忆当年三国时期周瑜无限风光的同时也感叹时光易逝，因此写下此词。清代词论家徐釚《词苑丛谈》谓东坡词“自有横槊气概，固是英雄本色”。在《东坡乐府》中，最具有这种英雄气概的代表作，首推这首被誉为“千古绝唱”的《念奴娇·赤壁怀古》。这首词从总的方面来看，气势磅礴，格调雄浑，高唱入云，其境界之宏大是前所未有的。这首词的出现，对于仍然盛行缠绵悱恻之调的北宋词坛，确有振聋发聩的作用。

释义　念奴娇：词牌名。又名“百字令”“酹江月”等。

赤壁：此指黄州赤壁，一名“赤鼻矶”，在今湖北黄冈西。而三国古战场的赤壁，文化界认为在今湖北赤壁市西北。

风流人物：指杰出的历史名人。

周郎：指三国时名将周瑜，字公瑾，少年得志，二十四岁为中郎将，掌管东吴重兵，吴中皆呼为“周郎”。

小乔初嫁了：《三国志·吴志·周瑜传》载，周瑜从孙策攻皖，“得桥公两女，皆国色也。策自纳大桥，瑜纳小桥。”乔，本作“桥”。其时距赤壁之战已经十年，此处言“初嫁”，是言其少年得意、倜傥风流。

羽扇纶巾：古代儒将的便装打扮。羽扇，羽毛制成的扇子。

樯橹（lǔ）：这里代指曹操的水军战船。樯，挂帆的桅杆。橹，一种摇船的桨。“樯橹”一作“强虏”，又作“樯虏”，又作“狂虏”。

一尊还酹江月：古人祭奠时以酒浇在地上祭奠。这里指洒酒酬月，寄托自己的感情。尊，同“樽”，酒杯。

德 原典 菜根谭·修省

欲做精金美玉的人品，定从烈火中煅来；思立掀天揭地的事功，须向薄冰上履过。

一念错，便觉百行皆非，防之当如渡海浮囊，勿容一针之罅漏；万善全，始得一生无愧，修之当如凌云宝树，须假众木以撑持。

忙处事为，常向闲中先检点，过举自稀；动时念想，预从静里密操持，非心自息。

为善而欲自高胜人，施恩而欲要名结好，修业而欲惊世骇俗，植节而欲标异见奇，此皆是善念中戈矛、理路上荆棘，最易夹带、最难拔除者也。须是涤尽渣滓，斩绝萌芽，才见本来真体。

导读 明朝中后期，是封建社会由盛转衰的时期，当时宦官当政，天子失威，整个社会陷入全面的堕落和腐败。相当多的士大夫感时局之悲凉和艰险，不得已退出官场，隐居山林，而表现隐者情怀的作品也随之大量出现，洪应明的《菜根谭》便是其中很有影响力的代表作。从内容上说，这本书主要蕴含了丰富的人生哲理，不仅是世人处世行为的经典之作，更是指导现代人修身养性、走向幸福人生的哲学宝典。在《修省》篇中作者认为，加强个体德性修养，首先就要战胜物欲，不为物役，知足常乐，才有可能获得真正的精神自由和独立的人格。本篇还表现出了一种浓厚的道德主体意识和社会责任感。个人处于困苦艰难时期，仍不忘对社会、天下之责任，这是《菜根谭》中儒家积极入世思想的生动体现，强调了儒家的核心思想“仁”，即仁民爱物，抵制私利、贪欲，追求个体独立人格。《菜根谭》的人生哲学意境深远流长，仔细品味便觉意蕴无穷。在现代社会中，《菜根谭》犹如一剂精神良药，将深刻的人生哲理寄寓于日常生活之中，轻轻地抚平人们浮躁不安的心灵，涤清蒙在人们心灵之上的尘埃，化解人们的俗世之苦，帮助人们寻找安身立命之处。

释义 一个人要想练就纯金美玉般的人格品行，一定要如同烈火炼钢般经历艰苦磨炼；一个人要想建立惊天动地的事业功绩，必须如履薄冰般经历严峻的考验。

一念之差铸成错事，便觉世事不如意，处处难作为。因此，防止出错应当如同防止借以渡海的浮水皮囊出现缝隙漏洞一样，哪怕针眼大的漏洞也不行。万种善良品德齐聚一身，才能让一生不再感到有什么惭愧。因此，修炼善良品德应当如同培植高耸入云的参天大树，需要凭借众多树木的支撑扶持。

一个人总是忙忙碌碌，但在闲暇时一定要及时检点反省自己，以减少过分举动之类的错误。行动时的各种设想，如能预先心平气和地周密规划部署，行动时就可以控制自己的急躁情绪和各种妄念。

做了好事总想着趁机抬高自己超过别人，给人一点恩惠总想着借此结交好友，做了点功德总想着让世人惊骇，树立节操总想着标新立异，这些都是好的思想中的不良倾向，也是追求义理道路上的障碍，最容易混杂夹带，最难拔除。这些私心杂念必须全部清除干净，断绝它的萌芽之根，如此才能显现人心向善的真实本体。

第十九周

智 原典　墨子·耕柱

子墨子怒耕柱子。耕柱子曰："我毋愈于人乎？"子墨子曰："我将上太行，驾骥与牛，我将谁驱？"耕柱子曰："将驱骥也。"子墨子曰："何故策骥也？"耕柱子曰："骥足以责。"子墨子曰："我亦以子为足以责。"耕柱子悟。

导读　《墨子》是一部体现我国先秦时期劳动者哲学的典籍，现在一般被认为是墨子的弟子及再传弟子关于墨子言行的记录。墨子，名翟（dí），春秋末期战国初期宋国人，是我国历史上著名的思想家、教育家、科学家、军事家和社会活动家，墨家学派的创始人。其所创立的"墨学"在当时与"儒学"并称显学，是我国传统文化中哲学、逻辑学、数学、物理学、机械制造学等学术思想与实践的一座高峰。本文记载了墨子与其弟子耕柱子的一段对话，墨子以师长的身份，通过千里马和老牛谁值得鞭策的比喻，教给了耕柱子一点人生的经验，而这一经验在今天依然可以增长我们的智慧。

释义　子墨子："先师墨子"之意。此文为墨家弟子所记，所以称"子墨子"。

怒耕柱子：责备耕柱子。

我毋愈于人乎：我没有比别人强的地方吗。

我将谁驱：我会鞭策谁呢。

骥足以责：千里马才有鞭策的价值。

德 原典　九章·橘颂

后皇嘉树，橘徕服兮。受命不迁，生南国兮。深固难徙，更壹志兮。绿叶素荣，纷其可喜兮。曾枝剡棘，圆果抟兮。青黄杂糅，文章烂兮。精色内白，类可任兮。纷缊宜修，姱而不丑兮。嗟尔幼志，有以异兮。独立不迁，岂不可喜兮？深固难徙，廓其无求兮。苏世独立，横而不流兮。闭心自慎，终不失过兮。秉德无私，参天地兮。愿岁并谢，与长友兮。淑离不淫，梗其有理兮。年岁虽少，可师长兮。行比伯夷，置以为像兮。

导读 这是一首托物言志的咏物诗，表面上歌颂橘树，实际是诗人对自己理想和人格的表白。全诗可分两部分：前十六句为第一部分，缘情咏物，重在描述橘树俊逸动人的外在美，以描写为主；后半部分缘物抒情，转入对橘树内在精神的热情讴歌，以抒情为主。两部分各有侧重又互相勾连，融为一体。诗人用拟人的手法塑造了橘树的美好形象，从各个侧面描绘和赞颂橘树，借以表达自己追求美好品质和理想的坚定意志。

释义 第一部分重在描述橘树俊逸动人的外在美。开笔“后皇嘉树，橘徕服兮”等三句就不同凡响：一树坚挺的绿橘，突然树立在广袤的天地之间，它深深扎根于“南国”之土，任凭什么力量也无法使之迁徙。那凌空而立的意气，“受命不迁”的坚毅神采，顿令读者升起无限敬意。橘树是可敬的，同时又俊美可亲。诗人接着以精工的笔致，勾勒它充满生机的纷披“绿叶”，晕染它雪花般蓬勃开放的“素荣”；它的层层枝叶间虽也长有“剡棘”，但那只是为了防范外来的侵害；它所贡献给世人的，却有“精色内白”，光彩照人的无数“圆果”。屈原笔下的南国之橘，正是如此“纷缊宜修”，如此堪当大任。这节虽以描绘为主，但从字里行间，人们却可强烈地感受到诗人对祖国“嘉树”的一派自豪、赞美之情。此诗第二部分，即从对橘树的外在美描绘，转入对它内在精神的热情讴歌。橘树年岁虽少，却已抱定了“独立不迁”的坚定志向；它长成以后，更是“横而不流”“淑离不淫”，表现出梗然坚挺的高风亮节；纵然面临百花“并谢”的岁暮，它也依然郁郁葱葱，决不肯向凛寒屈服。诗中的“愿岁并谢，与长友兮”一句，乃是沟通“物我”的神来之笔：它在颂橘中突然揽入诗人自己，并表示愿与橘树长相为友，面对严峻的岁月，这便顿使傲霜斗雪的橘树形象，与遭谗被废、不改操守的屈原自己叠印在了一起。而以“行比伯夷，置以为像兮”收束，全诗境界就得到了升华，前文所赞美的橘树精神，流转、汇聚，成了身处逆境、不改操守的伟大志士精神之象征。

原典　进学解

国子先生晨入太学，招诸生立馆下，诲之曰："业精于勤，荒于嬉；行成于思，毁于随。方今圣贤相逢，治具毕张。拔去凶邪，登崇俊良。占小善者率以录，名一艺者无不庸。爬罗剔抉，刮垢磨光。盖有幸而获选，孰云多而不扬？诸生业患不能精，无患有司之不明！行患不能成，无患有司之不公！"

言未既，有笑于列者曰："先生欺余哉！弟子事先生，于兹有年矣。先生口不绝吟于六艺之文，手不停披于百家之编。记事者必提其要，纂言者必钩其玄；贪多务得，细大不捐；焚膏油以继晷，恒兀兀以穷年：先生之业，可谓勤矣。觝排异端，攘斥佛、老；补苴罅漏，张皇幽眇；寻坠绪之茫茫，独旁搜而远绍；障百川而东之，回狂澜于既倒：先生之于儒，可谓有劳矣。沉浸醲郁，含英咀华，作为文章，其书满家。上规姚、姒，浑浑无涯；周诰殷盘，佶屈聱牙；《春秋》谨严，左氏浮夸；《易》奇而法，《诗》正而葩；下逮《庄》《骚》，太史所录，子云相如，同工异曲：先生之于文，可谓闳其中而肆其外矣。少始知学，勇于敢为；长通于方，左右具宜。先生之于为人，可谓成矣。然而公不见信于人，私不见助于友；跋前踬后，动辄得咎；暂为御史，遂窜南夷；三年博士，冗不见治；命与仇谋，取败几时；冬暖而儿号寒，年丰而妻啼饥；头童齿豁，竟死何裨？不知虑此，而反教人为！"

先生曰："吁，子来前！夫大木为杗，细木为桷，欂栌侏儒，椳闑扂楔，各得其宜，施以成室者，匠氏之工也。玉札丹砂，赤箭青芝，牛溲马勃，败鼓之皮，俱收并蓄，待用无遗者，医师之良也。登明选公，杂进巧拙，纡余为妍，卓荦为杰，校短量长，惟器是适者，宰相之方也。昔者孟轲好辩，孔道以明，辙环天下，卒老于行。荀卿守正，大论是弘，逃谗于楚，废死兰陵。是二儒者，吐辞为经，举足为法，绝类离伦，优入圣域，其遇于世何如也？今先生学虽勤而不由其统，言虽多而不要其中，文虽奇而不济于用，行虽修而不显于众；犹且月费俸钱，岁靡廪粟；子不知耕，妇不知织，乘马从徒，安坐而食。踵常途之促促，窥陈编以盗窃。然而圣主不加诛，宰臣不见斥，兹非其幸欤！动而得谤，名亦随之。投闲置散，乃分之宜。若夫商财贿之有无，计班资之崇庳，忘己量之所称，指前人之瑕疵，是所谓诘匠氏之不以杙为楹，而訾医师以昌阳引年，欲进其豨苓也。”

导读 《旧唐书·韩愈传》中说：“（愈）复为国子博士，愈自以才高，累被摈黜，作《进学解》以自喻。”这就说明了韩愈为什么作此文。“进学解”的意思是对增进学问、德行问题的解读。他指出，增进学问、德行的方法在于“勤”与“思”。“业精于勤，荒于嬉；行成于思，毁于随”成了后世广为流传的一句名言。本文采用了问答方式，借国子监先生与弟子的对话，表达了作者虽然仕途不顺、长期不受重用，但依然充满信心、努力追求进取的态度，同时也抒发了作者对当政者不以才德取人、用人不公的讽刺。文章采用押韵的赋体，大量使用整齐排比的句式，读来声韵铿锵，朗朗上口，用词新颖有趣，自出机杼，有极强的艺术魅力，故为后人传诵不已。

释义 国子先生：韩愈曾为国子博士，此为作者自称。

爬罗剔抉，刮垢磨光：指精心选拔人才。

焚膏油以继晷，恒兀兀以穷年：夜以继日，年复一年。

子云相如，同工异曲：子云，指扬雄。相如，指司马相如。扬雄和司马相如都是西汉时期著名的辞赋家。

跋前踬后，动辄得咎：进退两难，动不动便惹祸获罪。

头童齿豁，竟死何裨：头发稀疏，牙齿脱落，到死又有什么好处？

原典　梦溪笔谈·王安石拒受馈赠

王荆公病喘，药用紫团山人参，不可得，时薛师政自河东还，适有之，赠公数两，不受，人有劝公曰：“公之疾，非此药不可治，疾可忧，药不足辞。”公曰：“平生无紫团参亦活到今日。”竟不受。公面黧黑，门人忧之，以问医。医曰：“此垢污，非疾也。”进澡豆令公颒面，公曰：“天生黑于予，澡豆其如予何?”

导读　本篇记述了王安石拒绝别人馈赠的两件小事，反映了王安石良好的个人品质。文中有两个方面的内容需要重视。第一，王安石面对的馈赠正是自己所需要用的，但他丝毫不为所动。沈括选这两件事来记述王安石的清廉，时下仍可作为思想品德教育的好素材。同时，沈括对王安石拒收馈赠的具体方法的描写也很有趣味：王安石没有简单地拒绝别人的馈赠，而是用“平生无紫团参，亦活到今日”“天生黑于予，澡豆其如予何”这样风趣的语言来机智地拒收馈赠。第二，沈括以褒扬的笔调认真记述王安石拒收馈赠事迹的时间，不是在他早年支持并参与王安石变法与王安石交友甚笃的时候，而是在他晚年被迫退隐以后，是在由于种种说不清、道不明的原因，王安石对沈括不仅没有了好感，还多次贬损沈括的时候。此时的沈括，完全没有通过吹捧王安石来谋求私利的必要和可能，他也很清楚王安石对自己的态度，但他不仅不怨王安石，反而一如既往地充分肯定、褒赞王安石，这一点是难能可贵的。

释义　王安石有哮喘病，用药需要紫团山人参，买不到。其时薛师政自河东还朝，正好有这药，就送给王安石几两，王安石不接受。有人劝王安石说：“您的病，非这药不能治。这病困扰您很久了，这点药物不值得推辞。”王安石说：“平生没有紫团参，也活到了今天。”竟不接受。王安石脸面有些发黑，门人忧虑，去问医生。医生说：“这是污垢，不是疾病。”门人便送澡豆给王安石洗脸。王安石说：“既然老天赐我一副黑面孔，澡豆又能拿我怎么样呢?”

王荆公：王安石，北宋政治家、文学家，字介甫，号半山，宋神宗熙宁年间任宰相，后退居江宁，封荆国公，因此世称“荆公”。

药用紫团山人参：这里指药方中需要用到紫团山出产的人参。

薛师政：薛向，字师政，谥“恭敏”，宋元丰年间知枢密院，书称其善于经商和管理财务。

黧（lí）：黑。

澡豆：古代用来供洗涤用的粉剂，以豆末配合其他药物制成，用来洗脸洗手，据说可以使皮肤光洁润滑。

颒（huì）：洗脸。

德 原典 日知录 节选

有亡国，有亡天下。亡国与亡天下奚辨？曰：易姓改号，谓之亡国；仁义充塞，而至于率兽食人，人将相食，谓之亡天下。……是故知保天下，然后知保其国。保国者，其君其臣肉食者谋之；保天下者，匹夫之贱与有责焉耳矣。

导读 本篇选自明末清初著名学者顾炎武的代表作《日知录》。顾炎武(1613—1682)，字宁人，江苏昆山人，与黄宗羲、王夫之被并称为明末清初“三大家”。本篇通过对“亡国”和“亡天下”的辨析，阐述了“国家兴亡每一个普通人都有责任”的道理。这是顾炎武的一个重要思想发现，也与黄宗羲、王夫之两人对一姓之私和天下大公的区分思路一致。后人将这层意思归纳为“天下兴亡，匹夫有责”八个字，成为激励仁人志士大义担当、奋然前行的名言。

释义 奚辨：怎么区别。

易姓改号：指改朝换代。

率兽食人：带领野兽吃人，比喻虐政害民。

肉食者：指官吏贵族。

匹夫：古代指平民中的男子，亦泛指平民百姓。

第二十周

原典　三国志·吕蒙传　节选

初，权谓蒙及蒋钦曰："卿今并当涂掌事，宜学问以自开益。"蒙曰："在军中常苦多务，恐不容复读书。"权曰："孤岂欲卿治经为博士邪？但当令涉猎见往事耳。卿言多务，孰若孤？孤少时历《诗》《书》《礼记》《左传》《国语》，惟不读《易》。至统事以来，省三史、诸家兵书，自以为大有所益。如卿二人，意性朗悟，学必得之，宁当不为乎？宜急读《孙子》《六韬》《左传》《国语》及三史……卿何独不自勉勖邪？"蒙始就学，笃志不倦，其所览见，旧儒不胜。后鲁肃上代周瑜，过蒙言议，常欲受屈。肃拊蒙背曰："吾谓大弟但有武略耳，至于今者，学识英博，非复吴下阿蒙。"蒙曰："士别三日，即更刮目相待。"

导读　本篇选自陈寿《三国志·吕蒙传》裴松之注引《江表传》。说三国时的吴主孙权要吕蒙和蒋钦多读点书。吕蒙回答说，工作这么忙，哪有时间读书啊。孙权说，我又不是要你们当博士，只不过是要你们多了解一点历史而已。要说忙，谁还能比我忙？我小时候读了很多儒家经典，只是没读过《周易》，成了吴主以后，又读了很多史书兵书，觉得很受教益。你们两个天资聪明，读书一定大有好处，怎么能不读书呢？你们应当抓紧读一读《孙子》《六韬》《左传》《国语》及有关历史书。于是吕蒙便开始读书，专心致志，不知疲倦。他读了很多书，连过去的读书人也比不上他。后来，鲁肃到吕蒙这里来谈事，常常说不过吕蒙。鲁肃拍着吕蒙的肩膀说，我以为你只是个武将，现在看来，学问也很深，不是过去那个"吴下阿蒙"啦。吕蒙回答说，有志之人，隔了三天，就应当刮目相看了。这个故事给后世留下了"士别三日，刮目相看"这个成语。

释义 权谓蒙及蒋钦曰：权，指孙权。孙权，字仲谋，三国时吴国的建立者。曹操曾赞叹孙权说："生子当如孙仲谋。"蒙，指吕蒙。吕蒙，字子明，三国时吴国名将，战功卓著，曾击败蜀国名将关羽。

至统事以来：孙权的父亲孙坚和兄长孙策，在东汉末年群雄割据中打下了江东基业。建安五年（200），孙策遇刺身亡，孙权继之掌事，成为一方诸侯。黄武元年（222），孙权被魏文帝曹丕册封为吴王，建立吴国。同年，在夷陵之战中大败刘备。黄龙元年（229），孙权在武昌正式称帝，国号吴。不久后迁都建业（今南京）。

三史：一般指《史记》《汉书》和《东观汉记》。

鲁肃：鲁肃（172—217），字子敬，临淮东城（今安徽定远东南）人。三国时期杰出的战略家、外交家，是赤壁之战的主要策划人之一。

原典　草书歌行

少年上人号怀素，草书天下称独步。
墨池飞出北溟鱼，笔锋杀尽中山兔。
八月九月天气凉，酒徒词客满高堂。
笺麻素绢排数箱，宣州石砚墨色光。
吾师醉后倚绳床，须臾扫尽数千张。
飘风骤雨惊飒飒，落花飞雪何茫茫。
起来向壁不停手，一行数字大如斗。
怳怳如闻神鬼惊，时时只见龙蛇走。
左盘右蹙如惊电，状同楚汉相攻战。
湖南七郡凡几家，家家屏障书题遍。
王逸少，张伯英，古来几许浪得名。
张颠老死不足数，我师此义不师古。
古来万事贵天生，何必要公孙大娘浑脱舞。

导读 李白此诗刻画了唐代大书法家怀素酒后运笔挥洒创作时的状态，如骤雨旋风，纵横恣肆，给人以龙腾虎跃、奔蛇走马的艺术享受。怀素是唐代的草书大家，号称“草圣”。李白对怀素的书法评价极高，这首诗不仅充满激情地描述了怀素创作草书时的状态，而且深深地融入了李白对怀素的敬仰之情。

李白最擅长以乐府歌行旧题作诗，以乐府旧题写诗的成就最高。他诗歌的最大特点是浑然天成，不假雕饰，散发着浓厚的民歌气息，这首诗就体现了李白诗歌的这个特点。从这首诗的风格及表现手法来看，诗风豪迈，格调飘逸，想象丰富，音节错综，语言奔放，在民歌体中融入了齐梁体的某些表现手法，而以李白自身独具的俊逸之气将它们统一起来，典型地表现了诗人“清水出芙蓉”的特色，符合李白的诗风特征。李白作诗喜用夸张之句，此诗中“须臾扫尽数千张”“一行数字大如斗”与李白其他著名诗句如“飞流直下三千尺”“燕山雪花大如席”等有异曲同工之妙。

释义 怀素：生卒年不详，俗姓钱，字藏真，永州零陵（今湖南零陵）人。唐代书法家，以“狂草”名世，史称“草圣”。自幼出家为僧，爱好书法，其草书笔法瘦劲，飞动自然，如骤雨旋风，随手万变。

墨池飞出北溟鱼，笔锋杀尽中山兔：这两句是说怀素学习书法之勤奋，用掉的墨水之多，可以养出“北溟鱼”。其笔锋遒劲犀利，又仿佛可以杀尽山中的狡兔。北溟鱼，庄子《逍遥游》：“北冥有鱼，其名为鲲。鲲之大，不知其几千里也。”

飘风骤雨惊飒飒，落花飞雪何茫茫：这两句是说怀素在纸上挥毫像疾风骤雨一样，飒飒惊魂。又像落花飞雪飘飘扬扬，一片苍茫。

怳（huǎng）怳如闻神鬼惊，时时只见龙蛇走：观看怀素书写的人一个个惶惶然如见鬼神，满眼只见龙飞凤舞巨蟒游走。怳怳，恍恍惚惚，仿佛。

王逸少，张伯英，古来几许浪得名：王羲之、张芝跟怀素一比就知道他们是浪得了几百年的虚名。王羲之，字逸少；张芝，字伯英。两人都是古代著名的草书大家。

张颠老死不足数，我师此义不师古：张旭也老了，已经算不上草圣了，而且怀素大师已经创造了新的笔法，不拘古人规矩了。张颠，指张旭，也是唐代的草书大家，与怀素并称“颠张狂素”。

古来万事贵天生，何必要公孙大娘浑脱舞：从古到今一切事情都要靠天生的才能，何必要像张旭那样，看到公孙大娘“浑脱”剑舞才能有所启发呢？

原典　镇江南山诗　二首

题鹤林寺僧舍

李涉

终日昏昏醉梦间，忽闻春尽强登山。
因过竹院逢僧话，偷得浮生半日闲。

招隐寺

曾巩

一径入松下，两峰横马前。
攀缘绿罗磴，飞步苍崖巅。
昔人此嘉遁，手弄朱丝弦。
想当林间月，独写山中泉。
此乐非外得，肯受世网牵。
我亦本萧散，至此更怡然。
偏怜最幽处，流水鸣溅溅。

导读　本篇由两首与镇江南山古刹有关的诗作组成。第一首是唐代著名诗人李涉的七言绝句《题鹤林寺僧舍》，题写于当时润州南山鹤林寺（在今镇江林隐路边）的墙壁上，当时诗人正处贬官羁旅之中，情绪极其消沉，然而在偶然出门登山与鹤林寺高僧闲聊之后，竟无意中解开了苦闷的心结，体会到了直面人生后的自在与轻松，于是留下了这句著名的“偷得浮生半日闲”。第二首是曾巩的《招隐寺》，曾巩是北宋政治家，“唐宋八大家”之一，他在游览润州南山招隐寺时有感于山中的林泉幽隐，心生超然尘外之乐，于是写下了这首寓情于景的五言古诗，全诗清新自然而又引人入胜，余韵无穷。

释义 昏昏：不清醒。

磴（dèng）：石阶。

嘉遯（dùn）：一作“嘉遁”，归隐的好地方。

朱丝弦：古时琴弦常作朱红色。

肯受世网牵：哪里还愿意受到社会世俗的束缚。

萧散：闲散。

溅溅：流水声。

原典　梦溪笔谈·梵天寺木塔

钱氏据两浙时，于杭州梵天寺建一木塔，方两三级，钱帅登之，患其塔动。匠师云：“未布瓦，上轻，故如此。”乃以瓦布之，而动如初。无可奈何，密使其妻见喻皓之妻，赂以金钗，问塔动之因。皓笑曰：“此易耳。但逐层布板讫，便实钉之，则不动矣。”匠师如其言，塔遂定。盖钉板上下弥束，六幕相联如胠箧，人履其板，六幕相持，自不能动。人皆伏其精练。

导读 本篇通过一则小故事——喻皓指点同行用逐层钉板的方法来加固木塔，反映了早在1000多年前我国的建筑工程技术就已经非常先进，木结构技术已经达到了很高的水平。沈括文中的一段议论“盖钉板上下弥束，六幕相联如胠箧，人履其板，六幕相持，自不能动”，文字不多，却深入浅出地揭示了逐层钉板可以加固木塔的科学道理。沈括还用人们熟知的箱子来打比方，通过箱体六面互相支撑的道理，来说明木塔逐层布板钉实后，如箱体六面紧密连接一样可以互相支撑的道理。沈括乐为布衣之士或民间杰出工匠作记，这在《梦溪笔谈》中多有体现。

释义 钱氏：指五代吴越国（907—978）的吴越王及其子孙。吴越国为钱镠（liú）所建。

两浙：宋时路名，浙东、浙西的合称，大致相当于今浙江及江苏省的长江以南部分地区。

于杭州梵天寺建一木塔：在杭州梵天寺建造一座木塔。此处的梵天寺木塔指宋乾德二年（964）重建的木塔。原塔始建于后梁贞明二年（916）。

钱帅：指钱俶（929—988），钱镠的孙子，后归顺北宋，封吴越国王及天下兵马大元帅。俶，音 chù。

布瓦：盖瓦。

喻皓：也作预皓，五代末、北宋初著名建筑工匠，浙江杭州一带人，生卒年不详，普通木工出身，北宋初年曾任都料（掌管设计、施工的木工），人称预都料。他在长期的建筑实践中，善于学习，勤于思索，在木结构建造技术方面积累了丰富的经验，尤其擅长建筑多层宝塔和楼阁。

赂：赠送财物。赂在上古并不作贿赂讲，其由赠送财物引申而有的贿赂之义是后起的。

实钉：用钉子钉实、钉牢。

弥束：全部紧束，文中指“通过逐层钉板，使塔体得到紧固、结构得到加强”的意思。

六幕：文中指立方体的上、下、左、右、前、后六个面，即下文举例所用箱子的六个面。

胠箧（qū qiè）：撬开箱子，此处指箱子。胠，从旁开启。箧，小箱子。

伏：同“服”，敬佩，信服。

智 原典 梦溪笔谈·陈述古智辨盗贼

陈述古密直知建州浦城县日，有人失物，捕得莫知的为盗者。述古乃绐之曰：“某庙有一钟，能辨盗，至灵！”使人迎置后阁祠之，引群囚立钟前，自陈：不为盗者，摸之则无声；为盗者摸之则有声。述古自率同职，祷钟甚肃，祭讫，以帷帷之，乃阴使人以墨涂钟，良久，引囚逐一令引手入帷摸之，出乃验其手，皆有墨。唯有一囚无墨，讯之，遂承为盗。盖恐钟有声，不敢摸也。此亦古之法，出于小说。

导读 陈述古利用盗窃嫌疑人做贼心虚的特点，打了场漂亮的心理战。在“会辨认盗贼”的钟面前，不是盗贼的人当然可以坦然面对，敢于去摸钟；而贼心里有鬼，自然不敢去摸。但是如果要求在众目睽睽之下让这些嫌疑人一个个伸手去摸，盗贼可能就不得不孤注一掷地去摸一下了，这样反而无法找出不敢摸钟的真正的盗贼来。妙就妙在陈述古故意为盗贼作弊创设了一个有利条件：用帷幔将钟围起来，嫌疑人是不是真的摸到钟了别人是看不到的。于是出现了预期的效果：没有偷东西的人，不管你用不用帷幔遮挡都一样敢伸手摸钟，手上因而都沾上了黑墨；而真正的盗贼以为有帷幔遮挡住，别人看不见，就光把手伸进帷幔而不摸钟，结果来了个自我暴露——手上因此没有黑墨。陈述古运用的破案方法，换个角度看，也是一种测谎术。

释义 陈述古：陈襄，字述古，侯官（今福建福州）人，宋庆历年间进士，宋神宗时任侍御史。

知：主持，管理，主管。

绐（dài）：哄骗，谎称。

后阁：我国古代一组建筑中位于最后的楼房，常作游息、远眺、供神佛或藏书藏物等用。

讫：完毕，终了。

第二十一周

原典　多景楼诗词　二首

甘露寺多景楼

曾巩

欲收嘉景此楼中，徙倚阑干四望通。
云乱水光浮紫翠，天含山气入青红。
一川钟呗淮南月，万里帆樯海外风。
老去衣衿尘土在，只将心目羡冥鸿。

水调歌头·多景楼

陆游

江左占形胜，最数古徐州。连山如画，佳处缥缈著危楼。鼓角临风悲壮，烽火连空明灭，往事忆孙刘。千里曜戈甲，万灶宿貔貅。　露沾草，风落木，岁方秋。使君宏放，谈笑洗尽古今愁。不见襄阳登览，磨灭游人无数，遗恨黯难收。叔子独千载，名与汉江流。

导读　本篇含两首关于镇江北固山多景楼的诗词作品。多景楼是镇江城北江滨北固山的制高点，南眺京口城市山林，北览大江奔流入海，江山壮丽，风光无限，自古多有文人骚客登临，是镇江城市的重要地标。

《甘露寺多景楼》是北宋政治家、文学家曾巩创作的一首七言律诗。此诗描写了诗人在多景楼上凭栏四望所见的江天胜景，以及即情即景油然而生的壮志豪情，全诗韵格流丽，意境旷远。

《水调歌头·多景楼》是南宋词人陆游登临多景楼时所写的一首词。孝宗隆兴元年（1163），陆游出任镇江府通判，当时金兵据淮北，镇江为江防前线。次年十月初，陆游陪同知镇江府事方滋登楼游宴时写下此词。词中由楼上所见如画江山追忆到历史赋予这处名胜的壮志豪情，又于抒发怀古幽思之外，借古代名将的事迹勉励了自己和同游的方滋，表达了词人强烈的爱国热情。

释义 徙倚：徘徊流连。

钟呗：寺院的钟声和梵呗声。

淮南：长江以北、淮河以南的地域，宋朝设有行政区划淮南东、西路。

冥鸿：飞入远空的鸿雁。

形胜：谓地理形势优越险要或山川壮阔优美，二者镇江兼有。

古徐州：东晋时曾在京口侨置徐州以安置北方徐州移民，南朝刘宋时期改称南徐州，隋朝时废除。

孙刘：孙权和刘备。

曜：辉耀。

万灶：密布的军灶，代指营垒。

貔貅（pí xiū）：猛兽，代指勇猛的将士。

使君：古代对州郡长官的尊称，此处指时任知镇江府事的方滋。

宏放：通达豪放。

襄阳登览：指西晋名将羊祜（hù）镇守襄阳时曾登岘山而览襄阳。

磨灭：指羊祜登临处后来游人的事迹都湮没无闻了。

叔子独千载：只有羊祜的事迹流传千年。叔子，羊祜的表字，羊祜是定策灭吴、实现西晋统一的奠基者。

智 原典 与友人书

人之为学，不日进则日退，独学无友，则孤陋而难成；久处一方，则习染而不自觉。不幸而在穷僻之域，无车马之资，犹当博学审问，古人与稽，以求其是非之所在。庶几可得十之五六。若既不出户，又不读书，则是面墙之士，虽子羔、原宪之贤，终无济于天下。

导读 顾炎武是明末清初著名的思想家、史学家、语言学家，早年曾参加抗清斗争，后来致力于学术研究。晚年侧重于经学的考证，著有《日知录》《音学五书》等。本篇节选自顾炎武《与友人书》，谈的是为学的问题。他认为为学首先要读万卷书，其次要行万里路，最后要交天下友。否则，只会孤陋寡闻，不进反退。顾炎武本人博览群书，周游四方，广交学友，这才成就一个“足以领袖一代之风尚”（钱穆《中国近三百年学术史》）的大儒。

释义 为学：做学问。

孤陋：学问和见识浅薄。

穷僻之域：形容贫困偏僻的地方。域，地方。

古人与稽：与古人相合。

庶（shù）几：差不多。

面墙：对着墙壁，即一无所见的意思。

子羔、原宪：子羔，即高柴，春秋卫人；原宪，字子思，春秋鲁人。二人都是孔子的学生。

智

原典 养晦堂诗文集·习惯说

蓉少时，读书养晦堂之西偏一室。俯而读，仰而思；思有弗得，辄起绕室以旋。室有洼，径尺，浸淫日广。每履之，足苦踬焉。既久而遂安之。

一日，父来室中，顾而笑曰：“一室之不治，何以天下家国为？”命童子取土平之。后蓉复履其地，蹶然以惊，如土忽隆起者；俯视，地坦然，则既平矣。已而复然，又久而后安之。

噫！习之中人甚矣哉！足之履平地，而不与洼适也；及其久，则洼者若平；至使久而即乎其故，则反窒焉而不宁。故君子之学，贵乎慎始。

导读 本篇选自刘蓉的《养晦堂诗文集》。刘蓉（1816—1873），清代文学家。字孟蓉，号霞仙，湖南湘乡人。“说”是古代文体的一种。刘蓉通过生活中的一件日常小事，以夹叙夹议的方式告诉人们：一个人在学习时，初始阶段的习惯培养很重要。强调治学贵在慎重地对待开始，要从一开始就十分重视良好习惯的养成。

释义 弗得：没有心得。

浸淫日广：日渐向外扩大。

踬（zhì）：被东西绊倒。

蹶然：摔倒，绊了一脚。

习之中人甚矣哉：习惯对于人的影响太厉害啦。中，深入影响。

不与洼适：不能适应地面的凹坑。

窒焉：受阻碍的样子。

慎始：一开始就十分慎重。

原典 老残游记·游大明湖 节选

到了铁公祠前，朝南一望，只见对面千佛山上，梵宇僧楼，与那苍松翠柏，高下相间，红的火红，白的雪白，青的靛青，绿的碧绿，更有那一株半株的丹枫夹在里面，仿佛宋人赵千里的一幅大画，做了一架数十里长的屏风。正在叹赏不绝，忽听一声渔唱，低头看去，谁知那明湖业已澄净的同镜子一般。那千佛山的倒影映在湖里，显得明明白白，那楼台树木，格外光彩，觉得比上头的一个千佛山还要好看，还要清楚。这湖的南岸，上去便是街市，却有一层芦苇，密密遮住。现在正是看花的时候，一片白花映着带水气的斜阳，好似一条粉红绒毯，做了上下两个山的垫子，实在奇绝。

老残心里想道：“如此佳景，为何没有甚么游人？”看了一会儿，回转身来，看那大门里面楹柱上有副对联，写的是“四面荷花三面柳，一城山色半城湖”，暗暗点头道：“真正不错！”进了大门，正面便是铁公享堂，朝东便是一个荷池。绕着曲折的回廊，到了荷池东面，就是个圆门。圆门东边有三间旧房，有个破匾，上题“古水仙祠”四个字。祠前一副破旧对联，写的是“一盏寒泉荐秋菊，三更画船穿藕花”。过了水仙祠，仍旧上了船，荡到历下亭的后面。两边荷叶荷花将船夹住，那荷叶初枯，擦的船嗤嗤价响；那水鸟被人惊起，格格价飞；那已老的莲蓬，不断的绷到船窗里面来。老残随手摘了几个莲蓬，一面吃着，一面船已到了鹊华桥畔了。

导读 刘鹗（1857—1909），字铁云，别署鸿都百炼生，江苏丹徒（今镇江）人。刘鹗学问博杂，在数学、医术、水利等方面都有造诣，也善时文。《老残游记》以一个被人称作老残的江湖医生铁英为中心，通过描写他游历中的见闻，暴露了当时官吏的残暴昏庸，反映了作者同情民生疾苦的一面。《游大明湖》是其中的精彩一段。鲁迅先生把《老残游记》和李伯元的《官场现形记》、吴趼人的《二十年目睹之怪现状》、曾朴的《孽海花》并称为“晚清四大谴责小说”。

释义 文章写老残游大明湖，这样的大好风景，竟然没有什么游人，老残好生奇怪。尽管他的感受是强烈的，但还没有加以概括。而大门里楹柱上的对联“四面荷花三面柳，一城山色半城湖”正好道出了他心中的感受。所以他暗暗点头道：“真正不错！”中国古典园林的造园手段之一就是文学点染，即以匾额联语和诗词题咏点景。这本是文人雅士们欣赏实践中的艺术创造，或描写景物，或借景寓情，都具有较高的美学价值。它在园林里成了景物的一部分，既是对景物的美化，也能发挥其潜在审美效益：或者引导游人探赏风景的奥秘，或者启示游人深化自己的感受，使游园欣赏从审美观点上升到审美理解的更高层次。铁公祠是大明湖景区的主要建筑，把它放到最后，既符合游览的顺序，又不掩盖这片景区的主要特点。继而，经过水仙祠，以写历下亭后面的景观与前文呼应作结。至此，老残对于大明湖的胜景已从微观到宏观作了多侧面的观赏。作者将绘画、园艺、文学和历史融会贯通，虚实结合，引导读者移步换形，面面观照，领略了大明湖、千佛山的神韵，使读者间接地体味到老残的名士风范。

原典　沁园春·雪

北国风光，千里冰封，万里雪飘。望长城内外，惟余莽莽；大河上下，顿失滔滔。山舞银蛇，原驰蜡象，欲与天公试比高。须晴日，看红装素裹，分外妖娆。　江山如此多娇，引无数英雄竞折腰。惜秦皇汉武，略输文采；唐宗宋祖，稍逊风骚。一代天骄，成吉思汗，只识弯弓射大雕。俱往矣，数风流人物，还看今朝。

导读　《沁园春·雪》最早发表于 1945 年 11 月 14 日重庆《新民报晚刊》，后正式发表于《诗刊》1957 年 1 月号。1936 年，红军组织东征部队，准备东渡黄河对日军作战。红军从子长县出发，挺进到清涧县高杰村的袁家沟一带时，部队在这里休整了 16 天。毛泽东当时住在农民白治民家中，2 月 5 日至 20 日，这里下了一场大雪，长城内外白雪皑皑，隆起的黄土高原，冰封雪盖。天气严寒，连平日奔腾咆哮的黄河都结了一层厚厚的冰，失去了往日的波涛。毛泽东见此情景，颇有感触，填写了这首词。

释义　沁园春：词牌名，又名“东仙”“寿星明”“洞庭春色”等。双调，一百十四字。上阕十三句，四平韵；下阕十二句，五平韵。

莽莽：同“茫茫”，白茫茫一片。形容空旷无际。

原驰蜡象：作者原注“原指高原，即秦晋高原”。驰，有版本作“驱”。蜡象，白色的象。

“看红装”二句：红日和白雪互相映照，看上去好像装饰艳丽的美女裹着白色的外衣，格外娇媚。红装，身着艳丽服饰的美女，一作“银装”。妖娆，娇艳妩媚。

竞折腰：争着为江山奔走效劳。折腰，倾倒，躬着腰侍候。

“惜秦皇汉武”二句：是说秦皇汉武，功业甚盛，相比之下，文治方面的成就略有逊色。秦皇，秦始皇嬴政，秦朝的开国皇帝。汉武，汉武帝刘彻，西汉第七位皇帝。略输，稍差。文采，本指辞藻、才华，这里引申为文治。

唐宗：唐太宗李世民，开创“贞观之治”。

宋祖：宋太祖赵匡胤，宋朝的开国皇帝。

稍逊风骚：意近“略输文采”。逊，差，不及。风骚，本指《诗经》里的《国风》和《楚辞》里的《离骚》，后来泛指文章辞藻。

天骄：汉时匈奴自称为“天之骄子”，以后泛称强盛的边境民族。

成吉思汗：元太祖铁木真统一蒙古后的尊称。

“只识”句：是说只以武功见长。识，知道，懂得。雕，一种鹰类的大型猛禽，善飞难射，古代因用“射雕手”比喻高强的射手。

第二十二周

德

原典　离骚　节选

帝高阳之苗裔兮，朕皇考曰伯庸。摄提贞于孟陬兮，惟庚寅吾以降。皇览揆余初度兮，肇锡余以嘉名：名余曰正则兮，字余曰灵均。

纷吾既有此内美兮，又重之以修能。扈江离与辟芷兮，纫秋兰以为佩。汩余若将不及兮，恐年岁之不吾与。朝搴阰之木兰兮，夕揽洲之宿莽。日月忽其不淹兮，春与秋其代序。惟草木之零落兮，恐美人之迟暮。不抚壮而弃秽兮，何不改乎此度？乘骐骥以驰骋兮，来吾道夫先路！

……　……

……朝发轫于苍梧兮，夕余至乎县圃。欲少留此灵琐兮，日忽忽其将暮。吾令羲和弭节兮，望崦嵫而勿迫。路曼曼其修远兮，吾将上下而求索。

……　……

朝发轫于天津兮，夕余至乎西极。凤皇翼其承旂兮，高翱翔之翼翼。忽吾行此流沙兮，遵赤水而容与。麾蛟龙使梁津兮，诏西皇使涉予。路修远以多艰兮，腾众车使径待。路不周以左转兮，指西海以为期。

导读　《离骚》是战国时期爱国诗人屈原创作的长篇抒情诗。司马迁评价《离骚》说："《国风》好色而不淫，《小雅》怨诽而不乱。若《离骚》者，可谓兼之矣。上称帝喾，下道齐桓，中述汤武，以刺世事。明道德之广崇，治乱之条贯，靡不毕见。其文约，其辞微，其志洁，其行廉，其称文小而其指极大，举类迩而见义远。"刘勰在《文心雕龙》里说："不有屈原，岂见离骚！惊才风逸，壮志烟高。"李白诗曰："屈平辞赋悬日月，楚王台榭空山丘。”鲁迅在《汉文学史纲要》中说：“屈原起于楚，被谗放逐，乃作《离骚》，逸响伟辞，卓绝一世。”据此可见屈原的《离骚》在中国文学史上的崇高地位和深远影响。本篇从《离骚》中摘录了三小节：第一节主要是作者的自我介绍，并且表达了作者要追求真理的愿望；第二节写了作者追求真理路途中的一段，留下了“路曼曼其修远兮，吾将上下而求索”的千古名句；第三节写追求真理之艰辛。镇江高等专科学校校训中的“正则”二字即出典于此。

释义

我是古帝高阳氏的后裔，我伟大的先父叫作伯庸。
岁星在寅那年的孟春月，正当庚寅日那天我降生。
父亲端详我初生的样子，于是赐给我相应的美名。
父亲把我的名取为正则，同时把我的字叫作灵均。
上天不仅给了我美质啊，并且赋予给我许多才能。
我把江离芷草披在肩上，把秋兰结成索佩挂身旁。
光阴似箭我好像跟不上，岁月不等待人令我恐慌。
早晨我在大坡采集木兰，傍晚在小洲中摘取宿莽。
时光迅速逝去不能久留，四季更相代谢变化有常。
想到草木在飘零凋谢啊，担忧美人也会日益衰老。
何不利用盛时摈弃秽政，为何还不改变这些法度？
乘上千里马纵横驰骋吧，来呀，我在前引导开路！

…… ……

早晨从南方的苍梧出发，傍晚就到达了昆仑山上。
我本想在灵琐稍事逗留，夕阳西下已经暮色苍茫。
我命令羲和停鞭慢行啊，莫叫太阳迫近崦嵫山旁。
前面的道路啊又远又长，我将上上下下追求理想。

…… ……

清晨从天河的渡口出发，最远的西边我傍晚到达。
凤凰展翅承托着旌旗啊，长空翱翔有节奏地上下。
忽然我来到这沙漠地段，只能沿着赤水彷徨步缓。
指挥蛟龙在渡口上架桥，命令西皇将我渡到对岸。
路途多么遥远又多艰险，我传令众车在路旁等待。
经过不周山向左转去啊，我的目的地已指定西海。

原典 春江花月夜

春江潮水连海平，海上明月共潮生。
滟滟随波千万里，何处春江无月明。
江流宛转绕芳甸，月照花林皆似霰。
空里流霜不觉飞，汀上白沙看不见。
江天一色无纤尘，皎皎空中孤月轮。
江畔何人初见月？江月何年初照人？
人生代代无穷已，江月年年望相似。
不知江月待何人，但见长江送流水。
白云一片去悠悠，青枫浦上不胜愁。
谁家今夜扁舟子？何处相思明月楼？
可怜楼上月裴回，应照离人妆镜台。
玉户帘中卷不去，捣衣砧上拂还来。
此时相望不相闻，愿逐月华流照君。
鸿雁长飞光不度，鱼龙潜跃水成文。
昨夜闲潭梦落花，可怜春半不还家。
江水流春去欲尽，江潭落月复西斜。
斜月沉沉藏海雾，碣石潇湘无限路。
不知乘月几人归，落月摇情满江树。

导读 张若虚（生卒年不详），唐代扬州（今江苏扬州）人。本篇选自《全唐诗》。诗人张若虚一生只留下两首诗，这是其一，但仅这一首，就足令千年以来无数读者为之倾倒，也使其“孤篇横绝，竟为大家”。诗人以春、江、花、月、夜的幻美之景，融诗情、画意、哲理为一体，细致形象而有层次地展现了江上月夜的奇妙画卷，描绘了相思离别之苦，令人心醉神迷。此诗词清语丽、绚丽多彩，韵调优美、宛转隽永。闻一多评价此诗是“诗中的诗，顶峰中的顶峰”。

释义 滟滟：动荡闪光的样子。

芳甸：芳草丰茂的原野。甸，郊外之地。

霰：小冰粒，俗称“雪籽”。此处形容月光下春花晶莹洁白。

流霜：飞霜，古人以为霜和雪一样，是从空中落下的，所以叫流霜。此处比喻月光皎洁，月色朦胧、流荡，感觉像是霜霰飞扬。

青枫浦上：地名，泛指游子所在的地方。

扁舟子：飘荡江湖的游子。扁舟，小舟。

明月楼：月夜下的闺楼。这里指闺中思妇。

裴回：同徘徊，彷徨，留恋。离人：此处指思妇。

玉户：形容楼阁华丽，以玉石镶嵌。

捣衣砧：捣衣石、捶布石。

闲潭：幽静的水潭。

碣石潇湘：碣石在海边，潇湘即湘江与潇水。碣石潇湘连在一起用，暗指路途遥远，相聚无望。

无限路：极言离人相距之远。

原典　浪淘沙·把酒祝东风

把酒祝东风，且共从容。垂杨紫陌洛城东。总是当时携手处，游遍芳丛。　　聚散苦匆匆，此恨无穷。今年花胜去年红。可惜明年花更好，知与谁同。

导读 这是一首惜春、忆春的小词，写自己独游洛阳城东郊饮酒观花时而产生的愿聚恐散的感情。这首词为欧阳修与友人春日在洛阳东郊旧地重游时有感而作，在时间上横跨了去年、今年、明年。上片由现境而忆已过之境，即由眼前美景而思去年同游之乐。下片再由现境而思未来之境，含遗憾之情于其中，尤表现出对友谊的珍惜。“今年花胜去年红，可惜明年花更好”，将三年的花季加以比较，融别情于赏花，借喻人生的短促和聚时的欢愉心情，而并非“今年”的花真的比“去年”更鲜艳，但由于是用乐景写哀情，使词的意境更加深化，感情更加诚挚。上片回忆昔日欢聚洛阳，同游郊野之乐趣。下片写惜别之情，感伤气息浓重。结尾两句“可惜明年花更好，知与谁同”，更以今年花胜去年红，预期“明年花更好”，映衬明年朋友聚散之难卜，不知与谁一道重来洛城游芳，更进一层地深化了这种人生聚散无常之感。然而，在人生聚散无常的伤感之外，所幸尚有“明年花更好”的希望在，良辰美景总能多少慰藉词人怅惘失落的情怀，减轻了心头的伤痛，故而词人并无剧痛深哀，只是一种淡淡的伤感而已。

释义 紫陌：紫路。洛阳曾是东周、东汉的都城，据说当时曾用紫色土铺路，故名。此指洛阳的道路。

“可惜”两句：杜甫《九日蓝田崔氏庄》诗云：“明年此会知谁健，醉把茱萸仔细看。”

原典 雪

暖国的雨，向来没有变过冰冷的坚硬的灿烂的雪花。博识的人们觉得他单调，他自己也以为不幸否耶？江南的雪，可是滋润美艳之至了；那是还在隐约着的青春的消息，是极壮健的处子的皮肤。雪野中有血红的宝珠山茶，白中隐青的单瓣梅花，深黄的磬口的蜡梅花；雪下面还有冷绿的杂草。胡蝶确乎没有；蜜蜂是否来采山茶花和梅花的蜜，我可记不真切了。但我的眼前仿佛看见冬花开在雪野中，有许多蜜蜂们忙碌地飞着，也听得他们嗡嗡地闹着。

孩子们呵着冻得通红，像紫芽姜一般的小手，七八个一齐来塑雪罗汉。因为不成功，谁的父亲也来帮忙了。罗汉就塑得比孩子们高得多，虽然不过是上小下大的一堆，终于分不清是壶卢还是罗汉，然而很洁白，很明艳，以自身的滋润相粘结，整个地闪闪地生光。孩子们用龙眼核给他做眼珠，又从谁的母亲的脂粉奁中偷得胭脂来涂在嘴唇上。这回确是一个大阿罗汉了。他也就目光灼灼地嘴唇通红地坐在雪地里。

第二天还有几个孩子来访问他；对了他拍手，点头，嘻笑。但他终于独自坐着了。晴天又来消释他的皮肤，寒夜又使他结一层冰，化作不透明的水晶模样，连续的晴天又使他成为不知道算什么，而嘴上的胭脂也褪尽了。

但是，朔方的雪花在纷飞之后，却永远如粉，如沙，他们决不粘连，撒在屋上，地上，枯草上，就是这样。屋上的雪是早已就有消化了的，因为屋里居人的火的温热。别的，在晴天之下，旋风忽来，便蓬勃地奋飞，在日光中灿灿地生光，如包藏火焰的大雾，旋转而且升腾，弥漫太空，使太空旋转而且升腾地闪烁。

在无边的旷野上，在凛冽的天宇下，闪闪地旋转升腾着的是雨的精魂……

是的，那是孤独的雪，是死掉的雨，是雨的精魂。

（一九二五年一月十八日）

导读 本篇选自鲁迅的散文集《野草》。作者通过对“南雪”的描写和回忆，深情怀念了童年和青春的美丽，也清醒剖析了其软弱短暂的一面。又通过对“北雪”的描写和联想，展示了战斗中的作者的不屈形象。正如当代小说家王蒙所说，这两个形象的塑造，“使我们联想起两种性格：美艳又不免脆弱的童年、青春与坚强又不免孤独的战士和公民；敷染了两类美学色调：瑰丽的和斑驳的，亲切的和严峻的，鲜活的和深重的，怡悦的和粗犷的，温馨的和悲壮的”。而这二者又互相补充，互相渗透，组成了一个小小的又非凡而美妙的篇章，正引导我们去感受那更深更感人的形象和思想。

释义 胡蝶：今作蝴蝶。

壶卢：即葫芦。

奁（lián）：中国古代女子存放梳妆用品的镜箱。

精魂：精神魂魄。

原典 风景画法·湖

美哉，湖！澄然不波，澹兮若定。仿佛美人睡去，姿媚横生；譬诸养老归来，机心都息。时随风动，漪若锦文；反射星光，灿如碎玉。羞晚霞兮悦晓日，世俱浊兮兹独清。夫人对此而不能澄澈身心自进于道，斯其存也鲜矣。

导读 这是一篇精美的袖珍散文，选自吕凤子《风景画法·分言画法》。《风景画法》是吕凤子于1914年1月为江苏省立第五中学游艺科学生编写的教材，也是中国现代美术史上最早出版的美术创作专著。作为绘画技法教材，该书并非只是枯燥说教，而是对各类风景分别做了美妙多姿的描写，此篇就是突出代表：短短82个字，揉写景、抒情、议论于一体。作者针对湖水静与动、晚与晓的变化，通过精练细腻的描写，特别是生动贴切的比喻运用，使得“湖之美”跃然纸上。文字华灿优雅，语言富于节奏，给人美的享受。充分体现了作者所倡导的美术教育应当由过分看重“技”的传授转向重视“艺”的教育，加强美情、美感培养的思想。

释义 澄然不波，澹兮若定：湖水清澈，波涛不起，安然纡缓。

时随风动，漪若锦文；反射星光，灿如碎玉：时而风起波动，圈圈涟漪如同美丽花纹；夜晚星星映照，闪闪的就像玉片撒落。锦文，美丽的花纹。

羞晚霞兮悦晓日，世俱浊兮兹独清：羞羞的如晚霞，乐乐的似朝阳；世间一片浑浊啊，唯独这儿还清澈。

夫人对此而不能澄澈身心自进于道，斯其存也鲜矣：这人面对着它（湖）还能不心地明白地努力修道（学习研究）吗？不这样的人恐怕是很少的了吧？

第二十三周

德 原典　汉乐府古诗·长歌行

青青园中葵，朝露待日晞。
阳春布德泽，万物生光辉。
常恐秋节至，焜黄华叶衰。
百川东到海，何时复西归？
少壮不努力，老大徒伤悲。

导读　本篇是一首汉代乐府诗歌。乐府是自秦代以来设立的朝廷音乐机关，它除了将文人歌功颂德的诗配乐演唱外，还担负采集民歌的任务。汉武帝时，乐府得到大规模的发展，从民间搜集了大量的诗歌作品，内容丰富，题材广泛，此诗便是其中一首。长歌行指的是以“长声歌咏”为曲调的自由式歌行体。本篇是劝诫世人惜时奋进的名篇，所表达的主要意思是时节变换很快，光阴一去不返，因而为人要珍惜青年时代，发奋努力，使自己有所作为。全诗以景寄情，由情入理，将“少壮不努力，老大徒伤悲”的人生哲理寄寓朝露易干、秋来叶落、百川东去等鲜明形象中，借助朝露易晞、花叶秋落、流水东去不归来，发生了时光易逝、生命短暂的浩叹，鼓励人们紧紧抓住随时间飞逝的生命，趁少壮年华奋发努力有所作为。全诗的情感基调积极向上，但中心思想未直接表露，歌者先从生活世界中撷取富有美感的具象，再寓教于审美之中。

释义　葵：指葵菜，锦葵科一年生草本植物，学名冬葵，民间称冬寒菜、冬苋菜或滑菜。

晞：干，干燥；破晓，天亮。

焜（kūn）黄：凋落枯黄貌。

原典　短歌行　二首其一

对酒当歌，人生几何！
譬如朝露，去日苦多。
慨当以慷，忧思难忘。
何以解忧？唯有杜康。
青青子衿，悠悠我心。
但为君故，沉吟至今。
呦呦鹿鸣，食野之苹。
我有嘉宾，鼓瑟吹笙。
明明如月，何时可掇？
忧从中来，不可断绝。
越陌度阡，枉用相存。
契阔谈讌，心念旧恩。
月明星稀，乌鹊南飞。
绕树三匝，何枝可依？
山不厌高，海不厌深。
周公吐哺，天下归心。

导读　曹操（155—220），字孟德，小名阿瞒，沛国谯县（今安徽亳州）人。在政治、军事方面，曹操消灭了众多割据势力，统一了中国北方大部分区域，并实行一系列政策恢复经济生产和社会秩序，奠定了曹魏立国的基础。在文学方面，在曹操父子的推动下形成了以“三曹”（曹操、曹丕、曹植）为代表的建安文学，史称“建安风骨”，在文学史上留下了光辉的一笔。本诗通过作者宴会的歌唱，以沉郁顿挫的笔调，抒写诗人求贤若渴的思想感情，以及统一天下的雄心壮志，展现了曹操的人格、学养、抱负和理想，充分显示了其雄深雅健的诗品。

释义　对酒当歌：一边喝着酒，一边唱着歌。

几何：指岁月有多少。

去日苦多：逝去的日子又已甚多，有慨叹人生短暂之意。苦，患。

慨当以慷：犹言“当慨而慷”，指宴会上的歌声激昂慷慨。当以，这里是“应当用”的意思。全句意思是，应当用激昂慷慨的方式来唱歌。

杜康：相传是最早造酒的人，这里代指酒。

“青青”二句：出自《诗经·郑风·子衿》。原写姑娘思念情人，这里用来比喻渴望得到有才学的人。子，对对方的尊称。衿，古式的衣领。青衿，是周代读书人的服装，这里指代有学识的人。

“呦呦”四句：出自《诗经·小雅·鹿鸣》。呦呦，鹿叫的声音。苹，艾蒿。鼓，弹。

掇（duō）：拾取，摘取。一说“掇”同“辍（chuò）”，停止的意思。

越陌度阡：穿过纵横交错的小路。陌，东西向田间小路。阡，南北向的小路。

枉用相存：屈驾来访。枉，这里是“枉驾”的意思。用，以。存，问候，思念。

契阔：契是投合，阔是疏远，这里是偏义复词，偏用“契”的意义。

讌（yàn）：同“宴”，宴饮。

三匝：三周。匝，周，圈。海不厌深：一本作“水不厌深”。这里是借用《管子》中的话：“海不辞水，故能成其大；山不辞土，故能成其高；明主不厌人，故能成其众；士不厌学，故能成其圣。”表示希望尽可能多地接纳人才。

“周公”二句：引周公自比，说明求贤建业的心思。哺（bǔ），口中咀嚼的食物。《史记》载周公自谓：“一沐三握发，一饭三吐哺，起以待士，犹恐失天下之贤人。”

原典　扬州慢·淮左名都

淳熙丙申至日，予过维扬。夜雪初霁，荠麦弥望。入其城，则四顾萧条，寒水自碧，暮色渐起，戍角悲吟。予怀怆然，感慨今昔，因自度此曲。千岩老人以为有黍离之悲也。

淮左名都，竹西佳处，解鞍少驻初程。过春风十里，尽荠麦青青。自胡马窥江去后，废池乔木，犹厌言兵。渐黄昏，清角吹寒，都在空城。　　杜郎俊赏，算而今，重到须惊。纵豆蔻词工，青楼梦好，难赋深情。二十四桥仍在，波心荡，冷月无声。念桥边红药，年年知为谁生？

导读　姜夔（kuí）（约 1155—1209），字尧章，号白石道人，饶州鄱阳（今江西鄱阳）人。南宋文学家、音乐家。他少年孤贫，屡试不第，终生未仕，一生转徙江湖，靠卖字和朋友接济为生。他多才多艺，精通音律，能自度曲。其词格律严密，作品素以空灵含蓄著称，姜夔对诗词、散文、书法、音乐，无不精善，是继苏轼之后又一难得的艺术全才。他在词中表达了自己虽然流落江湖，但不忘君国的思想，描写了自己漂泊的羁旅生活，抒发了自己不得用世及情场失意的苦闷心情，以及超凡脱俗、飘然不群、有如孤云野鹤般的个性。此词作于宋孝宗淳熙三年（1176），时作者二十余岁。宋高宗绍兴三十一年（1161），金主完颜亮南侵，江淮军败，中外震骇，完颜亮不久在瓜洲为其臣下所杀。根据此前小序所说，淳熙三年，姜夔因路过扬州，目睹了战争洗劫后扬州的萧条景象，抚今追昔，悲叹今日的荒凉，追忆昔日的繁华，发为吟咏，以寄托对扬州昔日繁华的怀念和对今日山河破碎的哀思。

释义　扬州慢：词牌名，又名“郎州慢”，上下阕，九十八字，平韵。此调为姜夔自度曲，后人多用以抒发怀古之思。

淳熙丙申：即淳熙三年（1176）。

至日：冬至。

维扬：指扬州（今属江苏）。

荠麦：荠菜和野生的麦。

戍角：军营中发出的号角声。

千岩老人：南宋诗人萧德藻，字东夫，自号千岩老人。姜夔曾跟他学诗，也是他的侄女婿。

黍离：《诗经·王风》篇名。据说周平王东迁后，周大夫经过西周故都，看见宗庙毁坏，尽为禾黍，彷徨不忍离去，就作了此诗。后以“黍离”表示故国之思。

淮左名都：指扬州。宋朝的行政区设有淮南东路和淮南西路，扬州是淮南东路的首府，故称淮左名都。左，古人方位名，面朝南时，东为左，西为右。名都，著名的都会。

解（jiě）鞍少驻初程：少驻，稍作停留；初程，初段行程。

春风十里：杜牧《赠别》诗：“春风十里扬州路，卷上珠帘总不如。”这里用以借指扬州。

胡马窥江：指金兵侵犯长江流域地区，洗劫扬州。这里应指第二次洗劫扬州。

废池乔木：废毁的池台。乔木，残存的古树。二者都是乱后余物，表明城中荒芜，人烟萧条。

杜郎：指杜牧。唐文宗大和七年到九年（833—835），杜牧在扬州任淮南节度使掌书记。

俊赏：俊逸清赏。钟嵘《诗品序》：“近彭城刘士章，俊赏才士。”

豆蔻词工：豆蔻，形容少女美艳。杜牧《赠别》：“娉娉袅袅十三余，豆蔻梢头二月初。”

二十四桥：一说是扬州城内古桥，即吴家砖桥，也叫红药桥。一说是二十四座桥，也称廿四桥。

红药：红芍药花，是扬州繁华时期的名花。

原典　梅雨潭的绿

我第二次到仙岩的时候，我惊诧于梅雨潭的绿了。

梅雨潭是一个瀑布潭。仙岩有三个瀑布，梅雨瀑最低。走到山边，便听见哗哗哗哗的声音；抬起头，镶在两条湿湿的黑边儿里的，一带白而发亮的水便呈现于眼前了。

我们先到梅雨亭。梅雨亭正对着那条瀑布；坐在亭边，不必仰头，便可见它的全体了。

亭下深深的便是梅雨潭。这个亭踞在突出的一角的岩石上，上下都空空儿的；仿佛一只苍鹰展着翼翅浮在天宇中一般。三面都是山，像半个环儿拥着；人如在井底了。这是一个秋季的薄阴的天气。微微的云在我们顶上流着；岩面与草丛都从润湿中透出几分油油的绿意。而瀑布也似乎分外的响了。那瀑布从上面冲下，仿佛已被扯成大小的几绺；不复是一幅整齐而平滑的布。岩上有许多棱角；瀑流经过时，作急剧的撞击，便飞花碎玉般乱溅着了。那溅着的水花，晶莹而多芒；远望去，像一朵朵小小的白梅，微雨似的纷纷落着。据说，这就是梅雨潭之所以得名了。但我觉得像杨花，格外确切些。轻风起来时，点点随风飘散，那更是杨花了。这时偶然有几点送入我们温暖的怀里，便倏的钻了进去，再也寻它不着。

梅雨潭闪闪的绿色招引着我们；我们开始追捉她那离合的神光了。揪着草，攀着乱石，小心探身下去，又鞠躬过了一个石穹门，便到了汪汪一碧的潭边了。瀑布在襟袖之间；但我的心中已没有瀑布了。我的心随潭水的绿而摇荡。那醉人的绿呀，仿佛一张极大极大的荷叶铺着，满是奇异的绿呀。我想张开两臂抱住她；但这是怎样一个妄想呀。——站在水边，望到那面，居然觉着有些远呢！这平铺着，厚积着的绿，着实可爱。她松松的皱缬着，像少妇拖着的裙幅；她轻轻的摆弄着，像跳动的初恋的处女的心；她滑滑的明亮着，像涂了“明油”一般，有鸡蛋清那样软，那样嫩，令人想着所曾触过的最嫩的皮肤；她又不杂些儿尘滓，宛然一块温润的碧玉，只清清的一色——但你却看不透她！我曾见过北京什刹海拂地的绿杨，脱不了鹅黄的底子，似乎太淡了。我又曾见过杭州虎跑寺旁高峻而深密的“绿壁”，重叠着无穷的碧草与绿叶的，那又似乎太浓了。其余呢，西湖的波太明了，秦淮河的又太暗了。可爱的，我将什么来比拟你呢？我怎么比拟得出呢？大约潭是很深的、故能蕴蓄着这样奇异的绿；仿佛蔚蓝的天融了一块在里面似的，这才这般的鲜润呀。——那醉人的绿呀！我若能裁你以为带，我将赠给那轻盈的舞女；她必能临风飘举了。我若能挹你以为眼，我将赠给那善歌的盲妹；她必明眸善睐了。我舍不得你；我怎舍得你呢？我用手拍着你，抚摩着你，如同一个十二三岁的小姑娘。我又掬你入口，便是吻着她了。我送你一个名字，我从此叫你“女儿绿”，好么？

我第二次到仙岩的时候，我不禁惊诧于梅雨潭的绿了。

导读 朱自清（1898—1948），中国现代散文家、诗人、学者、民主战士。原名自华，后改自清，字佩弦。朱自清的散文最大的特点就是美。细细咀嚼本篇，随处可圈可点。比如，全篇以“绿”贯串，而又首尾设置“文眼”，使文章起于“惊诧”，终于“惊诧”，构思精巧，意境奇美；再比如，名家们都喜欢用雄伟事物设喻来描写瀑布的雄奇豪放，但此文写梅雨潭瀑布更多地从它飞溅出的水花来写那活泼可爱，匠心独具，意趣精美；还比如，作者运用丰富的想象，抓住潭水“绿”的特征，比喻、对比、想象，连环运用，肆意铺陈，情感淳美，正是这些构成了朱自清散文的综合审美意义。

释义 仙岩：山名，位于浙江省温州与瑞安两市之间。

离合的神光：形容水光一闪一闪的，神奇莫测。

皱缬（xié）：潭水泛起波纹，好像有花纹的绸缎（微微）褶皱着。缬，有花纹的丝织品。

尘滓：物品提出精华后剩下的东西。

挹（yì）：舀，把液体盛出来。

原典 四世同堂 节选

……患难是最实际的，无可幸免的；但是，一个人想活下去，就不能不去设法在患难中找缝子，逃了出去——尽人事，听天命。总之生在这个年月，一个人须时时勇敢的去面对那危险的，而小心提防那“最”危险的事。你须把细心放在大胆里，去且战且走。

你须把受委屈当作生活，而从委屈中咂摸出一点甜味来，好使你还肯活下去。

…… ……

……一个真认识自己的人，就没法不谦虚。谦虚使人的心缩小，像一个小石卵，虽然小，而极结实。结实才能诚实。瑞宣认识他自己。他觉得他的才力，智慧，气魄，全没有什么足以傲人的地方；他只能尽可能的对事对人尽到他的心，他的力。他知道在人世间，他的尽心尽力的结果与影响差不多等于把一个石子投在大海里，但是他并不肯因此而把石子可惜的藏在怀中，或随便的掷在一汪儿臭水里。他不肯用坏习气减少他的石子的坚硬与力量。打铃，他马上拿起书上讲堂；打铃，他才肯离开教室。他没有迟到早退的，装腔作势的恶习。不到万不得已，他也永远不旷课。上堂教课并不给他什么欣悦，他只是要对得住学生，使自己心中好受。

…… ……

生在某一种文化中的人，未必知道那个文化是什么，像水中的鱼似的，他不能跳出水外去看清楚那是什么水。假若他自己不能完全客观的去了解自己的文化，那能够客观的来观察的旁人，又因为生活在这种文化以外，就极难咂摸到它的滋味，而往往因一点胭脂，断定他美，或几个麻斑而断定他丑。不幸，假若这个观察者是要急于搜集一些资料，以便证明他心中的一点成见，他也许就只找有麻子的看，而对擦胭脂的闭上眼。

…… ……

你们的糊涂使你们疯狂，你们只知道你们是最优秀的，理当作主人的民族，而不晓得没有任何一个民族甘心作你们的奴隶。中国的抗战就是要打明白了你们，教你们明白你们并不是主人的民族，而世界的和平是必定仗着民族的平等与自由的！

导读 老舍（1899—1966），原名舒庆春，字舍予，满族，北京人。中国现代作家，杰出的语言大师，新中国第一位获得“人民艺术家”称号的作家。《四世同堂》的创作开始于 1944 年，延续了 4 年，其间经历了抗战胜利，以及作者被邀出国讲学，直至 1948 年在美国完成。这是一部表现抗战时期北平沦陷区普通民众生活与抗战的达百万言的长篇小说，由《惶惑》《偷生》《饥荒》三部组成，以北平小羊圈胡同为背景，通过复杂的矛盾纠葛，以胡同内的祁家为主，钱家、冠家及其他居民为辅，刻画了当时社会各阶层众多普通人的形象。反抗与顺从的选择，国家与个人的选择，种种艰难的选择纷繁地交织在一起，深刻地展示了普通人在大时代历史进程中所走过的艰难曲折的道路。老舍是中国现代文学史上公认的文化批判的高手，在《四世同堂》这部不朽的文学作品中，作者透过小人物看抗日战争，透过战争思考民族文化，从而对民族文化做出理性的批判和继承。在表现“宏大主题”——战争的残酷、战争对人类文明和生活的摧残、民族命运的颠沛沉浮、民族精神时，老舍对叙事内容做了微观化的处理，收到了艺术化的效果。《四世同堂》是老舍自认为最好、最满意的作品。摘录的文段以平朴晓畅、形象生动的语言，表现了认真谦虚、勇敢顽强、秉持正义，辩证看待中国文化，捍卫尊严、斥责暴行的积极主题，是该长篇小说天空中几颗闪光的星辰。

第二十四周

原典　白马篇

白马饰金羁，连翩西北驰。借问谁家子，幽并游侠儿。少小去乡邑，扬声沙漠垂。宿昔秉良弓，楛矢何参差。控弦破左的，右发摧月支。仰手接飞猱，俯身散马蹄。狡捷过猴猿，勇剽若豹螭。边城多警急，虏骑数迁移。羽檄从北来，厉马登高堤。长驱蹈匈奴，左顾凌鲜卑。弃身锋刃端，性命安可怀。父母且不顾，何言子与妻。名编壮士籍，不得中顾私。捐躯赴国难，视死忽如归。

导读　曹植（192—232），字子建，沛国谯县（今安徽亳州）人，曹操第三子，生前曾为陈王，谥“思”，因此又称陈思王。作为建安文学的代表人物之一与集大成者，在两晋南北朝时期，曹植被推尊到文章典范的地位。其代表作有《洛神赋》《白马篇》《七哀诗》等。后人因其文学上的造诣而将他与曹操、曹丕合称为“三曹”。南朝宋文学家谢灵运有“天下才有一石，曹子建独占八斗”的评价。《白马篇》以曲折动人的情节描写边塞游侠儿捐躯赴难、奋不顾身的英勇行为，塑造了边疆地区一位武艺高超、渴望卫国立功，甚至不惜牺牲生命的游侠少年形象，表达了诗人想建功立业的强烈愿望。全诗风格雄放，气氛热烈，语言精美，称得上是情调兼胜。诗中的英雄形象，既是诗人的自我写照，又凝聚和闪耀着时代的光辉。

释义　白马篇：又名“游侠篇”，是曹植创作的乐府新题，属《杂曲歌·齐瑟行》，以开头二字名篇。

金羁：金饰的马笼头。

连翩：连续不断，原指鸟飞的样子，这里指白马奔驰的俊逸形象。

幽并：幽州和并州，在今北京、河北、山西一带。

楛（hù）矢：用楛木做成的箭。

控弦：开弓。

的：箭靶。

月支：箭靶的名称。

飞猱：飞奔的猿猴。猱，猿的一种，行动轻捷，攀缘树木，上下如飞。

散：射碎。

马蹄：箭靶的名称。

勇剽（piāo）：勇敢剽悍。

螭（chī）：传说中形状如龙的黄色猛兽。

虏骑（jì）：指匈奴、鲜卑的骑兵。

数（shuò）迁移：指经常进兵入侵。

羽檄（xí）：军事文书，插鸟羽以示紧急，必须迅速传递。

鲜卑：中国东北方的少数民族，东汉末成为北方强族。

德 原典　诫子书

夫君子之行，静以修身，俭以养德。非澹泊无以明志，非宁静无以致远。夫学须静也，才须学也，非学无以广才，非志无以成学。淫慢则不能励精，险躁则不能治性。年与时驰，意与日去，遂成枯落。多不接世，悲守穷庐，将复何及！

导读　诸葛亮（181—234），三国时期政治家、军事家。字孔明，琅琊阳都（今山东沂南）人。早年避乱于荆州，隐居陇亩，时称“卧龙”。刘备三顾茅庐，他提出联合孙权抗击曹操统一全国的建议。此后成为刘备的主要谋士。刘备称帝后，任为丞相。刘禅继位，被封为武乡侯，领益州牧，主持朝政。后期志在北伐，频年出征，与曹魏交战，最后因病卒于五丈原（今陕西岐山县境内）。有《诸葛亮集》。诸葛亮一生为蜀汉鞠躬尽瘁，死而后已。他为了国家事业日夜操劳，顾不上亲自教育儿子，于是在蜀汉建兴十二年（234）写下这封《诫子书》。本文可谓一篇充满智慧之语的家训，是古代家训中的名作。文章阐述修身养性、治学做人的深刻道理，读来发人深省。它也是诸葛亮对其一生的总结，后来更成为修身立志的名篇。

释义　诫：告诫，劝勉，劝人警惕。

淫慢：放纵懈怠。淫，过度。慢，怠惰。

险躁：冒险急躁，狭隘浮躁，与上文“宁静”相对而言。

治性：修养性情。治，修养；一说通“冶”。

枯落：枯枝和落叶，此指像枯叶一样飘零，形容人韶华逝去。

多不接世：大多对社会没有任何贡献。接世，接触社会，承担事务，对社会有益。有“用世”的意思。

穷庐：穷困潦倒之人住的陋室。

将复何及：又怎么来得及。

原典 梦溪笔谈·阳燧照物

阳燧照物皆倒，中间有碍故也。算家谓之“格术”。如人摇橹，臬为之碍故也。若鸢飞空中，其影随鸢而移，或中间为窗隙所束，则影与鸢遂相违，鸢东则影西，鸢西则影东。又如窗隙中楼塔之影，中间为窗所束，亦皆倒垂，与阳燧一也。阳燧面洼，以一指迫而照之则正；渐远则无所见；过此遂倒。其无所见处，正如窗隙、橹臬、腰鼓碍之，本末相格，遂成摇橹之势。故举手则影愈下，下手则影愈上，此其可见。（阳燧面洼，向日照之，光皆聚向内。离镜一二寸，光聚为一点，大如麻菽，著物则火发，此则腰鼓最细处也。）岂特物为然，人亦如是，中间不为物碍者鲜矣。小则利害相易，是非相反；大则以己为物，以物为己。不求去碍而欲见不颠倒，难矣哉。

导读 沈括这条笔记所述，在中国光学史上应占有重要地位。沈括对镜面成像原理的研究与分析非常精彩。他首先指出“阳燧照物皆倒”是因为镜面有一个“碍”存在，他所说的“碍”，也就是我们今天所说的透镜或抛物面的焦点，这确实是一个了不起的科学发现。为了说清楚这个看不见、摸不着的“碍”及其特殊的作用，沈括用了一系列比喻，力求用具体可感、贴近生活的例子来表述：比如分析摇橹时用力的方向与橹的运动方向相反这一现象（作用于橹把的力，通过中端的支点后，会在另一端形成一个方向相反的作用力），来启发和帮助人们理解凹面镜的光反射原理，形象地说明凹面镜中的影像为什么会倒过来。又如，观察透过窗隙的飞鹰影子的移动方向，这既是沈括的一个很有价值的发现，更是一个很有趣的光学实验，其原理与如今中小学教师向学生演示小孔成像实验的原理一样：蜡烛的火焰透过小孔后的成像是倒置的。更为难能可贵的是，沈括将这个道理用于解释凹面镜成像的抽象原理，实在是一种创举，反映了沈括超人的抽象思维能力。再如观察楼塔的影子透过窗隙而倒置的情况，与观察透过窗隙的飞鹰影子移动方向的作用相同，可以起到补充与强调的作用。用腰鼓的形状来打比方（将透镜折射光线的情况比作腰鼓形，透镜的焦点就像是腰鼓最细的地方）指出了焦点之所在，这不仅正确，而且形象具体，有助于人们理解抽象的光学现象。值得我们自豪的是，沈括是在宋代就对凹面镜成像原理进行了科学的分析与阐述，这比西方科学界类似的发现与研究早了两三个世纪。

释义 阳燧：一种凹面铜镜，镜面呈抛物面，古代用以聚集阳光取火，其原理与现今的抛物面太阳灶相似。

碍：阻碍，文中指光的聚焦处，即凹面铜镜抛物面的焦点。

格术：古代数学术语，由沈括在这条笔记中最早明确提出，用现代科学术语来解释的话，大致相当于“几何光学”。

臬：船上用来支撑橹的小木桩，即力学上的支点，将摇橹的力往相反的方向作用于水而产生推进力。

鸢：老鹰，猛禽。

窗隙所束：被窗户缝隙所束，文中指光线透过窗户细缝，与光线透过小孔成像的情况相似。

腰鼓：古代一种中间细、两端对称的鼓，这里用腰鼓以细处中心对称的情况来比喻阳燧焦点与光线反射的关系。

麻菽：麻与豆。

著物：加于物上，文中指将可燃的东西放到凹面镜的聚光点。

原典　小橘灯

这是十几年以前的事了。

在一个春节前一天的下午，我到重庆郊外去看一位朋友。她住在那个乡村的乡公所楼上。走上一段阴暗的仄仄的楼梯，进到一间有一张方桌和几张竹凳、墙上装着一架电话的屋子，再进去就是我的朋友的房间，和外间只隔一幅布帘。她不在家，窗前桌上留着一张条子，说是她临时有事出去，叫我等着她。

我在她桌前坐下，随手拿起一张报纸来看，忽然听见外屋板门吱地一声开了，过了一会儿，又听见有人在挪动那竹凳子。我掀开帘子，看见一个小姑娘，只有八九岁光景，瘦瘦的苍白的脸，冻得发紫的嘴唇，头发很短，穿一身很破旧的衣裤，光脚穿一双草鞋，正在登上竹凳想去摘墙上的听话器，看见我似乎吃了一惊，把手缩了回来。我问她："你要打电话吗？"她一面爬下竹凳，一面点头说："我要××医院，找胡大夫，我妈妈刚才吐了许多血！"我问："你知道××医院的电话号码吗？"她摇了摇头说："我正想问电话局……"我赶紧从机旁的电话本子里找到医院的号码，就又问她："找到了大夫，我请他到谁家去呢？"她说："你只要说王春林家里病了，他就会来的。"

我把电话打通了，她感激地谢了我，回头就走。我拉住她问："你的家远吗？"她指着窗外说："就在山窝那棵大黄果树下面，一下子就走到的。"说着就噔噔噔地下楼去了。

我又回到里屋去，把报纸前前后后都看完了，又拿起一本《唐诗三百首》来，看了一半，天色越发阴沉了，我的朋友还不回来。我无聊地站了起来，望着窗外浓雾里迷茫的山景，看到那棵黄果树下面的小屋，忽然想去探望那个小姑娘和她生病的妈妈。我下楼在门口买了几个大红橘子，塞在手提袋里，顺着歪斜不平的石板路，走到那小屋的门口。

我轻轻地叩着板门，刚才那个小姑娘出来开了门，抬头看了我，先愣了一下，后来就微笑了，招手叫我进去。这屋子很小很黑，靠墙的板铺上，她的妈妈闭着眼平躺着，大约是睡着了，被头上有斑斑的血痕，她的脸向里侧着，只看见她脸上的乱发，和脑后的一个大髻。

门边一个小炭炉，上面放着一个小砂锅，微微地冒着热气。这小姑娘把炉前的小凳子让我坐了，她自己就蹲在我旁边，不住地打量我。我轻轻地问："大夫来过了吗？"她说："来过了，给妈妈打了一针……她现在很好。"她又像安慰我似的说："你放心，大夫明早还要来的。"我问；"她吃过东西吗？这锅里是什么？"她笑说："红薯稀饭——我们的年夜饭。"我想起了我带来的橘子，就拿出来放在床边的小矮桌上。她没有做声，只伸手拿过一个最大的橘子来，用小刀削去上面的一段皮，又用两只手把底下的一大半轻轻地揉捏着。

我低声问："你家还有什么人？"她说："现在没有什么人，我爸爸到外面去了……"她没有说下去，只慢慢地从橘皮里掏出一瓤一瓤的橘瓣来，放在她妈妈的枕头边。

炉火的微光，渐渐地暗了下去，外面变黑了。我站起来要走，她拉住我，一面极其敏捷地拿过穿着麻线的大针，把那小橘碗四周相对地穿起来，像一个小筐似的，用一根小竹棍挑着，又从窗台上拿了一段短短的蜡头，放在里面点起来，递给我说："天黑了，路滑，这盏小橘灯照你上山吧！"

我赞赏地接过，谢了她，她送我出到门外，我不知道说什么好，她又像安慰我似的说："不久，我爸爸一定会回来的。那时我妈妈就会好了。"她用小手在面前画一个圆圈，最后按到我的手上："我们大家也都好了！"显然地，这"大家"也包括我在内。

我提着这灵巧的小橘灯，慢慢地在黑暗潮湿的山路上走着。这朦胧的橘红的光，实在照不了多远，但这小姑娘的镇定、勇敢、乐观的精神鼓舞了我，我似乎觉得眼前有无限光明！

我的朋友已经回来了，看见我提着小橘灯，便问我从哪里来。

我说："从…… 从王春林家来。"她惊异地说："王春林，那个木匠，你怎么认得他？去年山下医学院里，有几个学生，被当作共产党抓走了，以后王春林也失踪了，据说他常替那些学生送信……"

当夜，我就离开那山村，再也没有听见那小姑娘和她母亲的消息。

但是从那时起，每逢春节，我就想起那盏小橘灯。十二年过去了，那小姑娘的爸爸一定早回来了。她妈妈也一定好了吧？因为我们"大家"都"好"了！

导读 冰心（1900—1999），原名谢婉莹，福建长乐人，现代作家、翻译家、儿童文学作家、社会活动家、散文家。笔名冰心取自"一片冰心在玉壶"。1957 年春节将至，冰心应《中国少年报》之约，写就这篇散文。《小橘灯》的故事发生在 1945 年，国民党白色恐怖下，陪都重庆浓雾迷蒙、黑云压城，长期生活在战争离乱和黑暗统治中的人们对光明充满了无限渴望。"我"在重庆郊外偶遇的小姑娘，能在父失母病的艰难困苦中依然保持着勇敢、镇定、乐观的精神，这种坚强品格着实令人赞叹。《小橘灯》以饱蘸深情的笔墨，歌颂了这种勇敢面对困难的乐观精神，朴质温婉中蕴含着深厚的意蕴和催人奋进的精神力量。《小橘灯》不事雕琢，语言通俗易懂，自然流畅，巧妙地运用象征手法，表现了清丽、细腻、温婉的散文风格。

原典 女排精神历久弥新

中国女排精神植根于中华历史文化的沃土，女排的性格是中华民族性格的灿烂映射。世界历史上的四大文明古国中，一脉相承绵延至今的只有中国，5000 年里数不尽的挫折，生成了中华民族永不低头的倔强、愈挫愈奋的耐力、从容应对的智慧。精神强大是民族复兴的开始，也是民族复兴的必然。30 多年来，中国女排创造了"五连冠"的神话，9 次获得世界冠军，显露出祖国至上、顽强拼搏、胜不骄败不馁的英者风范，成为中华民族历经苦难艰辛而重新屹立于世界民族之林的生动见证。

导读 本文选自2019年9月25日《人民日报》。中国国家女子排球队正式组建于1976年。此后，他们以自己辛勤的汗水和不屈的精神创造了中国女排的神话，赢得了中国人民乃至世界人民的尊敬。

1981年，中国女排以亚洲冠军的身份，参加了在日本大阪举行的世界杯。中国女排获得了第一个世界冠军，实现了中国“三大球”的历史性突破。从此，中国女排迎来了一个全新时代。

1982年，带着世界杯冠军的荣耀，中国女排出征秘鲁利马世锦赛。中国女排出师不利，在小组赛第二场就意外负于美国队，这场失利让中国队几乎命悬一线，她们在此后的复赛阶段中，必须每场都以3比0拿下对手，才有可能晋级半决赛。绝境之下的中国女排爆发出巨大能量，面对古巴、匈牙利、苏联、澳大利亚、日本、秘鲁等一流强队，中国女排一局未丢，所向披靡，以6个3∶0再次站在世界之巅，首次夺得世锦赛冠军。

1984年，美国洛杉矶奥运会，中国女排在决赛中遭遇东道主美国队。中国女排打出气势，完胜对手，首次赢得了奥运会金牌，也完成了世界三大赛的“三连冠”。

此后，中国女排又分别于1985、1986、2003、2004、2015、2016年获得世界冠军。

2019年9月28日，在中华人民共和国成立七十周年前夕，中国女排在日本举行的世界杯大赛上十战全胜，第10次夺得世界冠军奖杯。

第二十五周

原典 茅屋为秋风所破歌

八月秋高风怒号，卷我屋上三重茅。茅飞渡江洒江郊，高者挂罥长林梢，下者飘转沉塘坳。南村群童欺我老无力，忍能对面为盗贼。公然抱茅入竹去，唇焦口燥呼不得，归来倚杖自叹息。俄顷风定云墨色，秋天漠漠向昏黑。布衾多年冷似铁，娇儿恶卧踏里裂。床头屋漏无干处，雨脚如麻未断绝。自经丧乱少睡眠，长夜沾湿何由彻！安得广厦千万间，大庇天下寒士俱欢颜！风雨不动安如山。呜呼！何时眼前突兀见此屋，吾庐独破受冻死亦足！

导读 此诗作于唐肃宗上元二年（761）八月。唐肃宗乾元二年（759）秋天，杜甫弃官到秦州（今甘肃天水），又辗转经同谷（今甘肃成县）到了巴陵。乾元三年（760）春天，杜甫求亲告友，在成都浣花溪边盖起了一座茅屋，总算有了一个栖身之所。不料到了上元二年（761）八月，大风破屋，大雨又接踵而至。当时安史之乱尚未平息，诗人由自身遭遇联想到战乱以来的万方多难，长夜难眠，感慨万千，写下了这一脍炙人口的诗篇。此诗写的是自己的数间茅屋，表现的却是忧国忧民的情感。

释义 挂罥：挂着，挂住。罥，挂。

塘坳（ào）：池塘，低洼积水的地方。塘，一作“堂”。坳，水边低地。

秋天漠漠向昏黑：指秋季的天空阴沉迷蒙，渐渐黑了下来。

布衾（qīn）：布质的被子。衾，被子。

娇儿恶卧踏里裂：孩子睡相不好，把被里都蹬破了。恶卧，睡相不好。

雨脚如麻：形容雨点不间断，像下垂的麻线一样密集。雨脚，雨点。

丧（sāng）乱：战乱，指安史之乱。

广厦（shà）：宽敞的大屋。

大庇（bì）：全部遮盖、掩护起来。庇，遮盖，掩护。

寒士：“士”原指士人，即读书人，此处是泛指贫寒的士人。

原典　梦溪笔谈·石油

鄜延境内有石油，旧说“高奴县出脂水”，即此也。生于水际，沙石与泉水相杂，惘惘而出，土人以雉尾裛之，用采入缶中。颇似淳漆，然之如麻，但烟甚浓，所沾帷幕皆黑。余疑其烟可用，试扫其煤以为墨，黑光如漆，松墨不及也，遂大为之，其识文为“延川石液”者是也。此物后必大行于世，自余始为之。盖石油之多，生于地中无穷，不若松木有时而竭。今齐、鲁间松林尽矣，渐至太行、京西、江南，松山大半皆童矣。造煤人盖未知石烟之利也。石炭烟亦大，墨人衣。余戏为《延州诗》云：“二郎山下雪纷纷，旋卓穹庐学塞人。化尽素衣冬未老，石烟多似洛阳尘。”

导读　石油在我国古代曾被称为石漆、膏油、肥、石脂、脂水、可燃水等，直到沈括的这条笔记写成及《梦溪笔谈》问世，历史上才第一次出现“石油”这一科学的命名并广为应用。沈括在书中记载了延川一带土著居民采集和使用石油的情况，不仅正式为石油定了名，而且记载了他的另一项发明——试用石油燃烧后形成的烟灰制造黑墨。这种被沈括称作“延川石液”的墨，质量比用松烟所制的黑墨还要好，写出来的字黑亮如漆。沈括还很自信地预言“此物后必大行于世”，并感慨当时众多造墨者因不知道使用石油烟灰，只能大量砍伐松树燃烟制墨，以致许多地方的松山被砍秃。这些文字也反映了沈括作为科学家善于观察、勤于思考与探索的品质。

释义　鄜（fū）延：路名，宋代康定二年（1041）从陕西路分出一部分置为鄜延路，治所在延州（今陕西延安）。

高奴县：古县名，秦代设置，治所在今陕西延安东北延河北岸，东汉末年废。

惘（wǎng）惘：惘，在文中可以理解为同“汪”，形容液体聚积的样子。

裛（yì）：同“浥”，沾湿，湿润。

缶：古代瓦器，泛指瓦罐一类的器具。

麻：麻类植物的总称，古代专指麻的一种，在本文中可以理解为麻烛。麻烛即用麻籽所榨的油做成的烛，烛就是“火炬”的意思。古代没有蜡烛，把火炬叫作烛。

煤：烟熏所积的黑灰，即烟尘。

松墨：指松烟墨，是墨的一种，用松烟尘和胶捣捶制成。

识文：这里指墨上所标注的文字。

童：秃顶，不长头发，也指山上不长草木，文中是指山上的树木被砍伐殆尽。

造煤人：文中指用松烟灰制作黑墨的人。

墨：这里用作动词，是“烟尘将人们的衣服熏黑”的意思。

二郎山下雪纷纷……石烟多似洛阳尘：二郎山下大雪纷飞，我们也像塞外之人那样搭起了帐篷；燃起石油取暖，结果冬天还没有过去，就把衣服熏黑了，那石油的烟尘就像洛阳闹市的烟尘一般浓重。

原典　荷塘月色

这几天心里颇不宁静。今晚在院子里坐着乘凉，忽然想起日日走过的荷塘，在这满月的光里，总该另有一番样子吧。月亮渐渐地升高了，墙外马路上孩子们的欢笑，已经听不见了；妻在屋里拍着闰儿，迷迷糊糊地哼着眠歌。我悄悄地披了大衫，带上门出去。

沿着荷塘，是一条曲折的小煤屑路。这是一条幽僻的路；白天也少人走，夜晚更加寂寞。荷塘四面，长着许多树，蓊蓊郁郁的。路的一旁，是些杨柳，和一些不知道名字的树。没有月光的晚上，这路上阴森森的，有些怕人。今晚却很好，虽然月光也还是淡淡的。

路上只我一个人，背着手踱着。这一片天地好像是我的；我也像超出了平常的自己，到了另一个世界里。我爱热闹，也爱冷静；爱群居，也爱独处。像今晚上，一个人在这苍茫的月下，什么都可以想，什么都可以不想，便觉是个自由的人。白天里一定要做的事，一定要说的话，现在都可不理。这是独处的妙处，我且受用这无边的荷香月色好了。

曲曲折折的荷塘上面，弥望的是田田的叶子。叶子出水很高，像亭亭的舞女的裙。层层的叶子中间，零星地点缀着些白花，有袅娜地开着的，有羞涩地打着朵儿的；正如一粒粒的明珠，又如碧天里的星星，又如刚出浴的美人。微风过处，送来缕缕清香，仿佛远处高楼上渺茫的歌声似的。这时候叶子与花也有一丝的颤动，像闪电般，霎时传过荷塘的那边去了。叶子本是肩并肩密密地挨着，这便宛然有了一道凝碧的波痕。叶子底下是脉脉的流水，遮住了，不能见一些颜色；而叶子却更见风致了。

月光如流水一般，静静地泻在这一片叶子和花上。薄薄的青雾浮起在荷塘里。叶子和花仿佛在牛乳中洗过一样；又像笼着轻纱的梦。虽然是满月，天上却有一层淡淡的云，所以不能朗照；但我以为这恰是到了好处——酣眠固不可少，小睡也别有风味的。月光是隔了树照过来的，高处丛生的灌木，落下参差的斑驳的黑影，峭楞楞如鬼一般；弯弯的杨柳的稀疏的倩影，却又像是画在荷叶上。塘中的月色并不均匀；但光与影有着和谐的旋律，如梵婀玲上奏着的名曲。

荷塘的四面，远远近近，高高低低都是树，而杨柳最多。这些树将一片荷塘重重围住；只在小路一旁，漏着几段空隙，像是特为月光留下的。树色一例是阴阴的，乍看像一团烟雾；但杨柳的丰姿，便在烟雾里也辨得出。树梢上隐隐约约的是一带远山，只有些大意罢了。树缝里也漏着一两点路灯光，没精打采的，是渴睡人的眼。这时候最热闹的，要数树上的蝉声与水里的蛙声；但热闹是它们的，我什么也没有。

忽然想起采莲的事情来了。采莲是江南的旧俗，似乎很早就有，而六朝时为盛；从诗歌里可以约略知道。采莲的是少年的女子，她们是荡着小船，唱着艳歌去的。采莲人不用说很多，还有看采莲的人。那是一个热闹的季节，也是一个风流的季节。梁元帝《采莲赋》里说得好：

于是妖童媛女，荡舟心许；鹢首徐回，兼传羽杯；棹将移而藻挂，船欲动而萍开。尔其纤腰束素，迁延顾步；夏始春余，叶嫩花初，恐沾裳而浅笑，畏倾船而敛裾。

可见当时嬉游的光景了。这真是有趣的事，可惜我们现在早已无福消受了。

于是又记起，《西洲曲》里的句子：

采莲南塘秋，莲花过人头；低头弄莲子，莲子清如水。

今晚若有采莲人，这儿的莲花也算得“过人头”了；只不见一些流水的影子，是不行的。这令我到底惦着江南了。——这样想着，猛一抬头，不觉已是自己的门前；轻轻地推门进去，什么声息也没有，妻已睡熟好久了。

导读 《荷塘月色》作于1927年7月，正值大革命失败，蒋介石叛变革命，中国处于一片黑暗之中。这篇散文通过对冷清的月夜里荷塘景色的描写，流露出作者朱自清想寻找安宁但又不可得，幻想超脱现实但又无法超脱的复杂心情，这正是那个黑暗的时代在作者心灵上的折射。《荷塘月色》十分注重“眼”的安设，画面感极强，善于运用通感手法来描摹景物，具有诗意，语言朴素，有一种清新、自然、典雅之美。

释义 闰儿：指朱闰生，朱自清第二子。

田田：形容荷叶相连的样子。古乐府《江南曲》中有“莲叶何田田”之句。

袅娜（niǎo nuó）：柔美的样子。

梵婀玲：小提琴（violin）的音译。

妖童媛女：俊俏的少年和美丽的少女。妖，艳丽。媛，女子。

鹢（yì）首：船头。古代画鹢鸟于船头。

羽杯：古代饮酒用的耳杯。又称羽觞、耳杯。

纤腰束素：腰如束素，齿如含贝（宋玉《登徒子好色赋》），形容女子腰肢细柔。

迁延顾步：形容走走退退不住回视自己动作的样子，有顾影自怜之意。

敛裾（jū）：提着衣襟。

原典　春

盼望着，盼望着，东风来了，春天的脚步近了。

一切都像刚睡醒的样子，欣欣然张开了眼。山朗润起来了，水涨起来了，太阳的脸红起来了。

小草偷偷地从土里钻出来，嫩嫩的，绿绿的。园子里，田野里，瞧去，一大片一大片满是的。坐着，躺着，打两个滚，踢几脚球，赛几趟跑，捉几回迷藏。风轻悄悄的，草软绵绵的。

桃树、杏树、梨树，你不让我，我不让你，都开满了花赶趟儿。红的像火，粉的像霞，白的像雪。花里带着甜味儿；闭了眼，树上仿佛已经满是桃儿、杏儿、梨儿。花下成千成百的蜜蜂嗡嗡地闹着，大小的蝴蝶飞来飞去。野花遍地是：杂样儿，有名字的，没名字的，散在草丛里，像眼睛，像星星，还眨呀眨的。

“吹面不寒杨柳风”，不错的，像母亲的手抚摸着你。风里带来些新翻的泥土的气息，混着青草味儿，还有各种花的香，都在微微润湿的空气里酝酿。鸟儿将窠巢安在繁花嫩叶当中，高兴起来了，呼朋引伴地卖弄清脆的喉咙，唱出宛转的曲子，与轻风流水应和着。牛背上牧童的短笛，这时候也成天在嘹亮地响。

雨是最寻常的，一下就是三两天。可别恼。看，像牛毛，像花针，像细丝，密密地斜织着，人家屋顶上全笼着一层薄烟。树叶子却绿得发亮，小草也青得逼你的眼。傍晚时候，上灯了，一点点黄晕的光，烘托出一片安静而和平的夜。乡下去，小路上，石桥边，有撑起伞慢慢走着的人；还有地里工作的农夫，披着蓑戴着笠的。他们的草屋，稀稀疏疏的，在雨里静默着。

天上风筝渐渐多了，地上孩子也多了。城里乡下，家家户户，老老小小，他们也赶趟儿似的，一个个都出来了。舒活舒活筋骨，抖擞抖擞精神，各做各的一份事去。“一年之计在于春”，刚起头儿，有的是工夫，有的是希望。

春天像刚落地的娃娃，从头到脚都是新的，他生长着。

春天像小姑娘，花枝招展的，笑着，走着。

春天像健壮的青年，有铁一般的胳膊和腰脚，他领着我们上前去。

导读 《春》是现代散文家朱自清的名篇，是“贮满诗意”的“春的赞歌”，饱含了作家特定时期的思想情绪、对人生及至人格的追求，表现了作家骨子里的传统文化积淀和他对自由境界的向往。本文鲜明地表现出田园牧歌式的清新格调和欢快情绪，如一曲赞歌，唱出了春的美妙旋律；似一首热情的诗，抒发了对春的企盼和眷恋；宛若一幅优美的图画，展示出春的气息与魅力。全文以其洋溢的浓浓诗意，产生着经久不衰的艺术魅力。

释义 “吹面不寒杨柳风”：和风迎面吹来，不觉得有一丝寒意。这句诗出自南宋僧志南的《绝句》：“古木阴中系短篷，杖藜扶我过桥东。沾衣欲湿杏花雨，吹面不寒杨柳风。”

一年之计在于春：六朝时有“一年之计在于春”说法，指一年的收成就在于春天的种植。

原典 海上日出

为了看日出，我常常早起。那时天还没有大亮，周围非常清静，船上只有机器的响声。

天空还是一片浅蓝，很浅很浅。转眼间天边出现了一道红霞，慢慢地在扩大它的范围，加强它的亮光。我知道太阳要从天边升起来了，便不转眼地望着那里。

果然，过了一会儿，在那个地方出现了太阳的小半边脸，红是真红，却没有亮光。太阳好像负着重荷似的一步一步，慢慢地努力上升，到了最后，终于冲破了云霞，完全跳出了海面，颜色红得非常可爱。一刹那间，这个深红的圆东西，忽然发出了夺目的亮光，射得人眼睛发痛，它旁边的云片也突然有了光彩。

走进了云堆中，它的光线却从云里射下来，直射到水面上。这时候要分辨出哪里是水，哪里是天，倒也不容易，因为我就只看见一片灿烂的亮光。

有时天边有黑云，而且云片很厚，太阳出来，人眼还看不见。然而太阳在黑云里放射的光芒，透过黑云的重围，替黑云镶了一道发光的金边。后来太阳才慢慢地冲出重围，出现在天空，甚至把黑云也染成了紫色或者红色。这时候，发亮的不仅是太阳、云和海水，连我自己也成了光亮的了。

这不是伟大的奇观吗？

导读 1927年2月，巴金在上海踏上英国邮船“昂热号”，去伦敦留学。他将沿途的见闻写成《海行杂记》一书，于1932年出版。《海上的日出》便是其中的一篇，这是一篇非常优秀的写景抒情散文。入选人民教育出版社小学四年级下册语文教科书后，被改动为《海上日出》（本文依此版本）。文章按时间顺序描写了日出前、日出时、日出后的海上日出奇观，展现了自然界的蓬勃伟力。作者礼赞喷薄的红日冲出黑云的重围，表达了对光明的热烈追求和奋发向上的精神斗志。

释义 巴金（1904—2005），原名李尧棠，字芾甘，四川成都人，中国现当代文坛巨匠。著有《巴金全集》。

第二十六周

劳

原典　梦溪笔谈·淤田

熙宁中，初行“淤田法”。论者以谓《史记》所载“泾水一斛，其泥数斗，且粪且溉，长我禾黍”。所谓“粪”，即“淤”也。予出使至宿州，得一石碑，乃唐人凿六陡门，发汴水以淤下泽，民获其利，刻石以颂刺史之功。则淤田之法，其来盖久矣。

导读　沈括在这条笔记中所讲到的淤田，指的就是利用泥沙沉降来改良土壤，这种方法在唐宋时期得到了广泛应用。北宋王安石积极推行变法，其中主要内容之一就是加强农田水利建设，而放淤又是农田水利建设的重要项目。沈括是赞同王安石变法主张的，他在这条笔记中通过引用《史记》中的有关记载，结合自己亲眼所见碑刻内容，来证明淤田之法古已有之且经实践证明确有成效，这也就间接地批驳了反对派的观点，支持了王安石。

释义　熙宁：宋神宗赵顼（xū）年号（1068—1077）。

泾水：渭河的支流，在陕西省中部，也称泾河。

斛（hú）：量词，一斛为十斗，南宋末年改为一斛五斗。

禾黍：禾与黍，泛指黍、稷、稻、麦等粮食作物。

宿州：古地名，在今安徽宿州。

陡门：同“斗门”，即堤堰中用以蓄泄渠水的闸门。

汴水：古代河流名，即今河南省荥阳市西南的索河。本文所指的汴水一般认为应该指汴渠，即从今荥阳市北黄河东南开始，流经今开封市及杞县、睢县、宁陵县、商丘市、夏邑县、永城市等地，再向东南经今安徽省宿州市、灵璧县、泗县和江苏省泗洪县，至盱眙县对岸入淮河。自隋至北宋，汴水都是中原通往东南沿海地区的主要水运干道。

原典　水调歌头·明月几时有

丙辰中秋，欢饮达旦，大醉，作此篇，兼怀子由。

明月几时有？把酒问青天。不知天上宫阙，今夕是何年。我欲乘风归去，又恐琼楼玉宇，高处不胜寒。起舞弄清影，何似在人间。

转朱阁，低绮户，照无眠。不应有恨，何事长向别时圆？人有悲欢离合，月有阴晴圆缺，此事古难全。但愿人长久，千里共婵娟。

导读　这首词是宋神宗熙宁九年（1076）中秋，苏轼在知密州时所作，词前的小序交代了写词的过程："丙辰中秋，欢饮达旦，大醉。作此篇，兼怀子由。"苏轼因为与当权的变法者王安石等人政见不同，自求外放，辗转在各地为官。他曾经要求调任到离苏辙较近的地方为官，以求兄弟多多聚会。熙宁七年（1074），苏轼知密州。到密州后，这一愿望仍无法实现。两年后（即1076）的中秋，皓月当空，银辉遍地，苏轼与胞弟苏辙分别之后，已七年未得团聚。此刻，苏轼面对一轮明月，心潮起伏，于是乘酒兴正酣，挥笔写下了这首名篇。

释义　子由：苏轼的弟弟苏辙的字。

转朱阁，低绮户，照无眠：月儿移动，转过了朱红色的楼阁，低低地挂在雕花的窗户上，照着没有睡意的人（指作者自己）。朱阁，朱红的华丽楼阁。绮户，雕饰华丽的门窗。

不应有恨，何事长向别时圆：（月圆了）不该有什么怨恨吧，但为什么偏在人们分离时圆呢？

千里共婵娟：只希望两人年年平安，虽然相隔千里，也能一起欣赏这美好的月光。婵娟，指月亮。

原典　桨声灯影里的秦淮河　节选

我们消受得秦淮河上的灯影，当圆月犹皎的仲夏之夜。

…… ……

小的灯舫初次在河中荡漾；于我，情景是颇朦胧，滋味是怪羞涩的。我要错认它作七里的山塘；可是，河房里明窗洞启，映着玲珑入画的曲栏干，顿然省得身在何处了。佩弦呢，他已是重来，很应当消释一些迷惘的。但看他太频繁地摇着我的黑纸扇。胖子是这个样怯热的吗？

…… ……

在利涉桥边买了一匣烟，荡过东关头，渐荡出大中桥了。船儿悄悄地穿出连环着的三个壮阔的涵洞，青溪夏夜的韶华已如巨幅的画豁然而抖落。哦！凄厉而繁的弦索，颤岔而涩的歌喉，杂着吓哈的笑语声，劈拍的竹牌响，更能把诸楼船上的华灯彩绘，显出火样的鲜明，火样的温煦了。小船儿载着我们，在大船缝里挤着，挨着，抹着走。它忘了自己也是今宵河上的一星灯火。

…… ……

时有小小的艇子急忙忙打桨，向灯影的密流里横冲直撞。冷静孤独的油灯映见黯淡久的画船头上，秦淮河姑娘们的靓妆。茉莉的香，白兰花的香，脂粉的香，纱衣裳的香……微波泛滥出甜的暗香，随着她们那些船儿荡，随着我们这船儿荡，随着大大小小一切的船儿荡。有的互相笑语，有的默然不响，有的衬着胡琴亮着嗓子唱。一个，三两个，五六七个，比肩坐在船头的两旁，也无非多添些淡薄的影儿葬在我们的心上——太过火了，不至于罢，早消失在我们的眼皮上。谁都是这样急忙忙地打着桨，谁都是这样向灯影的密流里冲着撞；又何况久沉沦的她们，又何况漂泊惯的我们俩。当时浅浅的醉，今朝空空的惆怅；老实说，咱们萍泛的绮思不过如此而已，至多也不过如此而已。你且别讲，你且别想！这无非是梦中的电光，这无非是无明的幻象，这无非是以零星的火种微炎在大欲的根苗上。扮戏的咱们，散了场原是一个样，然而，上场锣，下场锣，天天忙，人人忙。看，吓！载送女郎的艇子才过去，货郎担的小船不是又来了？一盏小煤油灯，一舱的什物，他也忙得来像手里的摇铃，这样丁冬而郎当。

…… ……

前面已是复成桥。青溪之东，暗碧的树梢上面微耀着一桁的清光。我们的船就缚在枯柳桩边待月。其时河心里晃荡着的，河岸头歇泊着的各式灯船，望去，少说点也有十廿来只。惟不觉繁喧，只添我们以幽甜。虽同是灯船，虽同是秦淮，虽同是我们；却是灯影淡了，河水静了，我们倦了，——况且月儿将上了。灯影里的昏黄，和月下灯影里的昏黄原是不相似的，又何况入倦的眼中所见的昏黄呢。灯光所以映她的秾姿，月华所以洗她的秀骨，以蓬腾的心焰跳舞她的盛年，以饧涩的眼波供养她的迟暮。必如此，才会有圆足的醉，圆足的恋，圆足的颓弛，成熟了我们的心田。

犹未下弦，一丸鹅蛋似的月，被纤柔的云丝们簇拥上了一碧的遥天。冉冉地行来，冷冷地照着秦淮。我们已打桨而徐归了。归途的感念，这一个黄昏里，心和境的交萦互染，其繁密殊超我们的言说。主心主物的哲思，依我外行人看，实在把事情说得太嫌简单，太嫌容易，太嫌分明了，实有的只是浑然之感。就论这一次秦淮夜泛罢，从来处来，从去处去，分析其间的成因自然亦是可能；不过求得圆满足尽的解析，使片段的因子们合拢来代替刹那间所体验的实有，这个我觉得有点不可能，至少于现在的我们是如此的。凡上所叙，请读者们只看作我归来后，回忆中所偶然留下的千百分之一二，微薄的残影。若所谓"当时之感"，我决不敢望诸君能在此中窥得。即我自己虽正在这儿执笔构思，实在也无从重新体验出那时的情景。说老实话，我所有的只是忆。我告诸君的只是忆中的秦淮夜泛。至于说到那"当时之感"，这应当去请教当时的我，而他久飞升了，无所存在。

…… ……

凉月凉风之下，我们背着秦淮河走去，悄默是当然的事了。如回头，河中的繁灯想定是依然。我们却早已走得远，“灯火未阑人散”，佩弦，诸君，我记得这就是在南京四日的酣嬉，将分手时的前夜。

导读 俞平伯（1900—1990），古典文学研究家，红学家、诗人、作家。浙江德清人，晚清国学大师俞樾曾孙。1923 年 8 月，俞平伯与朱自清同游秦淮河，以《桨声灯影里的秦淮河》为共同的题目，两人各作散文一篇，以风格不同、各有千秋而传世，成为现代文学史上的一段佳话。文章主要通过描写作者和友人同游秦淮河时的所见所闻，来体现作者想借秦淮之游来滋润心灵的干枯、慰藉寂寞灵魂的精神渴求，表达了作者想竭力回避现实社会却难以超然的心情。文章运用古典词曲，语词凝练，情景中显哲思，情与思、热与冷和谐相融，表现出独特的风致。

原典 都江堰 节选

我以为，中国历史上最激动人心的工程不是长城，而是都江堰。

…… ……

我去都江堰之前，以为它只是一个水利工程罢了，不会有太大的游观价值。连葛洲坝都看过了，它还能怎么样？只是要去青城山玩，得路过灌县县城，它就在近旁，就乘便看一眼吧。因此，在灌县下车，心绪懒懒的，脚步散散的，在街上胡逛，一心只想着青城山。

七转八弯，从简朴的街市走进了一个草木茂盛的所在。脸面渐觉滋润，眼前愈显清朗，也没有谁指路，只向更滋润、更清朗的去处走。忽然，天地间开始有些异常，一种隐隐然的骚动，一种还不太响却一定是非常响的声音，充斥周际。如地震前兆，如海啸将临，如山崩即至，浑身起一种莫名的紧张，又紧张得急于趋附。不知是自己走去的还是被它吸去的，终于陡然一惊，我已站在伏龙观前，眼前，急流浩荡，大地震颤。

即便是站在海边礁石上，也没有像这里强烈地领受到水的魅力。海水是雍容大度的聚会，聚会得太多太深，茫茫一片，让人忘记它是切切实实的水，可掬可捧的水。这里的水却不同，要说多也不算太多，但股股叠叠都精神焕发，合在一起比赛着飞奔的力量，踊跃着喧嚣的生命。这种比赛又极有规矩，奔着奔着，遇到江心的分水堤，刷地一下裁割为二，直窜出去，两股水分别撞到了一道坚坝，立即乖乖地转身改向，再在另一道坚坝上撞一下，于是又根据筑坝者的指令来一番调整……也许水流对自己的驯顺有点恼怒了，突然撒起野来，猛地翻卷咆哮，但越是这样越是显现出一种更壮丽的驯顺。已经咆哮到让人心魄俱夺，也没有一滴水溅错了方位。阴气森森间，延续着一场千年的收伏战。水在这里，吃够了苦头也出足了风头，就像一大拨翻越各种障碍的马拉松健儿，把最强悍的生命付之于规整，付之于企盼，付之于众目睽睽。看云看雾看日出各有胜地，要看水，万不可忘了都江堰。

…… ……

继续往前走，看到了一条横江索桥。桥很高，桥索由麻绳、竹篾编成。跨上去，桥身就猛烈摆动，越犹豫进退，摆动就越大。在这样高的地方偷看桥下会神志慌乱，但这是索桥，到处漏空，由不得你不看。一看之下，先是惊叹。脚下的江流，从那么遥远的地方奔来，一派义无反顾的决绝势头，挟着寒风，吐着白沫，凌厉锐进。我站得这么高还感觉到了它的砭肤冷气，估计它是从雪山赶来的罢。但是，再看桥的另一边，它硬是化作许多亮闪闪的河渠，改恶从善。人对自然力的驯服，干得多么爽利。如果人类干什么事都这么爽利，地球早已是另一副模样。

但是，人类总是缺乏自信，进进退退，走走停停，不断自我耗损，又不断地为耗损而再耗损。结果，仅仅多了一点自信的李冰，倒成了人们心中的神。离索桥东端不远的玉垒山麓，建有一座二王庙，祭祀李冰父子。人们在虔诚膜拜，膜拜自己同类中更像一点人的人。钟鼓钹磬，朝朝暮暮，重一声，轻一声，伴和着江涛轰鸣。

李冰这样的人，是应该找个安静的地方好好纪念一下的，造个二王庙，也合民众心意。

实实在在为民造福的人升格为神，神的世界也就会变得通情达理、平适可亲。中国宗教颇多世俗气息，因此，世俗人情也会染上宗教式的光斑。一来二去，都江堰倒成了连接两界的桥墩。

导读 余秋雨（1946—），浙江余姚人。当代著名散文家、文化学者、艺术理论家，文化史学家、戏剧教育家。1968 年毕业于上海戏剧学院戏剧文学系。1980 年后，陆续出版了《戏剧理论史稿》《中国戏剧文化史述》《戏剧审美心理学》《文化苦旅》《山居笔记》《霜冷长河》《千年一叹》《行者无疆》《寻觅中华》《中国文化课》等。

《都江堰》中，作者通过记叙自己游览都江堰的经历，从人与水相辅相成的关系视角切入，表达了自己对“道”的感想：“看上去，是人在治水；实际上，却是人领悟了水，顺应了水，听从了水。只有这样，才能天人合一，无我无私，长生不老。这便是道。”

原典　匆匆

燕子去了，有再来的时候；杨柳枯了，有再青的时候；桃花谢了，有再开的时候。但是，聪明的，你告诉我，我们的日子为什么一去不复返呢？——是有人偷了他们吧：那是谁？又藏在何处呢？是他们自己逃走了吧：现在又到了哪里呢？

我不知道他们给了我多少日子，但我的手确乎是渐渐空虚了。在默默里算着，八千多日子已经从我手中溜去，像针尖上一滴水滴在大海里，我的日子滴在时间的流里，没有声音，也没有影子。我不禁头涔涔而泪潸潸了。

去的尽管去了，来的尽管来着，去来的中间，又怎样地匆匆呢？早上我起来的时候，小屋里射进两三方斜斜的太阳。太阳他有脚啊，轻轻悄悄地挪移了，我也茫茫然跟着旋转。于是——洗手的时候，日子从水盆里过去；吃饭的时候，日子从饭碗里过去；默默时，便从凝然的双眼前过去；我觉察他去得匆匆了，伸出手遮挽时，他又从遮挽着的手边过去；天黑时，我躺在床上，他便伶伶俐俐地从我身上跨过，从我脚边飞去了；等我睁开眼和太阳再见，这算又溜走了一日；我掩面叹息，但是新来的日子的影儿又开始在叹息里闪过了。

在逃去如飞的日子里，在千门万户的世界里的我能做什么呢？只有徘徊罢了。只有匆匆罢了。在八千多日的匆匆里，除徘徊外，又剩些什么呢？过去的日子如轻烟，被微风吹散了，如薄雾，被初阳蒸融了。我留着些什么痕迹呢？我何曾留着像游丝样的痕迹呢？我赤裸裸来到这世界，转眼间也将赤裸裸地回去吧？但不能平的，为什么偏要白白走这一遭啊？

你聪明的，告诉我，我们的日子为什么一去不复返呢？

导读 《匆匆》是一篇文情并茂、意蕴深邃的散文。朱自清用细致绵密的笔触，从冬去春来、花谢花开的自然现象中寻求生命的真谛，慨叹时光匆匆，韶华易逝，更激发了不愿虚度时光，要追求积极向上的生命价值的内心情感。文章写于 1922 年 3 月，恰逢五四运动落潮期，作者感受着时代脉搏，不甘心沉沦，执着地追求人生理想，反映了当时大部分知识青年的普遍情绪。

第二十七周

智 原典 梦溪笔谈·日月之形

又问予以“日月之形，如丸邪？如扇也？若如丸，则其相遇岂不相碍？”予对曰：“日月之形如丸。何以知之？以月盈亏可验也。月本无光，犹银丸，日耀之乃光耳。光之初生，日在其傍，故光侧而所见才如钩；日渐远，则斜照而光稍满。如一弹丸，以粉涂其半，侧视之，则粉处如钩；对视之，则正圜。此有以知其如丸也。日月，气也，有形而无质，故相值而无碍。”

导读 “月本无光”的见解虽然不是沈括首先提出来的，但是在科技还很不发达的宋代，沈括能够坚持这样的正确观点，足以显现他作为一个科学家的气度和胆识。本条记述最有价值也最为生动的地方，就是沈括用银球涂粉作比喻，来解释深奥的月盈月亏现象：将球的一半涂上白粉，当你正对着涂满白粉的一面时，所见是个全圆，而当你从侧面观察时，所见到的情形就不同——球的一半涂粉而另一半没有涂粉，涂粉的一半看上去就不是全圆。这种方法既形象直观，又符合科学道理，与现今中小学用灯光照射转动的球体以演示光线覆盖的情况是很相似的。当然，沈括“日月，气也，有形而无质”的说法只说对了一半，太阳是气态的，月球不是气态的，而是与地球一样由固体物质组成的。此外，气态也是一种物质状态，古人称之为“无质”也是不科学的。

释义 扇：团扇，圆形。

碍：阻碍。限于科学认知能力，宋代人普遍认为太阳、月亮都在天上，它们到地面的距离是相同的，所以才会有当它们碰到一起时会不会互相阻碍的疑问。

盈亏：指月盈、月亏，即月亮的圆缺。

光之初生：月光初现时，这里是指阴历每月初只能看到一道月牙。

光侧：指阳光从侧面照射月球。

稍满：指随着太阳的移动，人们可以见到月球被阳光照亮的地方逐渐增大、变圆。

正圜（yuán）：正圆。圜，同“圆”。

气：气体，古人误认为日、月都是由气体组成的。

质：实体。

相值：相遇。值，遇到。

原典　镇江府月观记　节选

京口以江山名天下，其来尚矣！而国家屏蔽，尤重于晋、宋、齐、梁之间。观其千嶂所环，中横巨浸，风涛日夜架百川而东之，其形势之雄，实足以控制南北，岂直为骚人羁客区区登览之胜哉！

州治之西有楼焉，并城而出，名曰千秋者，考诸图志，始于晋王恭之时。由楼西南，循城百余步，忽飞檐曲槛，萃然孤起于城隅之上，望数百里见之者，月观也。绍兴八年，吴兴刘岑季高来刺是州，州承废乱之后，公私扫地，无复故时。季高以精明强敏之才，易民观瞻于谈笑之顷。既府寺闾井，鸠集经营，悉复其初，始暇遑于游息之地，乃即月观之址，辑而新之。

……　……

方时艰难，此州实为襟要，其经理规模，必有足大者。尝与子四顾而望之，其东曰海门，鸱夷子皮之所从游也；其西曰瓜步，魏佛狸之所尝至也；若其北广陵，则谢太傅之所筑埭而居；而江之中流，则祖豫州之所击楫而誓也。计其一时英雄慷慨，愤中原之未复，反寇之未擒，欲吞之以忠义之气，虽狭宇宙而隘九州，自其胸中所积，亦江山有以发之。今揽而纳诸数楹之地，使千载之事了然在吾目中，则季高之志可知矣。

导读　本篇节选自北宋末、南宋初文学家汪藻所作的《镇江府月观记》，收于《（乾隆）镇江府志》中。绍兴八年（1138），南宋朝廷定行在（临时首都）于临安（今杭州），准备与金人议和，江淮战事稍有平息，吴兴人刘岑被派来江防前线镇江府任知府事。战乱之后镇江府遍地狼藉，刘岑为重树政府威严、提振人民信心，动工重建了府治（即孙权依在北固山前峰上所筑的铁瓮城）西南城墙上的标志性建筑物——月观（又名万岁楼）。此楼竣工之时，汪藻受邀写下了这篇记文。先赞颂了镇江的山川形胜和月观的崇高壮观，并简述了月观得以重建的缘由，后又历数了从月观之上极目四望而联想到的古代英雄人物，指出登上此楼可使人心生千古英雄之气，激起恢复中原的壮志豪情，充分肯定了刘岑重建此楼的历史意义。

释义 嶂（zhàng）：高险像屏障的山。巨浸：大河，指长江。

架百川而东之：驱使着百川汇入长江的流水向东奔腾而去。架，同“驾”。

州治：这里指镇江府的衙署。

并城而出：与城墙一起出现，镇江府治（包括隋唐时期的润州州治、南朝时期的南徐州州治）沿用的是孙权在北固山前峰上修筑的铁瓮城，历代均有修葺，形如山地城堡，至元代始拆除，但治所未迁，明、清镇江府治依然在此，今为国家级文物保护单位铁瓮城遗址。

千秋：千秋楼，又名芙蓉楼，原在润州州治西北城墙上，唐王昌龄诗《芙蓉楼送辛渐》即作于此，后毁，今重建于金山塔影湖畔。

王恭：出身太原王氏，东晋大臣、外戚。

曲槛（jiàn）：曲折的栏杆，即“勾片栏杆”。

月观：（万岁楼）在镇江府治城墙的西南角，此处城墙依月华山修建，所以楼名“月观”（观是楼台之意），月华山即今千秋桥街以东。

鸠集：聚集，谓筹集资材人工。襟要：险要之地。

经理规模：经营治理的格局。

海门：焦山以北长江中的两座小石山，一名松山，一名寥山，古时曾是长江入海口处的标志物，李白有《焦山望寥山》一诗。

鸱（chī）夷子皮：春秋晚期越国谋臣范蠡之号。

瓜步：此处指瓜步山，在今南京市六合区东南滁河畔，北魏太武帝拓跋焘在元嘉之战中曾兵临此地。

祖豫州：指祖逖，官至豫州刺史，曾率部从京口渡江北伐，并在大江之中用力拍击船楫，立誓要收复中原，因此留下了“击楫中流”的成语。

亦江山有以发之：（胸中所积累的忠义之气）也要靠江山的雄壮才能激发出来。

数楹之地：数楹尺度的建筑之内，谓月观。楹，房屋两柱之间为一“楹”。

原典 永遇乐·京口北固亭怀古

千古江山，英雄无觅，孙仲谋处。舞榭歌台，风流总被，雨打风吹去。斜阳草树，寻常巷陌，人道寄奴曾住。想当年，金戈铁马，气吞万里如虎。 元嘉草草，封狼居胥，赢得仓皇北顾。四十三年，望中犹记，烽火扬州路。可堪回首，佛狸祠下，一片神鸦社鼓。凭谁问：廉颇老矣，尚能饭否？

导读 辛弃疾一生力主抗金，曾上《美芹十论》与《九议》，条陈战守之策。其词抒写力图收复失地的爱国热情，倾诉壮志难酬的悲愤，对当时执政者的屈辱求和颇多谴责，也有不少吟咏祖国河山的作品。调任镇江知府以后，登临北固亭，感叹报国无门的失望，凭高望远，抚今追昔，于是写下了这首流传千古之作。这首词用典精当，有怀古、忧世、抒志的多重主题。江山千古，欲觅当年英雄而不得，起调不凡。开篇借景抒情，由眼前所见而联想到两位著名历史人物——孙权和刘裕，对他们的英雄业绩表示向往。接下来讽刺当朝用事者韩侂胄又像刘义隆一样草率，欲挥师北伐，令人忧虑。知道老之将至而朝廷不会再用自己，不禁仰天叹息。其中“佛狸祠下，一片神鸦社鼓”写对北方已非宋朝国土的感慨，最为沉痛。

释义 寄奴：南朝宋武帝刘裕，小字寄奴，早年宅居京口寿丘山下。

元嘉草草：刘裕之子宋文帝刘义隆于元嘉年间草率出兵北伐，结果惨败。

狼居胥：西汉骠骑将军霍去病击败匈奴后，积土为坛于狼居胥山，祭天以告成功。见《汉书·霍去病传》。后以“封狼居胥”指建立显赫功绩。

四十三年，望中犹记，烽火扬州路：此词写于开禧元年（1205），作者于绍兴三十二年（1162）南下，至此时正好四十三年。路为古代行政区域名，扬州路为词人当年参与抗金战争之地。

佛狸祠：北魏太武帝小字佛狸，率军追王玄谟至长江边，驻军江北瓜步山，在山上建行宫，后人称之为佛狸祠。

原典 风 筝

北京的冬季，地上还有积雪，灰黑色的秃树枝丫叉于晴朗的天空中，而远处有一二风筝浮动，在我是一种惊异和悲哀。

故乡的风筝时节，是春二月，倘听到沙沙的风轮声，仰头便能看见一个淡墨色的蟹风筝或嫩蓝色的蜈蚣风筝。还有寂寞的瓦片风筝，没有风轮，又放得很低，伶仃地显出憔悴可怜模样。但此时地上的杨柳已经发芽，早的山桃也多吐蕾，和孩子们的天上的点缀相照应，打成一片春日的温和。我现在在哪里呢？四面都还是严冬的肃杀，而久经诀别的故乡的久经逝去的春天，却就在这天空中荡漾了。

但我是向来不爱放风筝的，不但不爱，并且嫌恶他，因为我以为这是没出息孩子所做的玩艺。和我相反的是我的小兄弟，他那时大概十岁内外罢，多病，瘦得不堪，然而最喜欢风筝，自己买不起，我又不许放，他只得张着小嘴，呆看着空中出神，有时至于小半日。远处的蟹风筝突然落下来了，他惊呼；两个瓦片风筝的缠绕解开了，他高兴得跳跃。他的这些，在我看来都是笑柄，可鄙的。

有一天，我忽然想起，似乎多日不很看见他了，但记得曾见他在后园拾枯竹。我恍然大悟似的，便跑向少有人去的一间堆积杂物的小屋去，推开门，果然就在尘封的什物堆中发现了他。他向着大方凳，坐在小凳上；便很惊惶地站了起来，失了色瑟缩着。大方凳旁靠着一个胡蝶风筝的竹骨，还没有糊上纸，凳上是一对做眼睛用的小风轮，正用红纸条装饰着，将要完工了。我在破获秘密的满足中，又很愤怒他的瞒了我的眼睛，这样苦心孤诣地来偷做没出息孩子的玩艺。我即刻伸手抓断了胡蝶的一支翅骨，又将风轮掷在地下，踏扁了。论长幼，论力气，他是都敌不过我的，我当然得到完全的胜利，于是傲然走出，留他绝望地站在小屋里。

后来他怎样，我不知道，也没有留心。

然而我的惩罚终于轮到了，在我们离别得很久之后，我已经是中年。我不幸偶而看了一本外国的讲论儿童的书，才知道游戏是儿童最正当的行为，玩具是儿童的天使。于是二十年来毫不忆及的幼小时候对于精神的虐杀的这一幕，忽地在眼前展开，而我的心也仿佛同时变了铅块，很重很重的堕下去了。

但心又不竟堕下去而至于断绝，他只是很重很重地堕着，堕着。

我也知道补过的方法的：送他风筝，赞成他放，劝他放，我和他一同放。我们嚷着，跑着，笑着。——然而他其时已经和我一样，早已有了胡子了。

我也知道还有一个补过的方法的：去讨他的宽恕，等他说，"我可是毫不怪你呵。"那么，我的心一定就轻松了，这确是一个可行的方法。有一回，我们会面的时候，是脸上都已添刻了许多"生"的辛苦的条纹，而我的心很沉重。我们渐渐谈起儿时的旧事来，我便叙述到这一节，自说少年时代的胡涂。"我可是毫不怪你呵。"我想，他要说了，我即刻便受了宽恕，我的心从此也宽松了罢。

"有过这样的事么？"他惊异地笑着说，就像旁听着别人的故事一样。他什么也记不得了。

全然忘却，毫无怨恨，又有什么宽恕之可言呢？无怨的恕，说谎罢了。

我还能希求什么呢？我的心只得沉重着。

现在，故乡的春天又在这异地的空中了，既给我久经逝去的儿时的回忆，而一并也带着无可把握的悲哀。我倒不如躲到肃杀的严冬中去罢，——但是，四面又明明是严冬，正给我非常的寒威和冷气。

导读 此文选自鲁迅散文诗集《野草》，是其作于 1925 年的回忆性散文。作者通过回忆自己幼年时对小兄弟喜爱风筝的一次精神虐杀，深刻揭露了封建的伦理道德和教育思想对儿童心灵的束缚和摧残，抒发了作者对冷酷现实的极端憎恶和对美好明天的憧憬，表现了作者严于解剖自己的自我批评精神和同封建势力战斗到底的决心。文章以白描写景、写人，叙事与感叹、议论相结合，渗透着一种深沉的理性精神。

德 原典　秋　夜

在我的后园，可以看见墙外有两株树，一株是枣树，还有一株也是枣树。

这上面的夜的天空，奇怪而高，我生平没有见过这样奇怪而高的天空。他仿佛要离开人间而去，使人们仰面不再看见。然而现在却非常之蓝，闪闪地映着几十个星星的眼，冷眼。他的口角上现出微笑，似乎自以为大有深意，而将繁霜洒在我的园里的野花草上。

我不知道那些花草真叫什么名字，人们叫他们什么名字。我记得有一种开过极细小的粉红花，现在还开着，但是更极细小了，她在冷的夜气中，瑟缩地做梦，梦见春的到来，梦见秋的到来，梦见瘦的诗人将眼泪擦在她最末的花瓣上，告诉她秋虽然来，冬虽然来，而此后接着还是春，胡蝶乱飞，蜜蜂都唱起春词来了。她于是一笑，虽然颜色冻得红惨惨地，仍然瑟缩着。

枣树，他们简直落尽了叶子。先前，还有一两个孩子来打他们别人打剩的枣子，现在是一个也不剩了，连叶子也落尽了。他知道小粉红花的梦，秋后要有春；他也知道落叶的梦，春后还是秋。他简直落尽叶子，单剩干子，然而脱了当初满树是果实和叶子时候的弧形，欠伸得很舒服。但是，有几枝还低亚着，护定他从打枣的竿梢所得的皮伤，而最直最长的几枝，却已默默地铁似的直刺着奇怪而高的天空，使天空闪闪地鬼䀹眼；直刺着天空中圆满的月亮，使月亮窘得发白。

鬼䀹眼的天空越加非常之蓝，不安了，仿佛想离去人间，避开枣树，只将月亮剩下。然而月亮也暗暗地躲到东边去了。而一无所有的干子，却仍然默默地铁似的直刺着奇怪而高的天空，一意要制他的死命，不管他各式各样地䀹着许多蛊惑的眼睛。

哇的一声，夜游的恶鸟飞过了。

我忽而听到夜半的笑声，吃吃地，似乎不愿意惊动睡着的人，然而四围的空气都应和着笑。夜半，没有别的人，我即刻听出这声音就在我嘴里，我也即刻被这笑声所驱逐，回进自己的房。灯火的带子也即刻被我旋高了。

后窗的玻璃上丁丁地响，还有许多小飞虫乱撞。不多久，几个进来了，许是从窗纸的破孔进来的。他们一进来，又在玻璃的灯罩上撞得丁丁地响。一个从上面撞进去了，他于是遇到火，而且我以为这火是真的。两三个却休息在灯的纸罩上喘气。那罩是昨晚新换的罩，雪白的纸，折出波浪纹的叠痕，一角还画出一枝猩红色的栀子。

猩红的栀子开花时，枣树又要做小粉红花的梦，青葱地弯成弧形了……我又听到夜半的笑声；我赶紧砍断我的心绪，看那老在白纸罩上的小青虫，头大尾小，向日葵子似的，只有半粒小麦那么大，遍身的颜色苍翠得可爱，可怜。

我打一个呵欠，点起一支纸烟，喷出烟来，对着灯默默地敬奠这些苍翠精致的英雄们。

导读 《秋夜》写于1924年9月的北京。此时正值革命的低潮期，但鲁迅没有丧失信心，用犀利的文笔来表达自己的坚强斗志，在文中他将景物人格化，并借景物所赋予的特定象征意义，托物寓意，借景抒怀。通过对秋夜所见所感的抒写，刻画了枣树敢于反抗恶势力的韧性战斗精神，表达了对恶势力的憎恶和蔑视、对弱小的被压迫者的同情，以及对追求光明的奋斗者的热诚赞颂。

第二十八周

原典 梦溪笔谈·陨石

治平元年，常州日禺时，天有大声如雷，乃一大星，几如月，见于东南。少时，而又震一声，移著西南；又一震，而坠在宜兴县民许氏园中，远近皆见，火光赫然照天，许氏藩篱皆为所焚。是时火息，视地中有一窍如杯大，极深。下视之，星在其中，荧荧然，良久渐暗，尚热不可近。又久之，发其窍，深三尺余，乃得一圆石，犹热，其大如拳，一头微锐，色如铁，重亦如之。州守郑伸得之，送润州金山寺。至今匣藏，游人到则发视。王无咎为之传，甚详。

导读 沈括详细地记载了一次陨石坠落的时间、地点，坠落过程中的现象及人们挖掘、收藏和观赏陨石的情况。陨石根据化学成分的不同，可以分为三大类：以铁、镍金属为主要成分的叫铁陨石；以铁、镍金属及硅酸盐为主要成分的叫石铁陨石；以硅酸盐为主要成分的叫石陨石。我国是世界上最早发现并记载陨石的国家之一。

释义 治平：宋英宗赵曙年号（1064—1067）。

日禺时：太阳西下时。禺，禺谷，古代传说太阳落下的地方叫禺谷。

宜兴：在今江苏宜兴。

州守：宋代州一级的行政长官。

郑伸：人名，事迹不详。

润州：古代州名，治所在今江苏省镇江市。

金山寺：今江苏镇江金山寺。金山位于镇江市西北，原在长江中，后因沙涨水退，渐与南岸相连。

发视：文中指打开匣子让人观看。

王无咎：字补之，王安石的学生。

劳 原典 艾子杂说 节选

齐有富人，家累千金。其二子甚愚，其父又不教之。

一日，艾子谓其父曰："君之子虽美，而不通世务，他日曷能克其家？"父怒曰："吾之子敏，而且恃多能，岂有不通世物耶？"艾子曰："不须试之他，但问君之子所食者米从何来，若知之，吾当妄言之罪。"

父遂呼其子问之，其子嘻然笑曰："吾岂不知此也！每以布囊取来。"其父愀然而改容曰："子之愚甚也！彼米不是田中来？"

艾子曰："非其父不生其子。"

导读 这是一个很有趣的寓言故事。"米从哪里来"问题虽然简单无奇，故事也貌似我们平时斗嘴打赌，其实是颇有深意、耐人寻味的。优越的生活条件就能造就出聪明多才的孩子吗？未必。同时，家长的言传身教又是何等重要！更重要的是，劳动实践才是获得真知的源泉。

释义 家累千金：指家中财产极富。

曷能克其家：怎么能继承家业。曷，同"何"。克家，能担当家事。

愀（qiǎo）然改容：神色变得很不高兴。

德 原典 满江红·怒发冲冠

怒发冲冠，凭阑处、潇潇雨歇。抬望眼，仰天长啸，壮怀激烈。三十功名尘与土，八千里路云和月。莫等闲、白了少年头，空悲切。　　靖康耻，犹未雪。臣子恨，何时灭。驾长车，踏破贺兰山缺。壮志饥餐胡虏肉，笑谈渴饮匈奴血。待从头、收拾旧山河，朝天阙。

导读 有学者认为，此词创作于宋高宗绍兴二年（1132）前后，也有人认为作于绍兴四年（1134）岳飞克复襄阳六郡晋升清远军节度使之后。此词上片抒写作者对中原重陷敌手的悲愤、对前功尽弃的痛惜，表达了自己继续努力争取壮年立功的心愿；下片抒写作者对祖国统一的殷切希望、对国家的赤胆忠诚。全词情调激昂、慷慨壮烈，显示出一种浩然正气和英雄气概，表现了作者报国立功的信心和乐观主义精神。

释义 满江红：词牌名，又名“上江虹”“念良游”“伤春曲”等。双调九十三字。

怒发冲冠：气得头发竖起，以至于将帽子顶起。形容愤怒至极。

凭阑：身倚栏杆。阑，同“栏”。

长啸：大声呼叫。啸，蹙口发出的叫声。

壮怀：奋发图强的志向。

“三十”句：谓自己已经三十岁了，得到的功名如同尘土一样微不足道。三十，是约数。功名，或指岳飞攻克襄阳六郡以后建节晋升之事。

“八千”句：形容南征北战、路途遥远、披星戴月。八千，是约数，极言沙场征战行程之远。

空悲切：白白的痛苦。

靖康耻：宋钦宗靖康二年（1127），金兵攻陷汴京，虏走徽、钦二帝。靖康，宋钦宗赵桓的年号。

贺兰山：贺兰山脉，位于今宁夏回族自治区与内蒙古自治区交界处。一说是位于今邯郸市磁县境内的贺兰山。

朝天阙：朝见皇帝。天阙，本指宫殿前的楼观，此指皇帝居住的地方。

德 原典 邓稼先 节选

邓稼先1924年出生在安徽省怀宁县。在北平上了小学和中学，于1945年自昆明西南联大毕业。1948年到1950年赴美国普渡大学读理论物理，获得博士学位后立即乘船回国。1950年10月到中国科学院工作。1958年8月奉命带领几十个大学毕业生开始研究原子弹制造的理论。

这以后的28年间，邓稼先始终站在中国原子武器设计制造和研究的第一线，领导许多学者和技术人员，成功地设计了中国的原子弹和氢弹，把中华民族国防自卫武器引导到了世界先进水平。

1964年10月16日中国爆炸了第一颗原子弹。

1967年6月17日中国爆炸了第一颗氢弹。

这些日子是中华民族五千年历史上的重要日子，是中华民族完全摆脱任人宰割危机的新生日子！

1967年以后邓稼先继续他的工作，至死不懈，对国防武器做出了许多新的巨大贡献。

1985年8月邓稼先做了切除直肠癌的手术。次年3月又做了第二次手术。在这期间他和于敏联合署名写了一份关于中华人民共和国核武器发展的建议书。1986年5月邓稼先做了第三次手术，7月29日因全身大出血而逝世。

"鞠躬尽瘁，死而后已"正好准确地描述了他的一生。

邓稼先是中华民族核武器事业的奠基人和开拓者。张爱萍将军称他为"'两弹'元勋"，他是当之无愧的。

导读　邓稼先是中国核武器理论研究工作的奠基者之一，是中国核武器研制与发展的主要组织者、领导者，成功地设计了中国原子弹和氢弹。由于在一次实验中受到核辐射，邓稼先于1986年7月29日在北京不幸逝世，终年62岁。张爱萍将军在给邓稼先的挽诗中写道："君视名利如粪土，许身国威壮河山。哀君早辞世，功勋泽人间。"作者杨振宁与邓稼先同窗数载，有着50年的友谊，用饱含感情的笔墨深刻地缅怀了邓稼先伟大的一生，以及其为祖国的国防事业做出的伟大贡献。

德　原典　我们要做的事　节选

谁要知道我们在这儿做甚么，我们唱了三十四年的《校歌》可以给他简单明了的答复。"惟生无尽兮爱无涯"，是说宇宙间一切事象都是力的表现，你也是力，我也是力。力的表现永久不会完全相同，你是你，我是我，虽父子兄弟也不会一样无异，这不一样的异的事象便叫做生。宇宙无尽便是力无尽，生无尽。若问为什么要这样异的生，只好说是爱这样生便这样生，所以说生无尽便是爱无穷。生的现象便是爱的表现，穷极变幻，真是美绝。最容易叫人感觉其美的莫如璀璨的花，都丽如霞。所以举它做例说“璀璨如花兮都如霞”。可是人们为私欲蒙蔽，常不能尽其生、穷其爱、竭其力的变幻，这就有待于教育。我们现在做的事，就是启蒙祛蔽的事。蒙蔽祛，爱的芽便可发荣滋长。所以说“畴发其蒙兮茁其芽”。我们每个同学能够做到尽量发展每个不同的个性，尽力的生，自会感到生的趣味和幸福，再不会有人间怨恨和悲哀。我们学校也就成为“鼓舞欢忻，生趣充塞”的处所，正如秋月光华照耀人间，你看美不美？所以说“正则正如秋月华，美呀”。

导读 本篇选自徐铭《吕凤子文集校释》，是吕凤子 1945 年 9 月 26 日在正则学校的讲演。作者通过对《正则校歌》歌词含义的全面阐释，回答了“正则人”在璧山辛勤办学“为了什么”的问题，重申了正则学校的办学宗旨和目标，同时也是吕凤子自己美好和谐的教育理想的浪漫展示，充分彰显了教育的本质和人的价值。《正则校歌》现已经明确为《镇江高等专科学校校歌》。

释义 生：指一种现象，即宇宙间一切事物生生不息、各呈异彩的现象。

都：都丽。美盛，华丽。

畴：美田，美好的田亩。借指通过精心耕作，使种子发芽生长。

充塞：充满、塞足。

月华：月亮周围的五彩光环。

第二十九周

德 原典　正气歌

天地有正气，杂然赋流形。下则为河岳，上则为日星。
于人曰浩然，沛乎塞苍冥。皇路当清夷，含和吐明庭。
时穷节乃见，一一垂丹青。在齐太史简，在晋董狐笔。
在秦张良椎，在汉苏武节。为严将军头，为嵇侍中血。
为张睢阳齿，为颜常山舌。或为辽东帽，清操厉冰雪。
或为出师表，鬼神泣壮烈。或为渡江楫，慷慨吞胡羯。
或为击贼笏，逆竖头破裂。是气所磅礴，凛烈万古存。
当其贯日月，生死安足论。地维赖以立，天柱赖以尊。
三纲实系命，道义为之根。嗟予遘阳九，隶也实不力。
楚囚缨其冠，传车送穷北。鼎镬甘如饴，求之不可得。
阴房阒鬼火，春院閟天黑。牛骥同一皂，鸡栖凤凰食。
一朝蒙雾露，分作沟中瘠。如此再寒暑，百沴自辟易。
嗟哉沮洳场，为我安乐国。岂有他缪巧，阴阳不能贼。
顾此耿耿在，仰视浮云白。悠悠我心悲，苍天曷有极。
哲人日已远，典刑在夙昔。风檐展书读，古道照颜色。

导读　本篇是爱国诗人文天祥在元大都（今北京）狱中所作的一首诗歌。宋祥兴元年（1278）十月，文天祥因叛徒的出卖被元军所俘，翌年十月被押解至大都。元朝统治者对其软硬兼施，威逼利诱，甚至许以高位，文天祥都不为所动，决心以身报国，因而被囚三年。元至元十九年（1282）十二月九日，文天祥慷慨就义。此诗作于其就义前一年，当时牢房极度阴暗潮湿，蒸熏恶臭，各种污秽之气极易使人生病，文天祥却在其中身处两年都安然无恙，他由此想到了孟子所说的“吾善养吾浩然之气”，认为正是因为自己具有这种天地间的浩然正气，才敌过了牢房中的七种污秽之气，因此对赴死的前路也可无所畏惧，于是有感而发，写下了这首流传千古的《正气歌》。

释义 在晋董狐笔：出自《左传·宣公二年》，春秋时，晋灵公被赵穿杀死，晋大夫赵盾没有处置赵穿，太史董狐在史册上写道："赵盾弑其君。"孔子称赞这样写是"良史"笔法。

张良椎：《史记·留侯传》载，张良祖上五代人都做韩国的丞相，韩国被秦始皇灭掉后，他一心要替韩国报仇，找到一个大力士持一百二十斤的大椎在博浪沙（在今河南省原阳县东南）伏击出巡的秦始皇，未击中。后来张良辅佐刘邦建立汉朝，封留侯。

苏武节：《汉书·李广苏建传》载，汉武帝时，苏武出使匈奴，匈奴人要他投降，他坚决拒绝，被流放到北海（今西伯利亚贝加尔湖）边牧羊。为了表示对祖国的忠诚，他一天到晚拿着从汉朝带去的符节，牧羊十九年，始终坚贞不屈，后来终于回汉。

严将军：《三国志·蜀志·张飞传》载，严颜在刘璋手下做将军，镇守巴郡，被张飞捉住，要他投降，他回答说："我州但有断头将军，无降将军！"张飞见其威武不屈，把他释放了。

嵇侍中：嵇绍，嵇康之子，晋惠帝时做侍中（官名）。《晋书·嵇绍传》载，晋惠帝永兴元年（304），皇室内乱，惠帝的侍卫都被打垮了，嵇绍用自己的身体遮住惠帝，被杀死，血溅到惠帝的衣服上。战争结束后，有人要洗去惠帝衣服上的血，惠帝说："此嵇侍中血，勿去！"

张睢阳：即唐朝的张巡。《旧唐书·张巡传》载，安禄山叛乱，张巡固守睢阳（今属河南商丘），每次上阵督战，大声呼喊，牙齿都咬碎了。城破被俘，拒不投降，敌将问他："闻君每战，皆目裂，嚼齿皆碎，何至此耶？"张巡回答说："吾欲气吞逆贼，但力不遂耳。"敌将视其齿，存者不过三数。

颜常山：即唐朝的颜杲卿，任常山（今属河北石家庄）太守。《新唐书·颜杲卿传》载，安禄山叛乱时，他起兵讨伐，后城破被俘，当面大骂安禄山，被钩断舌头，仍不屈，被杀死。

辽东帽：东汉末年的管宁有高节，是在野的名士，避乱居辽东（郡治在今辽宁辽阳），一再拒绝朝廷的征召，他常戴一顶黑色帽子，安贫讲学，闻名于世。

渡江楫：东晋爱国志士祖逖率兵北伐，渡长江时，敲着船桨发誓北定中原，后来终于收复黄河以南失地。楫，船桨。

击贼笏（hù）：唐德宗时，朱泚谋反，召段秀实议事，段秀实不肯同流合污，以笏猛击朱泚的头，大骂："狂贼，吾恨不斩汝万段，岂从汝反耶？"

楚囚缨其冠：《左传·成公九年》载，春秋时被俘往晋国的楚国俘虏钟仪戴着一种楚国帽子，表示不忘祖国。被拘囚时，晋侯问是什么人，旁边人回答说是“楚囚”。这里是说，自己被拘囚着，把从江南戴来的帽子的带系紧，表示虽为囚徒仍不忘宋朝。

智 原典 国史大纲·引论 节选

姑试略言中国史之进展。就政治上言之，秦、汉大一统政府之创建，已为国史辟一奇迹。近人好以罗马帝国与汉代相拟，然二者立国基本精神已不同。罗马乃以一中心而伸展其势力于四围。欧、亚、非三洲之疆土，特为一中心强力征服而被统治。仅此中心，尚复有贵族、平民之别。一旦此中心上层贵族渐趋腐化，蛮族侵入，如以利刃刺其心窝，而帝国全部，即告瓦解。此罗马立国形态也。秦、汉统一政府，并不以一中心地点之势力，征服四围，实乃由四围之优秀力量，共同参加，以造成一中央。且此四围，亦更无阶级之分。所谓优秀力量者，乃常从社会整体中，自由透露，活泼转换。因此其建国工作，在中央之结构，而非四围之征服。罗马如于一室中悬巨灯，光耀四壁；秦、汉则室之四周，遍悬诸灯，交射互映；故罗马碎其巨灯，全室即暗，秦、汉则灯不俱坏光不全绝。

导读 本篇节选自钱穆（1895—1990）所著《国史大纲》开篇的引论部分。《国史大纲》是一本教科书体裁的通史性论著，著于抗日战争时期，当时钱穆是北京大学历史系教授，在战火纷飞中随西南联合大学辗转大半个中国。在云南昆明岩泉寺，钱穆开始将主要精力放在了中国通史的考证与写作之上。颠沛的窘迫、物资的匮乏及内忧外患的形势，使钱穆将关于中国命运的思考贯穿于全书始末，他指出：“治国史之第一任务，在于国家民族之内部自身求得其独特精神之所在。”他希望国民能够从这样一部揭示我国历史精神、重塑民族历史自信的史纲里汲取力量发奋前行。

节选段落比较了西方罗马帝国与中华秦、汉帝国殊异的立国精神，鞭辟入里地分析了二者在立国形态上的结构性区别，揭示了为何统一的罗马帝国一旦灭亡就无法恢复，而中华大地上的一统局面却能生生不息、绵延至今的内在机理。

释义 姑：姑且，先。

活泼转换：指身份、阶层之间的灵活流动，如“朝为田舍郎，暮登天子堂”之类。

原典 秋天的况味

秋天的黄昏，一人独坐在沙发上抽烟，看烟头白灰之下露出红光，微微透露出暖气，心头的情绪便跟着那蓝烟缭绕而上，一样的轻松，一样的自由。不转眼，缭烟变成缕缕的细丝，慢慢不见了，而那霎时，心上的情绪也跟着消沉于大千世界，所以也不讲那时的情绪，而只讲那时的情绪的况味。待要再划一根洋火，再点起那已点过三四次的雪茄，却因白灰已积得太多，点不着，乃轻轻一弹，烟灰静悄悄的落在铜炉上，其静寂如同我此时用毛笔写在中纸上一样，一点的声息也没有。于是再点起来，一口一口的吞云吐雾，香气扑鼻，宛如偎红倚翠温香在抱情调。于是想到烟，想到这烟一股温煦的热气，想到室中缭绕暗淡的烟霞，想到秋天的意味。

这时才忆起，向来诗文上秋的含义，并不是这样的，使人联想的是肃杀，是凄凉，是秋扇，是红叶，是荒林，是萋草。然而秋确有另一意味，没有春天的阳气勃勃，也没有夏天的炎烈迫人，也不像冬天之全入于枯槁凋零。我所爱的是秋林古气磅礴气象。有人以老气横秋骂人，可见是不懂得秋林古色之滋味。在四时中，我于秋是有偏爱的，所以不妨说说。

秋是代表成熟，对于春天之明媚娇艳，夏日的茂密浓深，都是过来人，不足为奇了。所以其色淡，叶多黄，有古色苍茏之概，不单以葱翠争荣了。这是我所谓秋天的意味。大概我所爱的不是晚秋，是初秋，那时暄气初消，月正圆，蟹正肥，桂花皎洁，也未陷入懔烈萧瑟气态，这是最值得赏乐的。那时的温和，如我烟上的红灰，只是一股熏熟的温香罢了。或如文人已排脱下笔惊人的格调，而渐趋纯熟练达，宏毅坚实，其文读来有深长意味。这就是庄子所谓“正得秋而万宝成”结实的意义。在人生上最享乐的就是这一类的事。比如酒以醇以老为佳。烟也有和烈之辨。雪茄之佳者，远胜于香烟，因其味较和。倘是烧得得法，慢慢的吸完一支，看那红光炙发，有无穷的意味。鸦片吾不知，然看见人在烟灯上烧，听那微微哔剥的声音，也觉得有一种诗意。

大概凡是古老，纯熟，熏黄，熟练的事物，都使我得到同样的愉快。如一只熏黑的陶锅在烘炉上用慢火炖猪肉时所发出的锅中徐吟的声调，是使我感到同观人烧大烟一样的兴趣。或如一本用过二十年而尚未破烂的字典，或是一张用了半世的书桌，或如看见街上一块熏黑了老气横秋的招牌，或是看见书法大家苍劲雄浑的笔迹，都令人有相同的快乐。

人生世上如岁月之有四时，必须要经过这纯熟时期，如女人发育健全遭遇安顺的，亦必有一时徐娘半老的风韵，为二八佳人所绝不可及者。使我最佩服的是邓肯的佳句：“世人只会吟咏春天与恋爱，真无道理。须知秋天的景色，更华丽，更恢奇，而秋天的快乐有万倍的雄壮、惊奇、都丽。我真可怜那些妇女识见偏狭，使她们错过爱之秋天的宏大的赠赐。”若邓肯者，可谓识趣之人。

导读 林语堂是一个自由主义人文知识分子，学贯中西，著作丰富，散文、随笔尤为精彩。20世纪30年代任《论语》主编时期，林语堂提倡“以自我为中心，以闲适为格调”的小品文，视作者为“老友”，自觉追求“以谈话腔调入文”。这篇《秋天的况味》是林语堂于1941年所作的一篇散文，是最能体现其风格的代表作品之一。作者在文章中由对秋天的赞许过渡到对人生的感悟。全文行文舒缓悠游，侃侃而谈，笔调幽默，显示了作者达观清淡的人生态度。

释义 暄（xuān）气：暑热之气。

正得秋而万宝成：出自《庄子·杂篇·庚桑楚》："夫春气发而百草生，正得秋而万宝成。"

恢奇：杰出，不平常。

都丽：华丽，美丽。

褊（biǎn）狭：指土地狭窄或气量狭小。

邓肯（1877—1927）：伊莎多拉·邓肯，美国舞蹈家，她崇尚个性自由，以披头赤脚在舞台上进行表演的形式来排斥芭蕾的僵化与严苛，被誉为"一代舞后"和"现代舞之母"。

原典 我与地坛 节选

我在好几篇小说中都提到过一座废弃的古园，实际就是地坛。许多年前旅游业还没有开展，园子荒芜冷落得如同一片野地，很少被人记起。

地坛离我家很近。或者说我家离地坛很近。总之，只好认为这是缘分。地坛在我出生前四百多年就坐落在那儿了，而自从我的祖母年轻时带着我父亲来到北京，就一直住在离它不远的地方——五十多年间搬过几次家，可搬来搬去总是在它周围，而且是越搬离它越近了。我常觉得这中间有着宿命的味道：仿佛这古园就是为了等我，而历尽沧桑在那儿等待了四百多年。

它等待我出生，然后又等待我活到最狂妄的年龄上忽地残废了双腿。四百多年里，它一面剥蚀了古殿檐头浮夸的琉璃，淡褪了门壁上炫耀的朱红，坍圮了一段段高墙，又散落了玉砌雕栏，祭坛四周的老柏树愈见苍幽，到处的野草荒藤也都茂盛得自在坦荡。这时候想必我是该来了。十五年前的一个下午，我摇着轮椅进入园中，它为一个失魂落魄的人把一切都准备好了。那时，太阳循着亘古不变的路途正越来越大，也越红。在满园弥漫的沉静光芒中，一个人更容易看到时间，并看见自己的身影。

自从那个下午我无意中进了这园子，就再没长久地离开过它。我一下子就理解了它的意图。正如我在一篇小说中所说的："在人口密聚的城市里，有这样一个宁静的去处，像是上天的苦心安排。"

两条腿残废后的最初几年，我找不到工作，找不到去路，忽然间几乎什么都找不到了，我就摇了轮椅总是到它那儿去，仅为着那儿是可以逃避一个世界的另一个世界。我在那篇小说中写道："没处可去我便一天到晚耗在这园子里。跟上班下班一样，别人去上班我就摇了轮椅到这儿来。""园子无人看管，上下班时间有些抄近路的人们从园中穿过，园子里活跃一阵，过后便沉寂下来。""园墙在金晃晃的空气中斜切下一溜荫凉，我把轮椅开进去，把椅背放倒，坐着或是躺着，看书或者想事，撅一杈树枝左右拍打，驱赶那些和我一样不明白为什么要来这世上的小昆虫。""蜂儿如一朵小雾稳稳地停在半空；蚂蚁摇头晃脑捋着触须，猛然间想透了什么，转身疾行而去；瓢虫爬得不耐烦了，累了，祈祷一回便支开翅膀，忽悠一下升空了；树干上留着一只蝉蜕，寂寞如一间空屋；露水在草叶上滚动，聚集，压弯了草叶，轰然坠地，摔开万道金光。""满园子都是草木竞相生长弄出的响动，窸窸窣窣窸窸窣窣片刻不息。"这都是真实的记录，园子荒芜但并不衰败。

导读 《我与地坛》以相对独立的两部分结构，深刻地展示了作者史铁生走出残疾阴影的心路历程。第一部分写"我"与地坛，以景物描写为主，表达作者对生命的感悟；第二部分写"我"与母亲，采用追忆回想的方式，表达了作者对母亲的怀念。节选内容为第一部分，景物描写动静结合，生动、新奇、细腻。古殿檐头剥蚀的琉璃、门壁上淡褪的朱红，表现了地坛沧桑的历史。"蚂蚁摇头晃脑捋着触须，猛然间想透了什么，转身疾行而去"，表现了渺小生命生存、思索、奋斗的快乐。"露水在草叶上滚动、聚集，压弯了草叶轰然坠地摔开万道金光"，表明即使短暂平凡的小生命也能创造出生命的辉煌。作者笔下的景物完全细节化了，它们富有穿透力地体现着作者赋予它们的哲理或是情感。

德

原典　白杨礼赞

白杨树实在不是平凡的，我赞美白杨树！

当汽车在望不到边际的高原上奔驰，扑入你的视野的，是黄绿错综的一条大毯子。黄的是土，未开垦的荒地，几百万年前由伟大的自然力堆积成功的黄土高原的外壳；绿的呢，是人类劳力战胜自然的成果，是麦田，和风吹送，翻起了一轮一轮的绿波——这时你会真心佩服昔人所造的两个字“麦浪”，若不是妙手偶得，便确是经过锤炼的语言的精华。黄与绿主宰着，无边无垠，坦荡如砥，这时如果不是宛若并肩的远山的连峰提醒了你（这些山峰凭你的肉眼来判断，就知道是在你脚底下的），你会忘记了汽车是在高原上行驶。这时你涌起来的感想也许是“雄壮”，也许是“伟大”，诸如此类的形容词；然而同时你的眼睛也许觉得有点倦怠，你对当前的“雄壮”或“伟大”闭了眼，而另一种的味儿在你心头潜滋暗长了——“单调”！可不是，单调，有一点儿吧？

然而刹那间，要是你猛抬眼看见了前面远远有一排——不，或者只是三五株，一株，傲然地耸立，像哨兵似的树木的话，那你的恹恹欲睡的情绪又将如何？我那时是惊奇地叫了一声的！

那就是白杨树，西北极普通的一种树，然而实在是不平凡的一种树！

那是力争上游的一种树，笔直的干，笔直的枝。它的干通常是丈把高，像加过人工似的，一丈以内绝无旁枝。它所有的丫枝一律向上，而且紧紧靠拢，也像加以人工似的，成为一束，绝不旁逸斜出；它的宽大的叶子也是片片向上，几乎没有斜生的，更不用说倒垂了；它的皮光滑而有银色的晕圈，微微泛出淡青色。这是虽在北方的风雪的压迫下却保持着倔强挺立的一种树！哪怕只有碗那样粗细，它却努力向上发展，高到丈许，两丈，参天耸立，不折不挠，对抗着西北风。

这就是白杨树，西北极普通的一种树，然而决不是平凡的树！

它没有婆娑的姿态，没有屈曲盘旋的虬枝。也许你要说它不美。如果美是专指“婆娑”或“横斜逸出”之类而言，那么，白杨树算不得树中的好女子。但是它伟岸，正直，朴质，严肃，也不缺乏温和，更不用提它的坚强不屈与挺拔，它是树中的伟丈夫！当你在积雪初融的高原上走过，看见平坦的大地上傲然挺立这么一株或一排白杨树，难道你就觉得它只是树？难道你就不想到它的朴质，严肃，坚强不屈，至少也象征了北方的农民？难道你竟一点也不联想到，在敌后的广大土地上，到处有坚强不屈，就像这白杨树一样傲然挺立的守卫他们家乡的哨兵？难道你又不更远一点想到，这样枝枝叶叶靠紧团结，力求上进的白杨树，宛然象征了今天在华北平原纵横决荡，用血写出新中国历史的那种精神和意志？

白杨不是平凡的树。它在西北极普遍，不被人重视，就跟北方农民相似；它有极强的生命力，磨折不了，压迫不倒，也跟北方的农民相似。我赞美白杨树，就因为它不但象征了北方的农民，尤其象征了今天我们民族解放斗争中所不可缺的朴质、坚强、力求上进的精神。

让那些看不起民众、贱视民众、顽固的倒退的人们去赞美那贵族化的楠木（那也是直挺秀颀的），去鄙视这极常见、极易生长的白杨吧，我要高声赞美白杨树！

导读 《白杨礼赞》写于 1941 年，也就是茅盾在延安参观讲学期间。北方军民在中国共产党领导下同心同德、团结抗战的情形给作者留下了深刻的印象。文章采用象征的手法，以西北黄土高原上“参天耸立，不折不挠，对抗着西北风”的白杨树，来歌颂中国共产党领导下的抗日军民力求上进、坚强不屈的革命意志和斗争精神，同时对那些“贱视民众，顽固的倒退的人们”也投出了辛辣的嘲讽。

释义 茅盾（1896—1981），原名沈德鸿，字雁冰，浙江桐乡人，中国现代著名作家、文学评论家、文化活动家及社会活动家，新文化运动的先驱之一，中国革命文艺的奠基人之一。

第三十周

原典　文心雕龙　节选

文之为德也大矣，与天地并生者，何哉？夫玄黄色杂，方圆体分，日月叠壁，以垂丽天之象；山川焕绮，以铺理地之形：此盖道之文也。仰观吐曜，俯察含章，高卑定位，故两仪既生矣。惟人参之，性灵所钟，是谓三才。为五行之秀，实天地之心。心生而言立，言立而文明，自然之道也。

……　……

傍及万品，动植皆文：龙凤以藻绘呈瑞，虎豹以炳蔚凝姿；云霞雕色，有逾画工之妙；草木贲华，无待锦匠之奇。夫岂外饰，盖自然耳。至于林籁结响，调如竽瑟；泉石激韵，和若球锽：故形立则章成矣，声发则文生矣。夫以无识之物，郁然有采，有心之器，其无文欤？

……　……

夫神思方运，万涂竞萌，规矩虚位，刻镂无形。登山则情满于山，观海则意溢于海，我才之多少，将与风云而并驱矣。

导读　《文心雕龙》是南朝文学理论家刘勰所著，是中国文学理论批评史上第一部有严密体系的、体大而虑周的文学理论专著。《文心雕龙》系统论述了文学的形式和内容、继承和革新的关系，对文学的艺术本质及其特征做了精当的阐述，探索和论述了语言文学的审美本质及其创作、鉴赏的美学规律。

本篇一、二两则皆选自《文心雕龙·原道》，此二则是全书的基础，说明了人和天地万物是写作文章的根本，指出“心生而言立，言立而文明”，又指出“傍及万品，动植皆文……形立则章成矣，声发则文生矣”，认为这些都是写作文章的“自然之道”。第三则选自《文心雕龙·神思》，主要论述写文章要充分发挥想象的作用，应做到“登山则情满于山，观海则意溢于海”，这样，人的文章才气就能和风云并驾齐驱了。

释义 文之为德也大矣，与天地并生者：文章的意义是与天地一样大的，它与天地并生。

此盖道之文也：这就是大自然的文采啊。

惟人参之，性灵所钟，是谓三才：当具有灵性的人参与其中，就和天地并称为“三才”。《三字经》中说：“三才者，天地人。”

傍及万品，动植皆文：再看自然中的一切事物，无论动物、植物，都是具有文采的。

夫以无识之物，郁然有采，有心之器，其无文欤：那些没有意识的东西，都有那么丰富的文采，作为有着丰富感情的人，难道会没有文采吗？

夫神思方运，万涂竞萌，规矩虚位，刻镂无形：当人开始构思作文时，各种意象都萌发出来，这就需要把这些虚无的意象（用文字）具体地表达出来。

德 原典 少年中国说 节选

故今日之责任，不在他人，而全在我少年。少年智则国智，少年富则国富，少年强则国强，少年独立则国独立，少年自由则国自由，少年进步则国进步，少年胜于欧洲则国胜于欧洲，少年雄于地球则国雄于地球。红日初升，其道大光。河出伏流，一泻汪洋。潜龙腾渊，鳞爪飞扬。乳虎啸谷，百兽震惶。鹰隼试翼，风尘翕张。奇花初胎，矞矞皇皇。干将发硎，有作其芒。天戴其苍，地履其黄。纵有千古，横有八荒。前途似海，来日方长。美哉，我少年中国，与天不老！壮哉，我中国少年，与国无疆！

导读 本篇节选自梁启超所作散文《少年中国说》，该文写于戊戌变法失败后的 1900 年，文中将封建统治下暮气横秋的中国称为“老大帝国”，将期盼中未来朝气蓬勃的中国称为“少年中国”，对前者给予无情的贬斥，对后者加以热烈的歌颂，由此激励人民为未来而奋斗。梁氏此文不拘格式，多用比喻，拳拳激励之心和进取精神跃然纸上，寄托了其对少年中国无限的热爱与期望。

释义 其道大光：意为前路无比光明。

伏流：水在地下流动。

潜龙腾渊：龙结束水底的蛰伏，从水中腾飞到天上。

乳虎：小老虎。

翕张：起伏。

矞矞皇皇：光明盛大貌。

干将：春秋时期吴国著名铸剑师，此处代指宝剑。

发硎：刚刚在磨刀石上磨好。

有作其芒：锋芒闪耀。

天戴其苍：头顶苍天。

地履其黄：脚踏黄土。

原典　色　彩

生命是张没有价值的白纸，
自从绿给了我发展，
红给了我情热，
黄教我以忠义，
蓝教我以高洁，
粉红赐我以希望，
灰白赠我以悲哀，
再完成这帧彩图，
黑还要加我以死。
从此以后，
我便溺爱于我的生命，
因为我爱他的色彩。

导读 闻一多（1899—1946），诗人、学者、民主斗士，自幼爱好古典诗词和美术。1923 年 9 月，闻一多的第一部新诗集《红烛》出版，《色彩》即为其中的一篇，是其中唯美倾向浓厚的作品。在闻一多身上，流淌着民族文化的血液，他具有坚定的个人生命信念和对现实的执着追求，而在现实中，《色彩》所描述的这种强烈的生命感受，就是诗人当时对现实的理解与抒写。

诗人将绘画中的色彩引入诗歌，运用了比喻、象征、排比等修辞方法，给抽象的生命以不同的色彩，表达了诗人对生命意义的看法：生命本身是一张“没价值的白纸”；生命只有拥有各种颜色，即有喜也有忧，有希望也有失望，才有意义；生命不仅意味着活着，也意味着死亡；尤其是有了死亡，人们才会更加珍惜生命，才会执着地追求发展、热情、忠义、高洁和希望，才能以正常心态看待生命中的悲哀，坦然面对生命中的死亡。

德 原典 我爱这土地

假如我是一只鸟，
我也应该用嘶哑的喉咙歌唱：
这被暴风雨所打击着的土地，
这永远汹涌着我们的悲愤的河流，
这无止息地吹刮着的激怒的风，
和那来自林间的无比温柔的黎明……
——然后我死了，
连羽毛也腐烂在土地里面。

为什么我的眼里常含泪水？
因为我对这土地爱得深沉……

导读　《我爱这土地》写于1938年11月17日，发表于同年12月桂林出版的《十日文萃》。1938年10月，武汉失守，日本侵略者的铁蹄猖狂地践踏中国大地。作者艾青和当时文艺界许多人士一同撤出武汉，汇集于桂林。作者满怀对祖国的挚爱和对侵略者的仇恨写下了这首诗，作者想象自己为“一只鸟”，借鸟儿与土地的关系来抒发对祖国的热爱。诗中的“鸟”“用嘶哑的喉咙歌唱”，这是抗战初期悲壮的时代氛围、作者特殊的个性与气质以及作者特殊的表达需要等，共同作用于鸟儿形象而产生的审美意象，这个审美意象使作者对土地执着的爱进一步深化：即使面对这样一片浸透着苦难的土地，也要无条件地去爱，要永远不知疲倦、竭尽全力地去为这片土地而歌唱！接下来，作者用类似电影蒙太奇式的特写镜头，依次推出他要歌唱的对象：土地、河流、风、黎明。“鸟儿”的形象仍贯穿其中，“连羽毛也腐烂在土地里面”。作者借这个形象，表达了自己决心生于土地、歌于土地、葬于土地、与土地生死相依的强烈情感。

原典　再别康桥

轻轻的我走了，
正如我轻轻的来；
我轻轻的招手，
作别西天的云彩。

那河畔的金柳，
是夕阳中的新娘；
波光里的艳影，
在我的心头荡漾。

软泥上的青荇，
油油的在水底招摇；

在康河的柔波里，
我甘心做一条水草！

那榆荫下的一潭，
不是清泉，是天上虹
揉碎在浮藻间，
沉淀着彩虹似的梦。

寻梦？撑一支长篙，
向青草更青处漫溯，
满载一船星辉，
在星辉斑斓里放歌。

但我不能放歌，
悄悄是别离的笙箫；
夏虫也为我沉默，
沉默是今晚的康桥！

悄悄的我走了，
正如我悄悄的来；
我挥一挥衣袖，
不带走一片云彩。

导读 《再别康桥》写于1928年11月6日，徐志摩故地重游，在归国途中吟成了这首传世之作。此诗借景抒情，表达了诗人对往昔剑桥留学生活的回忆，对当年爱情挫折的追述，抒发了留恋之情、惜别之情和理想幻灭后的感伤之情。

释义 徐志摩（1896—1931），浙江海宁人，现代诗人、散文家，新月派代表诗人。代表作品有《再别康桥》《翡冷翠的一夜》等。

原典　五柳先生传

先生不知何许人也，亦不详其姓字。宅边有五柳树，因以为号焉。闲静少言，不慕荣利。好读书，不求甚解。每有会意，便欣然忘食。性嗜酒，家贫，不能常得。亲旧知其如此，或置酒而招之。造饮辄尽，期在必醉。既醉而退，曾不吝情去留。环堵萧然，不蔽风日。短褐穿结，箪瓢屡空，晏如也。常著文章自娱，颇示己志。忘怀得失，以此自终。

赞曰：黔娄之妻有言，不戚戚于贫贱，不汲汲于富贵。其言兹若人之俦乎？衔觞赋诗，以乐其志，无怀氏之民欤？葛天氏之民欤？

导读　陶渊明被称为“隐逸诗人之宗”，开创了田园诗一体。《五柳先生传》是陶渊明的自传文，全文围绕“不慕荣利”这一主题，写了读书、饮酒、安贫、著文等四件事，塑造了一个真实的自我，表现了卓然不群的高尚品格，透露出强烈的人格个性之美。作者对“五柳先生”虽然着墨不多，但是不仅把他的志趣、情操充分表现了出来，而且对他的居室、衣着等外在环境和形象也进行了必要的勾勒，塑造了一个居陋室、着破衣的隐者形象。

释义　姓字：姓名。古代男子二十而冠，冠后另立别名称字。

不求甚解：这里指读书只求领会要旨，不在一字一句的解释上过分探究。

会意：指对书中的内容有所体会。

造饮辄尽：去喝酒就喝个尽兴。

环堵萧然：简陋的居室里空空荡荡。环堵：周围都是土墙，形容居室简陋。堵，墙壁。萧然，空寂的样子。

短褐穿结：粗布短衣上打了个补丁。短褐，粗布短衣。穿结，指衣服破烂。穿，破。结，缝补。

箪瓢屡空：形容贫困，难以吃饱。箪，盛饭的圆形竹器。

晏如：安然自若的样子。

赞：传记结尾的评论性文字。

黔娄：战国时期齐国有名的隐士和著名的道家人物，无意仕进，屡次辞去诸侯聘请。他死后，曾子前去吊丧，黔娄的妻子称赞黔娄“甘天下之淡味，安天下之卑位，不戚戚于贫贱，不汲汲于富贵。求仁而得仁，求义而得义”。

无怀氏：与下文的“葛天氏”都是传说中的上古帝王。据说在那个时代，人民生活安乐，恬淡自足，社会风气淳厚朴实。

原典　农政全书·水库记　节选

水库者，积水之处也。泽国下地，水之所都。平原易野，厥田中中，引河凿井，斯足用焉。若乃重山复岭，陡涧迅流，乘水之急，激而自上。废人用器，厥利尤大矣。别有天府金城，居高乘险，江河溪涧，境绝路殊，凿井百寻，盈车载绠，时逢亢旱，涓滴如珠。或乃绝徼孤悬，恒须远汲，长围久困，人马乏绝。若斯之类，世多有之。临渴为谋，岂有及哉？计莫如恒储雨雪之水，可以御穷。而人情狃近，未或先虑，及其已至，坐槁而已。亦有依山掘地，造作塘池，以为旱备。而弥旬不雨，已成龟坼，徒伤挹注之易穷，不悟渗漏之实多矣。西方诸国，因山为城者，其人积水，有如积谷。谷防红腐，水防漏渫，其为计虑，亦略同之。以故作为水库，率令家有三年之蓄，虽遭大旱，遇强敌，莫我难焉。又上方之水，比于地中，陈久之水，方于新汲，其蠲烦去疾，益人利物，往往胜之。彼山城之人，遇江河井泉之水，犹鄙不肯尝也。今以所闻造作法著于篇。

水库者，水池也。曰库者，固之其下，使无受渫也。幂之其上，使无受损也。四行之性，土为至干，甚于火矣。水居地中，风过损焉，日过损焉。夏之日大旱，金石流，土山焦，而水独存乎？故固之，故幂之。水库之事有九：一曰具，具者，庀其物也。二曰齐，齐所以为之和也。三曰凿，凿所以为之容也。四曰筑，筑所以为之地也。五曰涂，涂所以为之固守也。六曰盖，盖所以为之幂覆也。七曰注，注所以为之积也。八曰挹，挹所以受其用也。九曰修，修所以为之弥缝其阙也。

导读 本篇节选自意大利传教士熊三拔口译、明代科学家徐光启记录并翻译的水利专著《泰西水法》中的《水库记》，收录于徐光启所编《农政全书》的第二十卷。

《农政全书》初刊于崇祯十二年（1639），是徐光启去世后由其弟子付印的。全书内容大体可分为农政措施和农业技术两部分，前者是全书的纲，后者是支撑纲的目。书中，开垦、水利、荒政等内容占了全书将近一半的篇幅，这是其他的大型农书中所鲜见的，体现了徐光启以“农政”治国安民的实学思想。节选段落讲解了山地丘陵地区修造水库的必要性，以及水库的基本修造方法，由此可以看出徐光启学问的笃实及其与国计民生的紧密联系。

释义 易野：平坦的原野。

乘水之急：利用水流落差形成的流速。

废人用器：不用人工引水取水，可用水车一类的机械引水。

天府金城：指利用高地修筑的坚固城池。境绝路殊：城内和附近都没有。

百寻：八百尺，形容极深。

盈车载绠（gěng）：费劲地从井中打水。车即井上的轱辘，绠即汲水用的绳子。

绝徼（jiǎo）孤悬：极偏远的边城。

狃（niǔ）近：短视。

坐槁（gǎo）：呆坐，什么都做不了。

龟坼（chè）：池底干涸龟裂。

徒伤挹注之易穷：只恨水灌进去也容易消失殆尽。

蠲（juān）烦去疾：解忧去病。

固之其下：加固它的池底池壁。

幂（mì）：遮盖。

金石流：金石都能（热得）融化。

庀（pǐ）其物：备全物料。

齐（jì）：同“剂”，把几种建筑材料按一定比例混合，今称“灰浆”。

弥缝其阙：修补渗漏之处。

德 原典 热风·随感录四十一 节选

愿中国青年都摆脱冷气，只是向上走，不必听自暴自弃者流的话。能做事的做事，能发声的发声。有一分热，发一分光，就令萤火一般，也可以在黑暗里发一点光，不必等候炬火。

此后如竟没有炬火：我便是唯一的光。倘若有了炬火，出了太阳，我们自然心悦诚服的消失，不但毫无不平，而且还要随喜赞美这炬火或太阳；因为他照了人类，连我都在内。

导读 本篇节选自鲁迅先生1925年编定的杂文集《热风》中的最后一篇。对于“热风”之名，鲁迅先生曾解释道：“无情的冷嘲和有情的讽刺相去本不及一张纸，对于周围的感受和反应，又大概是‘如鱼饮水冷暖自知’的；我却觉得周围的空气太寒冽了，我自说我的话，所以反而称之为《热风》。”当时的中国社会对于真正的革命、革新行为总是充满了冷嘲热讽，而这些嘲讽者自己却又未必能够很好地“守旧”，即传承、保护好中国的传统文化，只知“莫名其妙地冷笑”，或是吹捧急功近利、贪图虚名的“伪革新者”。面对这样麻木凛冽、充满“冷气”的社会，鲁迅先生希望通过自己文字的“热风”，来唤醒、温暖中国的青年一代，激励他们为中国能够拥有一个光明的未来而勇于担当、锐意进取，争做革命的主人公。

释义 冷气：指既攻击革新，又不能“守旧”的大量麻木不仁者所制造出的消极社会氛围。

炬火：象征光明和真理的火炬。

原典　热爱生命

我不去想是否能够成功
既然选择了远方
便只顾风雨兼程

我不去想能否赢得爱情
既然钟情于玫瑰
就勇敢地吐露真诚

我不去想身后会不会袭来寒风冷雨
既然目标是地平线
留给世界的只能是背影

我不去想未来是平坦还是泥泞
只要热爱生命
一切都在意料之中

导读　此诗写于 1986 年，当时的汪国真已是而立之年，他热爱文学，想向更多的人分享自己的作品，但是他投出去的作品大部分都被退回。诗人心中满是凄凉，他也曾经自我怀疑，也曾经犹豫，但是在深刻思考之后，他知道自己会有一个光明的未来，首先自己要肯定、欣赏自己，于是他挥笔写下《热爱生命》。作品第三次投稿，才最终在 1988 年 2 月得以发表于中国青年出版社办的《追求》上，1988 年第 10 期《读者》将其收为卷首作品。这首《热爱生命》由此为他带来了众多知音，被很多人所喜爱，很多人也因为汪国真的这首诗受到了很大的鼓舞。

汪国真的诗歌，大都具有浓厚的理想主义色彩。《热爱生命》也是一首非常激励人的诗歌，但诗歌没有空洞的说教，没有激昂的口号，而是用成功、爱情、奋斗、未来四大主题阐释热爱生命的意义，表现出具有时代气息的价值观和人生态度，未来可期，只看你的态度。既然选择了远方，便只顾风雨兼程，这便是努力的最好的状态。

德 原典 致橡树

我如果爱你——
绝不像攀援的凌霄花，
借你的高枝炫耀自己；
我如果爱你——
绝不学痴情的鸟儿，
为绿荫重复单纯的歌曲；
也不止像泉源，
常年送来清凉的慰藉；
也不止像险峰，
增加你的高度，衬托你的威仪。
甚至日光。
甚至春雨。
不，这些都还不够！
我必须是你近旁的一株木棉，
作为树的形象和你站在一起。
根，紧握在地下，
叶，相触在云里。
每一阵风过，
我们都互相致意，
但没有人
听懂我们的言语。
你有你的铜枝铁干，
像刀，像剑，
也像戟；
我有我红硕的花朵，
像沉重的叹息，

又像英勇的火炬。
我们分担寒潮、风雷、霹雳；
我们共享雾霭、流岚、虹霓。
仿佛永远分离，
却又终身相依。
这才是伟大的爱情，
坚贞就在这里：
爱——
不仅爱你伟岸的身躯，
也爱你坚持的位置，足下的土地。

导读　《致橡树》是“朦胧诗”派的代表诗人舒婷的成名作。这首诗以橡树为对象表达了爱情的热烈、诚挚和坚贞。通过拟物化的艺术手法，用木棉树的内心独白，热情而坦诚地表达自己的人格理想，以及要求比肩而立、各自独立又深情相对的爱情观。

第三十二周

原典　卖油翁

陈康肃公善射，当世无双，公亦以此自矜。尝射于家圃，有卖油翁释担而立，睨之久而不去。见其发矢十中八九，但微颔之。

康肃问曰："汝亦知射乎？吾射不亦精乎？"翁曰："无他，但手熟尔。"康肃忿然曰："尔安敢轻吾射！"翁曰："以我酌油知之。"乃取一葫芦置于地，以钱覆其口，徐以杓酌油沥之，自钱孔入，而钱不湿。因曰："我亦无他，惟手熟尔。"康肃笑而遣之。

导读　本文选自《欧阳文忠公集·归田录》。这是一篇富含哲理的小品文，欧阳修通过一个颇富戏剧色彩的精彩小故事对"熟能生巧"这个大道理通俗易懂地进行了阐释，既生动简洁，又意味深长。第一段以两人神态描述，平缓引出故事悬念。第二段通过生动对话，将两人个性充分展示。特别是两次点出"无他，惟手熟尔"，更是直入主题。结尾"笑而遣之"也是传神之笔。

释义　陈康肃公：陈尧咨（970—1034），谥号康肃，北宋人。

家圃（pǔ）：圃，菜地。这里指自家射箭的场地。

释担：放下担子。释，放。

但微颔之：只是微微对此点头，意思是略微表示赞许。但，只、不过。之，指陈尧咨射箭十中八九这一情况。

但手熟尔：不过手熟罢了。

以我酌油知之：凭我倒油（的经验）知道这个（道理）。酌，斟（酒）、舀取，这里指倒油。之，指射箭是凭手熟的道理。

原典　七律·人民解放军占领南京

钟山风雨起苍黄，百万雄师过大江。
虎踞龙盘今胜昔，天翻地覆慨而慷。
宜将剩勇追穷寇，不可沽名学霸王。
天若有情天亦老，人间正道是沧桑。

导读　本篇是毛泽东同志于1949年4月创作的一首七言律诗。1949年4月20日，解放战争已进入尾声，国民党军队全线溃败，但仍拒绝在和平协定上签字。4月21日，毛泽东和朱德发出《向全国进军的命令》，号令全军坚决、彻底、干净、全部地歼灭中国境内一切敢于抵抗的国民党反动派，解放全中国。当夜，中国人民解放军百万雄师在东起江苏江阴、西至江西湖口的一千余里的战线上分三路强渡长江。4月23日晚，东路的第三野战军占领南京，毛泽东听闻此消息后欢欣鼓舞，随后写下了这首著名的诗作。诗中描绘了解放军发起渡江战役的雄伟场面，抒发了人民军队解放南京的革命历史豪情，表达了将革命进行到底的坚定志向，感叹了历史发展、真理伸张的艰难曲折。

释义　钟山：南京紫金山，又名蒋山。

苍黄：苍为青色，黄为黄色。《墨子·所染》："见染丝者而叹曰：染于苍则苍，染于黄则黄，所入者变，其色亦变……"以"苍黄"比喻事物起了变化，反复无常。这里"苍黄"通"仓皇"，即突然的意思。

虎踞龙盘：南京城的地理形势号称"钟山龙盘，石头（石头城）虎踞"，此处代指南京城地势优异。

霸王：西楚霸王项羽。

天若有情天亦老：意为就连苍天也有自己客观变化的规律。出自唐朝李贺的《金铜仙人辞汉歌》一诗。

人间正道是沧桑：世间的真理即使经历艰难曲折、沧桑变化，最终也一定会实现。

原典　太空一日　节选

9时整，火箭尾部发出巨大的轰鸣声，数百吨高能燃料开始燃烧，八台发动机同时喷出炽热的火焰，高温高速的气体，几秒钟就把发射台下的上千吨水化为蒸气。

火箭起飞了。

我全身用力，肌肉紧张，整个人收缩得像一块铁。

开始时飞船缓慢地升起，非常平稳，甚至比电梯还要平稳。我感到压力远不像训练时想象的那么大，心里稍觉释然，全身紧绷的肌肉也渐渐放松下来。

“逃逸塔分离”，“助推器分离”……

火箭逐渐加速，我感到压力在不断增强。因为这种负荷我在训练时承受过，变化幅度甚至比训练时还小些，所以我身体的感受还挺好，觉得没啥问题。

但火箭上升到三四十公里的高度时，火箭和飞船开始急剧抖动，产生共振。这让我感到非常痛苦。

人体对10赫兹以下的低频振动非常敏感，它会引起人的内脏共振。而这时不单单是低频振动的问题，而且这个新的振动叠加在一个大约6G的负荷上。这种叠加太可怕了，我从来没有进行过这种训练。

意外出现了。共振以曲线的形式变化着，痛苦的感觉越来越强烈，五脏六腑似乎都要碎了。我几乎无法承受，觉得自己快不行了。

当时，我的头脑还非常清醒，以为飞船起飞时就是这样的。其实，起飞阶段发生共振并非正常现象。

那种共振持续26秒钟后，慢慢减轻。我从极度难受的状态中解脱出来，一切不适都不见了，感到一种从未有过的轻松和舒服，如释千钧重负，如同一次重生，我甚至觉得这个过程很耐人寻味。但在痛苦的极点，就在刚才短短一刹那，我真的以为自己要牺牲了。

飞行回来后我详细描述了这种难受的过程。经过分析研究，工作人员认为，飞船共振主要来自火箭的振动。随后他们改进技术工艺，解决了这个问题。在“神舟六号”飞行时，情况有了很大改善，在后来的航天飞行中再也没出现过。聂海胜说：“我们乘坐的火箭、飞船都非常舒适，几乎感觉不到振动。”

在空中度过那难以承受的 26 秒钟时，不仅我感觉特别漫长，地面的工作人员也陷入空前的紧张中。因为通过大屏幕，飞船传回来的画面是定格的，我整个人一动不动，眼睛也不眨。大家都担心我是不是出了什么事故。

后来，整流罩打开，外面的光线透过舷窗一下子照射进来，阳光很刺眼，我的眼睛忍不住眨了一下。

就这一下，指挥大厅有人大声喊道：“快看啊，他眨眼了，利伟还活着!”所有的人都鼓掌欢呼起来。

这时我第一次向地面报告飞船状态：“‘神舟五号’报告，整流罩打开正常!”

当我返回地球观看这段录像时，我激动得说不出任何话来。

导读　2003 年 10 月 15 日，“中国太空第一人”杨利伟乘“神舟五号”载人飞船成功飞上太空，在太空飞行了 14 圈，经历了地球上的 14 个昼夜。杨利伟讲述了自己进入太空所遭遇到的危险与痛苦，以及经历的惊心动魄的时刻，再现了我国第一次航天载人飞行的真实场景，表现了作者为了祖国的航天事业不畏牺牲的精神。

原典　乡　愁

小时候
乡愁是一枚小小的邮票
我在这头
母亲在那头

长大后
乡愁是一张窄窄的船票
我在这头
新娘在那头

后来啊
乡愁是一方矮矮的坟墓
我在外头
母亲在里头

而现在
乡愁是一湾浅浅的海峡
我在这头
大陆在那头

导读 《乡愁》是现代诗人余光中于1972年创作的一首现代诗歌。余光中被称为“以乡愁之诗撼动亿万华裔”的诗人。在强烈的思乡之情中，诗人在台北厦门街的旧居内写下了这首诗。诗中借邮票、船票、坟墓、海峡这些实物，把抽象的乡愁具体化，概括了诗人漫长的生活历程，表达了诗人对祖国的绵绵怀念。

诗歌按时间顺序，通过“小时候”“长大后”“后来啊”“而现在”这几个时序语，从“幼子恋母”到“青年相思”，到成年后的“生死之隔”，再到对祖国大陆的感情，情感不断发展，逐渐上升。全诗凝聚了诗人自幼及老的整个人生历程中的沧桑体验。不同阶段的乡愁，凝聚两端的分别是：我—母亲；我—新娘；我（生）—母亲（死）；我（游子）—大陆（祖国）。乡愁的对象，由具体的“乡”，到抽象的民族的“乡”；从地域之乡，到历史之乡和文化之乡。诗人笔下“乡愁”逐渐沉淀出丰富的内涵和表现力。

原典 教我如何不想她

天上飘着些微云，
地上吹着些微风。

啊！
微风吹动了我的头发，
教我如何不想她？
月光恋爱着海洋，
海洋恋爱着月光。
啊！
这般蜜也似的银夜。
教我如何不想她？
水面落花慢慢流，
水底鱼儿慢慢游。
啊！
燕子你说些什么话？
教我如何不想她？
枯树在冷风里摇，
野火在暮色中烧。
啊！
西天还有些儿残霞，
教我如何不想她？

导读 《教我如何不想她》作于1920年，作者为刘半农。当时诗人漂洋过海，远赴伦敦大学留学并致力于语言学研究，身在异乡，思念祖国，于是挥笔写下了这首感情深沉的诗。诗名初叫“情歌”，后改为“教我如何不想她”。“五四”以前，汉字中的“他”本无男女之分，诗人在此诗中首创了“她”，代指女性，得到社会的广泛认可，一直延续至今。

释义 刘半农（1891—1934），江苏江阴人。《新青年》杂志编辑，新文化运动先驱，新诗人、杂文家和著名语言学家。作品有《瓦釜集》《扬鞭集》《初期白话诗稿》。

第三十三周

原典　沁园春·长沙

独立寒秋，湘江北去，橘子洲头。看万山红遍，层林尽染；漫江碧透，百舸争流。鹰击长空，鱼翔浅底，万类霜天竞自由。怅寥廓，问苍茫大地，谁主沉浮？

携来百侣曾游。忆往昔峥嵘岁月稠。恰同学少年，风华正茂；书生意气，挥斥方遒。指点江山，激扬文字，粪土当年万户侯。曾记否，到中流击水，浪遏飞舟？

导读　这首词是毛泽东同志于1925年所作，词中，毛泽东同志回忆了1917年在湖南第一师范读书时到湘江游泳的情形。1958年，毛泽东65岁，他在这首词旁边写下批注说：“击水：游泳。那时初学，盛夏水涨，几死者数。一群人终于坚持，直到隆冬，犹在江中。当时有一篇诗，都忘记了，只记得两句：自信人生二百年，会当水击三千里。”从这篇批注中我们可以看到毛泽东同志的意志和精神，在盛夏水涨的湘江中游泳，几次差不多要被淹死，但终于坚持下来，直至隆冬。这首词描绘了一幅色彩斑斓、充满生机的湘江秋景图，在洋溢着积极向上的语意中，作者抒发了青春壮志与革命情怀。全词景物优美，形象生动，色彩绚丽，境界开阔，极富哲理性，给人以诗意的美感，具有强烈的感染力。

释义　橘子洲：又名水陆洲，在长沙西面的湘江中。

携来百侣曾游：据《一师学校志》记载，1917年毛泽东主持该校的学友会时，参加“游泳部”的同学达80余人。

粪土当年万户侯：粪土作动词用，意为“把……当作粪土”。这里表达了作者对当年的万户侯不屑一顾的豪迈情怀。

原典　忆秦娥·娄山关

西风烈，长空雁叫霜晨月。霜晨月，马蹄声碎，喇叭声咽。

雄关漫道真如铁，而今迈步从头越。从头越，苍山如海，残阳如血。

导读　本篇是毛泽东同志于长征中创作的一首词。1935 年 2 月，中央红军二渡赤水河，再袭娄山关。2 月 25 日凌晨，彭德怀统一指挥红一、红三军团，与黔军为争夺关口展开激战。敌人仓皇应战，凭险据守，红军沿盘山道猛烈攻击，傍晚时分终于把这座雄关控制在手中，使大部队顺利通过。此役的胜利决定了二渡赤水的成功，诗人心情无比激动，在战斗结束不久即挥笔写下此词。成仿吾在其《长征回忆录》中写道：这首词生动地描写了当年红军指战员从拂晓出发到傍晚结束战斗的动人情景。西风猛烈，长空雁叫，红军在月明的霜晨进军，马蹄声微响，喇叭声低沉，一片严肃的战斗前景象。经过战斗后，雄关也被我们占领，大家迈开大步通过，在黄昏中向波涛起伏的群山奋勇前进。全词写出雄关也没有什么了不起，我们艰苦奋斗，就能前进，尽管前面有多少艰难险阻。

释义　忆秦娥：词牌名，源自李白的词句“秦娥梦断秦楼月”。

娄山关：又称娄关、太平关，位于贵州遵义北大娄山的最高峰上，是由贵州北部进入四川的重要隘口，离遵义城约 50 公里。娄山关地势极为险要，《贵州通志》说它“万峰插天，中通一线”，是四川与贵州的交通孔道，历来为兵家必争之地。

漫道：莫说，枉称。此句意为不要说什么娄山关坚硬如铁。

原典　实践论　节选

常常听到一些同志在不能勇敢接受工作任务时说出来的一句话：没有把握。为什么没有把握呢？因为他对于这项工作的内容和环境没有规律性的了解，或者他从来就没有接触过这类工作，或者接触得不多，因而无从谈到这类工作的规律性。及至把工作的情况和环境给以详细分析之后，他就觉得比较地有了把握，愿意去做这项工作。如果这个人在这项工作中经过了一个时期，他有了这项工作的经验了，而他又是一个肯虚心体察情况的人，不是一个主观地、片面地、表面地看问题的人，他就能够自己做出应该怎样进行工作的结论，他的工作勇气也就可以大大地提高了。只有那些主观地、片面地和表面地看问题的人，跑到一个地方，不问环境的情况，不看事情的全体（事情的历史和全部现状），也不触到事情的本质（事情的性质及此一事情和其他事情的内部联系），就自以为是地发号施令起来，这样的人是没有不跌交子的。

导读　毛泽东同志写于 1937 年 7 月的《实践论》，副标题是“论认识和实践的关系——知和行的关系”，原是《辩证法唯物论（讲授提纲）》第二章中的第十一节。该讲授提纲 1937 年 9 月曾印过油印本，次年由延安八路军军政杂志社出版单行本。毛泽东同志曾以这篇文章作为在延安抗日军事政治大学讲课用的讲稿。1950 年 12 月 29 日此文在《人民日报》正式发表，后收入《毛泽东选集》第一卷。《实践论》是毛泽东同志的一篇重要的哲学著作，以认识和实践即“知”与“行”的辩证关系为中心全面系统地阐述了马克思主义认识论的基本原理。本篇是其中的一段，通俗简明地阐述了对待工作的态度和如何做好工作，以及防止工作中出现问题的方法，今天读来，依然有十分重要的指导意义。

原典　死　水

这是一沟绝望的死水，
清风吹不起半点漪沦。
不如多扔些破铜烂铁，
爽性泼你的剩菜残羹。

也许铜的要绿成翡翠，
铁罐上锈出几瓣桃花；
再让油腻织一层罗绮，
霉菌给他蒸出些云霞。

让死水酵成一沟绿酒，
漂满了珍珠似的白沫；
小珠们笑声变成大珠，
又被偷酒的花蚊咬破。

那么一沟绝望的死水，
也就夸得上几分鲜明。
如果青蛙耐不住寂寞，
又算死水叫出了歌声。

这是一沟绝望的死水，
这里断不是美的所在，
不如让给丑恶来开垦，
看他造出个什么世界。

导读 1922年，闻一多怀着报效祖国的志向去美国留学。1925年，闻一多提前回国。呈现在他面前的祖国是一幅令人极度失望的景象——军阀混战、帝国主义横行，诗人的感情由失望、痛苦转至极度的愤怒。《死水》一诗就是在这种情况下创作的。

诗歌通过对“半封建半殖民地旧中国”多角度、多层面的描写，揭露和讽刺了腐败不堪的旧社会，表达了对当时统治环境的愤懑之情和深沉的爱国主义感情。这首诗每节押韵，读起来节奏分明，音韵铿锵，诗句方正整齐，形成均衡美、对称美。该诗注意挖掘语言的色彩感，构成美丑迥异、富有暗示性的画面。

德 原典 寻梦者

梦会开出花来的，
梦会开出娇妍的花来的；
去求无价的珍宝吧。

在青色的大海里，
在青色的大海的底里，
深藏着金色的贝一枚。

你去攀九年的冰山吧，
你去航九年的旱海吧，
然后你逢到那金色的贝。

它有天上的云雨声，
它有海上的风涛声，
它会使你的心沉醉。

把它在海水里养九年，
把它在天水里养九年，
然后，它在一个暗夜里开绽了。

当你鬓发斑斑了的时候，
当你眼睛朦胧了的时候，
金色的贝吐出桃色的珠。

把桃色的珠放在你怀里，
把桃色的珠放在你枕边，
于是一个梦静静地升上来了。

你的梦开出花来了。
你的梦开出娇妍的花来了，
在你已衰老了的时候。

导读 《寻梦者》写于1932年11月8日，时正值戴望舒赴法国留学前夕。此时，诗人早已从轰轰烈烈的社会活动中抽身出来，与施蛰存、穆时英、杜衡等人专门从事文艺活动，通过文艺活动表达个人情感和各种生命体验。这时，诗人爱上施应蛰存的妹妹施绛年已足有5个年头。施绛年并没有给予诗人热烈的回应。诗人以自杀向施绛年求爱，施绛年因此答应嫁给他，但向诗人提出条件，要求诗人取得大学以上文凭，并且有固定的收入。于是，诗人准备出国留学。临行前，诗人写下《寻梦者》这首诗。像《雨巷》中的那支丁香一样，诗中的这枚“金色的贝”也是一个语意隽永的异想空间。它是众里寻他千百度的“爱情”，还是吾将上下而求索的“理想”？是历经沧海桑田的“成功”，还是春蚕到死丝方尽的人生“感悟”？多种解读的可能，拓展了诗歌内在的语意张力。全诗语句素净，节奏舒缓，犹如天籁。

第三十四周

原典　雨　巷

撑着油纸伞，独自
彷徨在悠长、悠长
又寂寥的雨巷，
我希望逢着
一个丁香一样的
结着愁怨的姑娘。

她是有
丁香一样的颜色，
丁香一样的芬芳，
丁香一样的忧愁，
在雨中哀怨，
哀怨又彷徨；

她彷徨在这寂寥的雨巷，
撑着油纸伞
像我一样，
像我一样地
默默彳亍着，
冷漠，凄清，又惆怅。

她静默地走近
走近，又投出
太息一般的眼光，

她飘过
像梦一般的，
像梦一般的凄婉迷茫。

像梦中飘过
一枝丁香的，
我身旁飘过这女郎；
她静默地远了，远了，
到了颓圮的篱墙，
走尽这雨巷。

在雨的哀曲里，
消了她的颜色，
散了她的芬芳，
消散了，甚至她的
太息般的眼光，
丁香般的惆怅。

撑着油纸伞，独自
彷徨在悠长，悠长
又寂寥的雨巷，
我希望飘过
一个丁香一样地
结着愁怨的姑娘。

导读 这首诗写于1927年夏天。当时全国正处于白色恐怖之中，戴望舒因参加进步活动避居于松江的友人家中，在孤寂中咀嚼着大革命失败后的幻灭与痛苦，心中充满了迷惘的情绪和朦胧的希望。《雨巷》一诗就是他当时心情的表现，其中交织着失望和希望、幻灭和追求的双重情调。诗中，主人公“撑着油纸伞”，独自彷徨在悠长而又寂寥的雨巷，他怀着一种缥缈的希望，希望逢着“一个丁香一样地结着愁怨的姑娘”，这个姑娘有着丁香一样的颜色与芬芳，而她的内心却结着忧愁、哀怨。他逢着了这样的姑娘，然而转瞬即逝，“像梦中飘过”，她的颜色、芬芳、“太息般的眼光”及“丁香般的惆怅”统统消散在“雨的哀曲里”。他依旧“撑着油纸伞”，独自彷徨在悠长而又寂寥的雨巷，依旧怀着希望，希望飘过“一个丁香一样地结着愁怨的姑娘”。

德 原典　满江红·和郭沫若同志

小小寰球，有几个苍蝇碰壁。嗡嗡叫，几声凄厉，几声抽泣。蚂蚁缘槐夸大国，蚍蜉撼树谈何易。正西风落叶下长安，飞鸣镝。

多少事，从来急；天地转，光阴迫。一万年太久，只争朝夕。四海翻腾云水怒，五洲震荡风雷激。要扫除一切害人虫，全无敌。

导读　该词以“小小寰球”起笔，气势恢宏，境界壮阔。在浩瀚无垠的茫茫宇宙中，地球不过是一个小而又小的行星而已。这种化大为小的空间压缩，显示了毛泽东同志的雄伟气魄和包容日月星辰的寥廓胸怀。地球尚且小，那么几个碰壁的苍蝇就更加渺小了，微不足道。

释义　满江红：词牌名，又名“上江虹”“念良游”“伤春曲”。唐人小说《冥音录》载曲名“上江虹”，后更名“满江红”。宋以来始填此词调。

蚂蚁缘槐：唐李公佐《南柯太守传》中有个叫淳于棼的人，一天喝醉，梦见自己在“大槐安国”当了驸马，做了南柯郡太守，醒来才知是梦。后来他在屋后发现一个白蚁穴，穴中还建有王城，原来这就是“大槐安国”。

蚍（pí）蜉（fú）撼树：唐韩愈《调张籍》：“蚍蜉撼大树，可笑不自量。”蚍蜉指大蚂蚁。这是对不自量力的人的嘲笑。

原典　题中大艺术科国画组毕业同学作品集

感同也，思殊、嗜殊、意象殊，我在也。

曰画，同也。风殊、术殊，我在也。我廓有极殊，集众殊是曰大家，我仍在也。我在，虽欲无殊，不可得也。

故曰：殊者，势也，生之力所由奋，形之成所由极其变也。学者知所以殊，不矜知所以成我不画，斯可与言画矣！

导读　本篇选自徐铭的《吕凤子文集校释》，是1929年9月时任中央大学教育学院艺术专修科国画组主任的吕凤子送给学生的毕业留言。这篇题词充分反映了吕凤子艺术思想中的创新意识和艺术创作中“求殊成异”的理念，强调了艺术创作是个性创造的过程，优秀的作品必须成就“我”、彰显“殊”，注重艺术创作的独特性。而这个“殊”，正是由生命的力量激发而成；出现这种“殊”的局面，也正是源于不同风格的极致变化。

原典　可爱的中国　节选

朋友！中国是生育我们的母亲。你们觉得这位母亲可爱吗？我想你们是和我一样的见解，都觉得这位母亲是蛮可爱蛮可爱的。以言气候，中国处于温带，不十分热，也不十分冷，好像我们母亲的体温，不高不低，最适宜于孩儿们的偎依。以言国土，中国土地广大，纵横万数千里，好像我们的母亲是一个身体魁大、胸宽背阔的妇人……中国土地的生产力是无限的；地底蕴藏着未开发的宝藏也是无限的……这又岂不象征着我们的母亲，保有着无穷的乳汁，无穷的力量，以养育她四万万的孩儿？我想世界上再没有比她养得更多的孩子的母亲吧……中国是无地不美，到处皆景……这好像我们的母亲，她是一个天姿玉质的美人，她的身体的每一部分，都有令人爱慕之美。中国海岸线之长而且弯曲，照现代艺术家说来，这象征我们母亲富有曲线美吧……

…… ……

中国民族在很早以前，就造起了一座万里长城和开凿了几千里的运河，这就证明中国民族伟大无比的创造力！中国在战斗之中一旦……得到了自由与解放，这种创造力，将会无限的发挥出来。到那时，中国的面貌将会被我们改造一新。……到那时，到处都是活跃的创造，到处都是日新月异的进步，欢歌将代替了悲叹，笑脸将代替了哭脸，富裕将代替了贫穷，康健将代替了疾苦，智慧将代替了愚昧，友爱将代替了仇杀，生之快乐将代替了死之悲哀，明媚的花园，将代替了凄凉的荒地！这时，我们民族就可以无愧色地立在人类的面前，而生育我们的母亲，也会最美丽地装饰起来，与世界上各位母亲平等的携手了。

这么光荣的一天，决不在辽远的将来，而在很近的将来，我们可以这样相信的，朋友！

导读 《可爱的中国》是无产阶级革命家方志敏 1935 年 5 月 2 日在狱中写下的一篇战斗檄文，是共产党人追求中国光明前途的进军号角。作者身在狱中，心系国家，把共产党人的奋斗目标与可爱的中国紧紧联系在一起，抒发了为了可爱的中国而勇于献身的爱国主义情怀，以及高贵的品质和远大的理想。

原典　野　草

有这样一个故事。

有人问：世界上什么东西的气力最大？回答纷纭得很，有的说“象”，有的说“狮子”，有人开玩笑似地说：是“金刚”。金刚有多少气力，当然大家全不知道。

结果，这一切答案完全不对，世界上气力最大的，是植物的种子。一粒种子可以显现出来的力，简直是超越一切，这儿又是一个故事。

人的头盖骨，结合得非常致密与坚固，生理学家和解剖学者用尽了一切的方法，要把它完整地分开来，都没有这种力气，后来忽然有人发明了一个方法，就是把一些植物的种子放在要剖析的头盖骨里，给它以温度与湿度，使它发芽，一发芽，这些种子便以可怕的力量，将一切机械力所不能分开的骨骼，完整地分开了。植物种子力量之大，如此如此。

这，也许特殊了一点，常人不容易理解，那么，你看见笋的成长吗？你看见过被压在瓦砾和石块下面的一棵小草的生成吗？它为着向往阳光，为着达成它的生之意志，不管上面的石块如何重，石块与石块之间如何狭，它必定要曲曲折折地，但是顽强不屈地透到地面上来，它的根往土壤钻，它的芽往地面挺，这是一种不可抗的力，阻止它的石块，结果也被它掀翻，一粒种子的力量的大，如此如此。

没有一个人将小草叫做“大力士”，但是它的力量之大，的确是世界无比。这种力，是一般人看不见的生命力，只要生命存在，这种力就要显现，上面的石块，丝毫不足以阻挡，因为它是一种“长期抗战”的力，有弹性，能屈能伸的力，有韧性，不达目的不止的力。

种子不落在肥土而落在瓦砾中，有生命力的种子绝不会悲观和叹气，因为有了阻力才有磨练。生命开始的一瞬间就带了斗争来的草，才是坚韧的草，也只有这种草，才可以傲然地对那些玻璃棚中养育着的盆花哄笑。

导读 《野草》写于1940年，当时抗战进入最困难的相持阶段，在困难面前，为了唤醒国人的抗日斗志，夏衍写下了这篇极具号召力的杂文。虽然文中描写的是自然界的生物现象，但影射和隐喻的却是社会生活现象。作者在文中歌颂了种子、野草的生命力，用野草比喻民众是不可战胜的，表达了对黑暗现实重压的蔑视，对民众力量的无比信赖。

第三十五周

德 原典 礼记·礼运 节选

今大道既隐，天下为家。各亲其亲，各子其子。货力为己。大人世及以为礼，城郭沟池以为固。礼义以为纪，以正君臣，以笃父子，以睦兄弟，以和夫妇，以设制度，以立田里，以贤勇知，以功为己。故谋用是作而兵由此起。禹、汤、文、武、成王、周公，由此其选也。此六君子者，未有不谨于礼者也。以著其义，以考其信，著有过，刑仁讲让，示民有常。如有不由此者，在势者去，众以为殃。是谓小康。

导读 本篇节选自《礼记·礼运》，文章托名孔子与学生言偃的问答，反映了春秋战国时期天下大乱礼崩乐坏的情况，儒家通过描述他们想象中的“小康”社会的景象，表达了对“小康”社会的向往。

释义 天下为家：天下成为一家一姓的天下。

大人：指天子诸侯。

田里：指土地户籍制度。里：闾里，住处。

势：势力，权利。

小康：小安。康：安康，安定。

劳 原典 观刈麦

田家少闲月，五月人倍忙。
夜来南风起，小麦覆陇黄。

妇姑荷箪食，童稚携壶浆。
相随饷田去，丁壮在南冈。
足蒸暑土气，背灼炎天光。
力尽不知热，但惜夏日长。
复有贫妇人，抱子在其旁。
右手秉遗穗，左臂悬敝筐。
听其相顾言，闻者为悲伤。
家田输税尽，拾此充饥肠。
今我何功德，曾不事农桑。
吏禄三百石，岁晏有余粮。
念此私自愧，尽日不能忘。

导读 《观刈麦》是白居易任盩厔（zhōu zhì）（今陕西周至）县尉时，有感于当地人民劳动艰苦、生活贫困所写的一首著名讽喻诗。诗人通过对五月麦收季节割麦者与拾麦者的辛勤劳碌的生活情景的描写，揭示出繁重赋税是人民贫困的根源，对于自己不功无德却丰衣足食、生活舒适而深感愧疚，表现了对劳动人民的深切同情。由于诗人经常接近普通百姓，他的描写也显得尤其生动真切，不仅记事，而且善于描摹心态，以深刻揭示诗歌主题。同时，他还善用对比，不仅将农民的贫困、善良与统治者的奢侈、暴虐做对比，而且将自己的舒适与农民的穷苦做对比，难能可贵。

释义 刈（yì）麦：割麦。

覆陇黄：小麦黄熟时遮盖住了麦地。覆，盖。陇，同“垄”，指农田中种植作物的土埂，这里泛指麦地。

妇姑：媳妇和婆婆，这里泛指妇女。

荷箪食：用竹篮盛的饭。荷，背负，肩担。箪食，装在竹篮里的饭食。

童稚携壶浆：小孩提着装着汤水的壶。浆，古代一种略带酸味的饮品，有时也可以指米酒或汤。

饷田：给在田里劳动的人送饭。

足蒸暑土气，背灼炎天光：双脚被地面热气熏蒸，脊背受炎热的阳光烘烤。

秉遗穗：拿着从田里拾取的麦穗。

悬敝筐：挎着破篮子。

闻者为（wèi）悲伤：听着的人（白居易自指）为之悲伤（省略“之”）。

曾不事农桑：一直不从事农业生产。曾，一直，从来。事，从事。农桑，农耕和蚕桑。

吏禄三百石：白居易作为县尉，一年薪俸约三百石米。石，古代容量单位，十斗为一石。

岁晏：年底。晏，晚。

原典 梦溪笔谈·制指南针

方家以磁石磨针锋则能指南，然常微偏东，不全南也。水浮多荡摇，指爪及碗唇上皆可为之，运转尤速，但坚滑易坠，不若缕悬为最善。其法取新纩中独茧缕，以芥子许蜡缀于针腰，无风处悬之则针常指南。其中有磨而指北者，余家指南、北者皆有之。磁石之指南犹柏之指西，莫可原其理。

导读 本篇的价值，概括起来主要有两方面：一是比较完整地记载了采用摩擦的方法制作指南针的具体过程；二是发现并记录了指南针并不完全指南而是略微偏东的现象，即磁偏角现象。（磁针轴受地球磁极的影响与地磁轴平行，而地磁轴与地球自转轴有11. 5°的交角，所以磁针所指示的南北方向实际上是地球磁极的南北方向，而不是地球的南北极方向。）这表明在宋代人们对于指南针实际指向的观察与研究已经相当细致和深入了。

释义 方家：原指道术修养精深的人，后来也泛指饱学之士或精通某一技艺的人，文中当指精通某种技艺之人。

磁石：磁铁矿石，天然矿物，主要成分为四氧化三铁，有磁性能吸铁。

不全南：不能十分精确地指向南方。这说明沈括当时已经发现了磁偏角现象。

独茧缕：单根的茧丝。

芥子许：芥菜籽大小。许，表示“约略计量”的意思。

缀：连接，拼合，文中指用蜡将茧丝粘到针腰（针的中段，即重心所在之处）。

指北者：指向北方的。针有针尖和针眼两端，用磁石磨针后，往往会因为磨的具体部位、方法不尽相同，针尖端有的指南，有的则指北。

柏之指西：古人认为柏树会指向西方。

原：推求，追究根源。

原典　天工开物·治铁

凡治铁成器，取已炒熟铁为之。先铸铁成砧，以为受锤之地。谚云万器以钳为祖，非无稽之说也。凡出炉熟铁名曰毛铁。受锻之时，十耗其三为铁华、铁落。若已成废器未锈烂者，名曰劳铁。改造他器与本器，再经锤锻，十止耗去其一也。凡炉中炽铁用炭，煤炭居十七，木炭居十三。凡山林无煤之处，锻工先择坚硬条木烧成火墨（俗名火矢，扬烧不闭穴火），其炎更烈于煤。即用煤炭，也别有铁炭一种，取其火性内攻，焰不虚腾者，与炊炭同形而有分类也。

凡铁性逐节黏合，涂上黄泥于接口之上，入火挥槌，泥滓成枵而去，取其神气为媒合。胶结之后非灼红斧斩，永不可断也。凡熟铁、钢铁已经炉锤，水火未济，其质未坚。乘其出火时入清水淬之，名曰健钢、健铁。言乎未健之时为钢为铁，弱性犹存也。凡焊铁之法，西洋诸国别有奇药。中华小焊用白铜末，大焊则竭力挥锤而强合之。历岁之久，终不可坚。故大炮西番有锻成者，中国则惟事冶铸也。

导读 本篇为明代著名科学家宋应星所著《天工开物》中专述冶铁（非冶铁）技术的一篇。

本文详述了冶铁的材料、工具、燃料、技术等，并清醒地指出西洋诸国在相关技术方面的先进性，体现了明末站在近代化门口的中国人对工业技术的细致总结和开放自信的思想光辉。

释义 冶铁：指铸、锻、焊等铁件加工技术。

已炒熟铁：用“炒钢法”炼出的钢或熟铁。炒钢指的是将生铁加热融化后搅拌，使铁水中的碳降低而得到低碳钢或熟铁的技术，因过程形似炒菜而得名。

砧：锻铁时的垫具。

万器以钳为祖：所有器物的制造都离不开钳夹。钳，锻铁时用以固定铁坯位置的铁夹。

本器：原本的器型。

铁炭：一种火焰不高的碎煤。

炎：高温热度。

枵（xiāo）：空虚，这里指脱落。

媒合：作为媒介使铁件结合在一起。

胶结：牢固地结合，此处描述的就是铁器的锻焊法。

水火未济：水与火没有相遇，语出《易经》最后一卦“未济”卦的卦象。

大焊：指前文所述的锻焊、锻接法。

西番：指欧洲或中亚、西亚人，明末称之为西番或西蕃。

原典 晚游六桥待月记

西湖最盛，为春为月。一日之盛，为朝烟，为夕岚。今岁春雪甚盛，梅花为寒所勒，与杏桃相次开发，尤为奇观。石篑数为余言：“傅金吾园中梅，张功甫家故物也，急往观之。”余时为桃花所恋，竟不忍去。湖上由断桥至苏堤一带，绿烟红雾，弥漫二十余里。歌吹为风，粉汗为雨，罗纨之盛，多于堤畔之草，艳冶极矣。

然杭人游湖，止午、未、申三时。其实湖光染翠之工，山岚设色之妙，皆在朝日始出，夕舂未下，始极其浓媚。月景尤不可言，花态柳情，山容水意，别是一种趣味。此乐留与山僧游客受用，安可为俗士道哉！

导读 《晚游六桥待月记》是明代文学家袁宏道创作的一篇游记。文章对西湖一年中和一天中最美的景色做了描绘，详写了西湖春天的美景。作者触景生情，感慨世人只知白日里来赏玩西湖，不知真正的美景是春天月夜下的西湖，借此表达了作者因缺少知音而生出的落寞之情。

释义 袁宏道（1568—1610），字中郎，号石公，公安（今属湖北）人。明代“公安派”代表人物，与其兄袁宗道、其弟袁中道并称“公安三袁”，反对文学复古，倡导“独抒性灵，不拘格套”，认为作诗为文都应通于人之喜怒哀乐，以见从肺腑中流溢出的真性情。作品有《袁中郎全集》等。

石篑：即陶望龄，字周望，石篑为其号，人称歇庵先生，绍兴人，作品有《歇庵集》等。

傅金吾：金吾是官名，西汉时执金吾的权力很大。

张功甫：张镃，字功甫，号约斋，南宋人。尝学诗于陆游，尤袤、杨万里、辛弃疾、姜夔等诗词名家皆与之交游。

罗纨（wán）：丝绸。这里指穿着精美丝织衣服的游人。

夕舂（chōng）：指落日。

第三十六周

原典　悯　农　二首

其一

春种一粒粟，秋收万颗子。
四海无闲田，农夫犹饿死。

其二

锄禾日当午，汗滴禾下土。
谁知盘中餐，粒粒皆辛苦。

导读　本组诗选自《全唐诗》。李绅这两首小诗，选择中国农村比较典型的生活细节和人们熟知的事实，言简而又深刻地反映了封建时代农民的生活和命运，亲切而感人，概括而不抽象，通俗而不浅薄，成为妇孺皆知的名句。第一首诗具体而形象地描绘了丰收景象，突出了农民辛勤劳动获得丰收却空空两手，甚至惨遭饿死的现实问题；第二首诗描绘了正午烈日下农民的辛苦劳作，结句以蕴意深远的“谁知盘中餐，粒粒皆辛苦”收尾，表达了对农民的真挚感情。

释义　悯：怜悯。这里有同情的意思。

粟：泛指谷类。

子：指粮食颗粒。

四海：犹言天下，全国各处。

闲田：没有耕种的荒田。

锄禾：给禾苗松土去杂草。

原典　梦溪笔谈·一举济三役

祥符中禁火，时丁晋公主营复宫室，患取土远，公乃令凿通衢取土，不日皆成巨堑，乃决汴水入堑中，引诸道竹木排筏及船运杂材，尽自堑中入至宫门，事毕却以斥弃瓦砾灰壤实于堑中，复为街衢。一举而三役济，计省费以亿万计。

导读　本篇记载了古代工程管理方面的一个成功案例。笔记中的主人公叫丁谓，他在主持修复被火焚毁的皇宫时，别出心裁地针对工程中大量取土、运送大批建筑材料、清运大量建筑垃圾这三大难题，设计了一个一举三得的施工方案：一是就近取土——从待修复的宫殿前开始，挖城里的道路取土，这是最方便、最快捷的办法；二是利用取土后形成的沟，引入城边的河水形成水道，让竹排、木筏和船只通过壕沟从河道直接到建筑工地，这是最经济、快速的运输策略；三是在宫殿建成后，将大量原本需要清运出城的瓦砾灰土等就近填埋到壕沟中，这样既清掉了垃圾，又恢复了往日的陆路通道。这三大环节如果孤立运作，可都是费时费工的活儿，但是丁谓统筹规划、科学调度，创造性地将这项浩大工程的三大环节有机结合起来，做一方面工程时，兼顾另一方面工程的具体情况，并尽可能为另一方面工程的实施创造便利，因而极大地提高了施工效率，节省了大量人力、物力与财力。沈括将丁谓的事迹收入《梦溪笔谈》并加以肯定，说明沈括非常欣赏这种科学合理的工程运作与管理方法，也说明他非常重视对工程技术和管理方法进行研究与探讨。

释义　祥符：大中祥符，宋真宗赵恒年号（1008—1016）。

禁火：禁中失火。禁，皇帝居住的地方，文中指皇宫。

丁晋公：丁谓（962—1033），字谓之，宋真宗时任宰相，封晋国公。

通衢：四通八达的道路，文中指城中的主干道。

堑：壕沟，护城河，文中指取土时形成的深沟。

原典 天上的街市

远远的街灯明了，
好像闪着无数的明星。
天上的明星现了，
好像是点着无数的街灯。

我想那缥缈的空中，
定然有美丽的街市。
街市上陈列的一些物品，
定然是世上没有的珍奇。

你看，那浅浅的天河，
定然是不甚宽广。
那隔着河的牛郎织女，
定能够骑着牛儿来往。

我想他们此刻，
定然在天街闲游。
不信，请看那朵流星，
是他们提着灯笼在走。

导读 《天上的街市》写于 1921 年，其时，五四运动高潮已过，大革命时代尚未到来，诗人郭沫若在苦闷中彷徨。他不满现实，热烈地憧憬着美好的未来，在灿烂星光的诱发下写下了这首烂漫气息浓郁的诗歌，展示出他心目中天国乐园的一幅蓝图。在这首诗中，诗人借瑰丽的想象来探索人生真谛，追求美好的未来。这种幻美的追求与人生的思索曾激起过同时代人的深切共鸣。巧妙的联想，奇特的想象，优美的意境，是这首诗的特色，也是它成为脍炙人口的名篇的原因。

德 原典 囚歌

为人进出的门紧锁着，
为狗爬出的洞敞开着，
一个声音高叫着：
爬出来呵，给你自由！

我渴望着自由，
但也深知到（道）人的躯体
那（哪）能由狗的洞子爬出！
我只能期待着那一天，
地下的火冲腾
把这活棺材和我一齐烧掉，
我应该在烈火与热血中
得到永生！

导读 1941年“皖南事变”后，叶挺被辗转囚禁在江西上饶、湖北恩施、广西桂林等地，最后被移禁于重庆“中美特种技术合作所”集中营。《囚歌》为1942年叶挺在狱中所作，诗歌揭露了国民党反动派的丑恶行径，表现了革命者的伟大气节和坚定信念，抒发了为革命勇于献身的壮志豪情，这是诗人高尚情操的真实流露，让读者情不自禁地为诗中那股凛然正气所震撼，为诗人的高尚人格而肃然起敬。

释义 叶挺（1896—1946），原名叶为询，字希夷，号西平，广东惠阳客家人，北伐名将，政治家、军事家。南昌起义任前敌总指挥，广州起义任起义军工农红军总司令，抗日战争中出任新四军军长，“皖南事变”后被国民党扣押。抗战胜利后，叶挺获救出狱并被中国共产党重新接纳为党员，但与夫人李秀文，以及秦邦宪、邓发、王若飞等同志在返回延安途中，不幸遭遇空难。

德 原典　我想谈说种种纯洁的事情

我想谈说种种纯洁的事情，
我想起了我最早的朋友，最早的爱情。

地上有花。天上有星星。
人——有着心灵。
我知道没有什么东西能够永远坚固。
在自然的运行中一切消逝如朝露。
但那些发过光的东西是如此可珍，
而且在它们自己的光辉里获得了永恒。
我曾经和我最早的朋友一起坐在草地上读着书籍，
一起在星空下走着，谈着我们的未来。
对于贫穷的孩子它们是那样富足。
我又曾沉默地爱着一个女孩子，
我是那样喜欢为她做着许多小事情。
没有回答，甚至于没有觉察，
我的爱情已经和十五晚上的月亮一样圆满。
呵，时间的灰尘遮盖了我的心灵，
我太久太久没有想起过他们！
我最早的朋友早已睡在坟墓里了。
我最早的爱人早已作了母亲。
我也再不是一个少年人。
但自然并不因我停止它的运行，
世界上仍然到处有着青春，
到处有着刚开放的心灵。
年青的同志们，我们一起到野外去吧，
在那柔和的蓝色的天空之下，

我想对你们谈说种种纯洁的事情。

导读 这首写于战争年代的诗歌，写出了诗人何其芳在艰难岁月中悲欢离合的真实感受，虽然有对韶华易逝的感伤，但同时也表现出了革命乐观主义精神。内心的日渐成熟与坚定，使诗人可以鼓足勇气去直面内心和未知的世界。

释义 何其芳（1912—1977），重庆万州人，著名现代诗人、散文家、文学评论家。1938 年，到延安鲁迅艺术学院任教，为革命文艺做了大量拓荒工作。后担任中国作家协会书记处书记，中国社会科学院（哲学社会科学部）学部委员、文学研究所所长，《文学评论》主编。作品有诗歌合集《汉园集》、散文集《画梦录》等。

第三十七周

劳

原典 四时田园杂兴 三首

其一

昼出耘田夜绩麻，村庄儿女各当家。
童孙未解供耕织，也傍桑阴学种瓜。

其二

梅子金黄杏子肥，麦花雪白菜花稀。
日长篱落无人过，惟有蜻蜓蛱蝶飞。

其三

租船满载候开仓，粒粒如珠白似霜。
不惜两钟输一斛，尚赢糠核饱儿郎！

导读 范成大（1126—1193），字致能，号石湖居士，苏州吴县（今江苏苏州）人。学诗从江西派入手，后学习中晚唐诗歌风格与技巧，继承了白居易、王建、张籍等诗人和新乐府的现实主义精神，终于自成一家，与杨万里、陆游、尤袤合称南宋“中兴四大家”。其诗歌题材广泛，以反映农村社会生活内容的作品成就最高。反映农村生活的代表作《四时田园杂兴》共计六十首，描写了农村春、夏、秋、冬四个季节的景色和农民的生活，同时也反映了农民遭受的剥削及生活的困苦。

原典　马氏文通·后序

余观泰西，童子入学，循序而进，未及志学之年，而观书为文无不明习；而后视其性之所近，肆力于数度、格致、法律、性理诸学而专精焉，故其国无不学之人，而人各学有用之学。计吾国童年能读书者固少，读书而能文者又加少焉，能及时为文而以其余年讲道明理以备他日之用者，盖万无一焉。夫华文之点画结构，视西学之切音虽难，而华文之字法句法，视西文之部分类别，且可以先后倒置以达其意度波澜者则易。西文本难也而易学如彼，华文本易也而难学如此者，则以西文有一定之规矩，学者可循序渐进而知其所止境，华文经籍虽亦有规矩隐寓其中，特无有为之比拟而揭示之。遂使结绳而后，积四千余载之智慧材力，无不一一消磨于所以载道所以明理之文，而道无由载，理不暇明，以与夫达道明理之西人相角逐焉，其贤愚优劣有不待言矣。

斯书也，因西文已有之规矩，于经籍中求其所同所不同者，曲证繁引以确知华文义例之所在，而后童蒙入塾能循是而学文焉，其成就之速必无逊于西人。然后及其年力富强之时，以学道而明理焉，微特中国之书籍其理道可知，将由是而求西文所载之道，所明之理，亦不难精求而会通焉。则是书也，不特可群吾古今同文之心思，将举夫宇下之凡以口舌点画以达其心中之意者，将大群焉。夫如是，胥吾京陔亿兆之人民而群其材力，群其心思，以求夫实用，而后能自群，不为他群所群。则为此书者，正可谓识当时之务。

光绪二十四年九月初九日丹徒马建忠又序。

导读　本篇选自清代镇江籍学者、外交家马建忠所著《马氏文通》。《马氏文通》又名《文通》，初版于光绪二十四年（1898）。该书以汉语文言为研究对象，借鉴西方的语法学，成功建立了第一个系统性的汉语语法体系，是奠定汉语语法学基础的开山之作，对后世的汉语语法研究产生了巨大影响。马建忠在此文中解释了自己编著这本语法学著作的缘由和目的，表达了通过明辨语法增强国人学通经典、学贯中西的能力，从而实现国家富强、民族独立的殷切希望。

释义 泰西：明清时期对西方世界的统称。

数度：古代关于天文、历法、计量长度的学问。

格致：“格物致知”的简缩，清末用以称从西方传入的声、光、电、化等自然科学。

性理：原为宋明儒者宣扬的性命义理之学，此处指心理学等。

切音：指表音字母。

结绳而后：古人最初没有文字时靠打结绳子来记事，这里指有了文字以后。

所以载道所以明理之文：指以儒家经典为主的传统典籍。

义例：语法规律。

群吾古今同文之心思：沟通实现我国从古至今天下同文的想法。

将举夫宇下：将使世界上所有的。

口舌点画：指语言文字。

京陔（gāi）亿兆：都是数词，十兆为京，十京为陔，这里是众多的意思。

不为他群所群：不被其他的民族所同化、统治。

原典 你是人间的四月天

——一句爱的赞颂

我说你是人间的四月天；
笑响点亮了四面风；轻灵
在春的光艳中交舞着变。

你是四月早天里的云烟，
黄昏吹着风的软，星子在
无意中闪，细雨点洒在花前。

那轻，那娉婷，你是，鲜妍
百花的冠冕你戴着，你是
天真，庄严，你是夜夜的月圆。

雪化后那片鹅黄，你像；新鲜
初放芽的绿，你是；柔嫩喜悦
水光浮动着你梦期待中白莲。

你是一树一树的花开，是燕
在梁间呢喃，——你是爱，是暖，
是希望，你是人间的四月天！

导读 本诗是近代著名女诗人林徽因的代表作。全诗用轻风、云烟、星子、细雨、百花、圆月、白莲等意象来刻画四月的景色，描绘出和风习习、百花吐蕊、阳光和煦、春色浓郁的景象。四月是蕴含希望、热情与梦想的时节，用四月天来形容的情感，是真挚的情感。诗歌表达了诗人对孩子深沉的爱，内容纯净，意象优美，笔调轻灵美丽，温暖喜悦。

原典　雪花的快乐

假如我是一朵雪花，
翩翩的在半空里潇洒，
我一定认清我的方向——
飞扬，飞扬，飞扬——

这地面上有我的方向。
不去那冷寞的幽谷，
不去那凄清的山麓，
也不上荒街去惆怅——
飞扬，飞扬，飞扬，——
你看，我有我的方向！
在半空里娟娟的飞舞，
认明了那清幽的住处，
等着她来花园里探望——
飞扬，飞扬，飞扬，——
啊，她身上有朱砂梅的清香！
那时我凭借我的身轻，
盈盈的，沾住了她的衣襟，
贴近她柔波似的心胸——
消溶，消溶，消溶——
溶入了她柔波似的心胸！

导读 爱情诗是徐志摩诗作中最有特色的部分。《雪花的快乐》写于1924年，当时诗人徐志摩爱恋上了富有才情的陆小曼。在诗中，诗人以雪花自喻，借雪花的纯洁、飘逸、潇洒、自由等特点，抒写了对美好生活的执着追求和向往。

德 原典 有的人

有的人活着，
他已经死了；
有的人死了，
他还活着。

有的人，
骑在人民头上："呵，我多伟大！"
有的人，
俯下身子给人民当牛马。
有的人，
把名字刻入石头，想"不朽"；
有的人，
情愿作野草，等着地下的火烧。
有的人，
他活着别人就不能活；
有的人，
他活着为了多数人更好地活。
骑在人民头上的，
人民把他摔垮；
给人民作牛马的，
人民永远记住他！
把名字刻入石头的，
名字比尸首烂得更早；
只要春风吹到的地方，
到处是青青的野草。
他活着别人就不能活的人，
他的下场可以看到；
他活着为了多数人更好地活着的人，
群众把他抬举得很高，很高。

导读 这首诗是当代诗人臧克家在1949年11月1日为纪念鲁迅先生逝世13周年而作，因此副标题是"纪念鲁迅有感"。诗歌批判了那些骑在人民头上作威作福的统治者和压迫者，热情歌颂了鲁迅先生为人民无私奉献的可贵精神，号召人们做真正有价值的并且具有无私奉献精神的人，深刻地揭示了为了人民的人在人民中永生、与人民为敌的人必然灭亡的道理。

第三十八周

原典　论语·卫灵公　节选

卫灵公问陈于孔子。孔子对曰："俎豆之事，则尝闻之矣；军旅之事，未之学也。"明日遂行。在陈绝粮，从者病，莫能兴。子路愠见曰："君子亦有穷乎？"子曰："君子固穷，小人穷，斯滥矣。"

导读　孔子周游到了卫国后，希望卫国能够推行他的仁道，可是卫灵公却向孔子请教关于排兵布阵、军队作战的事情。孔子未正面答复，而是说只学过祭祀礼仪方面的事情，军旅之事未曾学过。既然不能合作，第二天，孔子就带领弟子们离开了卫国。其实孔子并不是不懂军旅之事，而是他认为对于一个国家来说，军旅为末，礼仪为本，本还没有建立，就不应该谈末尾的事，所以"明日遂行"，足见孔子做事非常爽快，合则留，不合则去。

孔子一行人来到陈国和蔡国的边境时，楚国派专人来聘请孔子，孔子就打算前去楚国。陈、蔡两国的大夫担心孔子去了楚国以后被楚王重用，对自己国家不利，于是双方派人把孔子等人围困在荒野之中。几天后，孔子他们的粮食断绝了。随行的弟子们一个个都饿病了，很多人站都站不起来，孔子却依然在弹琴、唱歌。这时候子路着急了，于是怒气冲冲地去找他的老师孔子。子路见到孔子后就问道："老师！难道像我们这些学习仁义道德的君子，遇到困窘时也有没有办法的时候吗？"孔子不紧不慢地答复道："君子虽然也有遇到困窘的时候，但他还能够固守正道，保持节操，不会乱了心性胡作非为。但如果换了小人，那就不一样了。小人遇到困窘的时候，不会顾及任何道德底线，只要让他饿不死，什么事他都能做得出来。"从孔子的回答中，我们足以看出孔子的道德修养，即使面临绝境，依然镇定自若，保持君子风范，这值得我们终身学习。这就是成语"君子固穷"的来历。

释义 卫灵公向孔子问军队列阵之法。孔子回答说："祭祀礼仪方面的事，我还听说过；用兵打仗的事，从来没有学过。"第二天，孔子便离开了卫国。(孔子一行)在陈国断了粮食，随行的人都饿病了。子路很不高兴地来见孔子，说道："君子也有穷得毫无办法的时候吗？"孔子说："君子虽然穷困，但还是坚持着；小人一遇到穷困就无所不为了。"

原典　列子·说符

秦穆公谓伯乐曰："子之年长矣，子姓有可使求马者乎？"伯乐对曰："良马可形容筋骨相也。天下之马者，若灭若没，若亡若失。若此者绝尘弭躐。臣之子皆下才也，可告以良马，不可告以天下之马也。臣有所与共担纆薪菜者有九方皋，此其于马非臣之下也。请见之。"

穆公见之，使行求马。三月而反报曰："已得之矣，在沙丘。"穆公曰："何马也？"对曰："牝而黄。"使人往取之，牡而骊。穆公不说，召伯乐而谓之曰："败矣，子所使求马者！色物牝牡尚弗能知，又何马之能知也？"

伯乐喟然太息曰："一至于此乎！是乃其所以千万臣而无数者也。若皋之所观，天机也。得其精而忘其粗，在其内而忘其外。见其所见，不见其所不见；视其所视，而遗其所不视。若皋之相者，乃有贵乎马者也。"马至，果天下之马也。

导读 寓言通过九方皋求得千里马的故事，赞扬伯乐善于识别和举荐人才。秦穆公本来要求伯乐从他家族中选拔一名接替他相马的人，伯乐却从外姓中推荐了"非臣之下"的相马能手九方皋。秦穆公仅凭马的毛色和公母等外在现象，轻率地否定了九方皋相马的才能。而伯乐以敏锐的眼光深切地了解到九方皋是从最本质的天然机理上去识别马的好坏的。这则寓言启发人们看问题不应拘泥于表面现象，要抓住问题的本质。

释义 秦穆公：春秋时期秦国国君，名任好，“春秋五霸”之一。伯乐，春秋时期郜国（今山东菏泽市成武县）人。著名相马专家。

绝尘弭辙：不沾尘土，不留下足迹，形容马奔跑得很快。

缧（mò）：绳索，用于捆物。担缧，挑担子运送货物。

九方皋：人名，复姓九方，或作九方歅、九方堙。

牝（pìn）：雌性的鸟兽。

牡（mǔ）：雄性的鸟兽。骊（lí），纯黑色的马。

原典 吕氏春秋·士节

士之为人，当理不避其难，临患忘利，遗生行义，视死如归。有如此者，国君不得而友，天子不得而臣。大者定天下，其次定一国，必由如此人者也。故人主之欲大立功名者，不可不务求此人也。贤主劳于求人，而佚于治事。

导读 吕不韦是战国末年秦国政治家、思想家，任秦国丞相十三年，门客有三千人。《吕氏春秋》是吕不韦组织门客编写而成的，号称“一字千金”。本篇选自《吕氏春秋·士节》，是作者对“士之为人”的观点，大意和孔、孟所说的“杀身成仁”“舍生取义”相似，强调士的气节和担当。具有这种气节和担当的人，就是国家的人才。真正英明的领导者不一定事事身先士卒、事事高人一筹，但一定要求贤若渴、善做伯乐，善于用人。

释义 当理：面对义。理，义也。

遗：舍弃。

不得而臣：不得，不能。臣，臣服。

求人：寻找具备上述品德的人。

佚：通“逸”，安逸。

原典　读史方舆纪要·镇江府　节选

镇江府内控江、湖，北拒淮、泗，山川形胜，自昔用武处也。杜佑曰："京口因山为垒，缘江为境。建业之有京口，犹洛阳之有孟津。"自孙吴以来，东南有事，必以京口为襟要。京口之防或疏，建业之危立至。六朝时，以京口为台城门户，锁钥不可不重也。晋咸和初，郗鉴镇徐州，苏峻之乱，鉴据要害，立营垒，以遏贼东下之锋，贼势遂阻。元兴末，桓玄作乱，刘裕举兵京口，晋室复定。及裕代晋，以京口要地，去建康密迩，非宗室近亲，不使居之。盖肘腋攸关。隋之亡陈，京口实为兵锋也。唐之中叶，以镇海为重镇，浙西安危，系于润州。宋南渡以后，常驻重军于此，以控江口。乐史曰："京口西距汉沔，东连海峤，为三吴襟带之邦，百越舟车之会。"刘宁止曰："京口控扼大江，是为浙西门户。"陈亮曰："京口连冈三面，大江横陈于前，江旁极目千里，势如虎之出穴，昔人谓京口酒可饮，兵可用，而北府之兵，为天下雄，盖地势然也。采石之与京口，股肱建业，实有据险临前之势，而非止于靳靳自守者。"

导读　本篇节选自明末清初历史地理学家顾祖禹所著《读史方舆纪要》中关于镇江府的地理概述。《读史方舆纪要》原名《二十一史方舆纪要》，是中国古代历史地理、兵要地志的综合性专著，常简称《方舆纪要》。全书共一百三十卷，综记"山川险易，古今用兵战守攻取之宜，兴亡成败得失之迹"。著作的核心目的就在于阐明全国各府、州、县的地理形势在军事上的战略意义，故此书常为中外兵家所重，被誉为"千古绝作""古今之龟鉴、治平之药石"，是研究中国历史地理、军事历史及国防战略的重要文献。

释义　襟要：险要之地。

锁钥：指重要关键，军事要地。

徐州：东晋时侨置于京口的南徐州。

苏峻（？—328）之乱：苏峻、祖约（？—330）之乱，是东晋成帝年间发生的一次大规模叛乱，爆发于东晋咸和二年（327），由历阳内史苏峻发起，联结镇西将军祖约以讨伐庾亮（289—340）为名起兵进攻建康（今江苏南京）。

元兴：东晋安帝司马德宗的年号。

桓玄（369—404）：东晋权臣，大司马桓温（312—373）之子，威逼晋安帝禅位，在建康建立桓楚，改元“永始”。

刘裕（363—422）：生于京口，东晋北府军将领，军事家，南朝刘宋开国君主。

肘腋：比喻近处的关键要地。

镇海：镇海军，唐代中后期置浙西观察使驻润州，领镇海军节度使。

乐史：北宋文学家、地理学家，《太平寰宇记》的作者。

汉沔：汉水和沔水，长江中游的支流，南宋荆襄防线的血脉。

海峤（qiáo）：海边的山岭，指大陆的尽头。

舟车之会：四方车船交汇的地方，交通枢纽。

刘宁止（？—1144）：南宋建炎初年的两浙转运判官，《宋史》有传。

浙西：两浙西路，南宋行政区划，唐代称浙江西道，宋建炎三年（1129）南渡后，辖临安府、镇江府、平江府、常州、秀州、湖州、严州、江阴军三府四州一军。

陈亮（1143—1194）：南宋思想家、文学家。字同甫，号龙川，世称龙川先生。

北府之兵：指北府军，东晋谢玄在京口主持创立的一支军队，人员以南渡的北方流民为主，骁勇善战，因京口在都城建康东北，当时称为“北府”，故其军名北府军。

采石：今安徽马鞍山市江边有采石矶，又称牛渚。

股肱：拱卫。

靳（jìn）靳：瑟缩貌。

原典　廉耻　节选

《五代史·冯道传论》曰："礼义廉耻，国之四维；四维不张，国乃灭亡。善乎管生之能言也。礼义治人之大法，廉耻立人之大节。盖不廉则无所不取，不耻则无所不为，人而如此，则祸败乱亡亦无所不至。况为大臣，而无所不取，无所不为，则天下其有不乱，国家其有不亡者乎！"然而四者之中，耻尤为要。故夫子之论士曰："行己有耻。"孟子曰："人不可以无耻，无耻之耻，无耻矣！"又曰："耻之于人大矣！为机变之巧者，无所用耻焉！"所以然者，人之不廉，而至于悖礼犯义，其原皆生于无耻也。故士大夫之无耻，是谓国耻。

吾观三代以下，世衰道微，弃礼义，捐廉耻，非一朝一夕之故。然而松柏后凋于岁寒，鸡鸣不已于风雨，彼昏之日，固未尝无独醒之人也。顷读《颜氏家训》，有云："齐朝一士大夫，尝谓吾曰：'我有一儿，年已十七，颇晓书疏，教其鲜卑语，及弹琵琶，稍欲通解，以此伏事公卿，无不宠爱。'吾时俯而不答。异哉此人之教子也！若由此业，自致卿相，亦不愿汝曹为之！"嗟乎！之推不得已而仕于乱世，犹为此言，尚有《小宛》诗人之意，彼阉然媚于世者，能无愧哉！

导读　本文为顾炎武《日知录》卷十三《廉耻》中的一段。作者提出所谓"行己有耻"，即是要用羞恶廉耻之心来约束自己的言行。对于明末清初有些士大夫寡廉鲜耻、趋炎附势而丧失民族气节的行为，作者给予了强烈的批判，认为"士大夫之无耻，是谓国耻"，强调要做"独醒之人"，即不同流合污之人。

释义　顾炎武（1613—1682），原名绛，字忠清，明亡后改名炎武，字宁人，苏州府昆山县（今江苏昆山）人，尊称为亭林先生，杰出的思想家、经学家、史地学家和音韵学家，与王夫之、黄宗羲并称为明末清初"三大思想家”。著有《日知录》《天下郡国利病书》等。

《五代史》：书名，即《新五代史》，宋欧阳修撰。

管生：指管仲，春秋时齐国杰出的政治家。

夫子：指孔子。

三代：指夏、商、周。

《颜氏家训》：北齐学者颜之推的著作，内容多叙述立身治家之法。

《小宛》：《诗经·小雅》名篇，相传是大夫遭遇乱世，兄弟相戒以免祸的诗。

劳

原典　诗经·七月

七月流火，九月授衣。一之日觱发，二之日栗烈。无衣无褐，何以卒岁？三之日于耜，四之日举趾。同我妇子，馌彼南亩，田畯至喜。

七月流火，九月授衣。春日载阳，有鸣仓庚。女执懿筐，遵彼微行，爰求柔桑。春日迟迟，采蘩祁祁。女心伤悲，殆及公子同归。

七月流火，八月萑苇。蚕月条桑，取彼斧斨，以伐远扬，猗彼女桑。七月鸣䴗，八月载绩。载玄载黄，我朱孔阳，为公子裳。

四月秀葽，五月鸣蜩。八月其获，十月陨萚。一之日于貉，取彼狐狸，为公子裘。二之日其同，载缵武功。言私其豵，献豜于公。

五月斯螽动股，六月莎鸡振羽。七月在野，八月在宇，九月在户，十月蟋蟀入我床下。穹窒熏鼠，塞向墐户。嗟我妇子，曰为改岁，入此室处。

六月食郁及薁，七月亨葵及菽。八月剥枣，十月获稻。为此春酒，以介眉寿。七月食瓜，八月断壶，九月叔苴。采荼薪樗，食我农夫。

九月筑场圃，十月纳禾稼。黍稷重穋，禾麻菽麦。嗟我农夫，我稼既同，上入执宫功。昼尔于茅，宵尔索绹。亟其乘屋，其始播百谷。

二之日凿冰冲冲，三之日纳于凌阴。四之日其蚤，献羔祭韭。九月肃霜，十月涤场。朋酒斯飨，曰杀羔羊。跻彼公堂，称彼兕觥，万寿无疆。

导读 这是一首叙述西周农民一年里的劳动过程和生活情况的诗，全诗用平铺直叙的手法、按月歌唱的形式，生动而全面地反映了当时农民的生产和生活情况。此诗不仅有重要的历史价值，是研究当时周人社会情况的重要史料，也是一首杰出的叙事兼抒情的名诗。全诗从各个侧面展示了当时社会的风俗，凡春耕、秋收、冬藏、采桑、染绩、缝衣、狩猎、建房、酿酒、劳役、宴飨，无所不写。第一章从岁寒写到春耕开始；第二章写妇女蚕桑；第三章写布帛衣料的制作；第四章写猎取野兽；第五章写一年将尽，为自己收拾屋子过冬；第六章写采藏果蔬和造酒，这都是为公家的，为自己采藏的食物是瓜瓠、麻子、苦菜之类；第七章写收成完毕后为公家修屋或做室内工作，然后修理自家的茅屋；末章写凿冰的劳动和一年一次的年终燕饮。全诗语言朴实无华，形象鲜明，诗意浓郁，诗中人物娓娓动听的叙述，又真实地展示了当时的劳动场面、生活图景、各种人物的面貌，以及当时社会的相互关系，构成了一幅西周早期社会男耕女织的风俗画。

释义 七月火星向西落，九月妇女缝寒衣。十一月北风呼呼吹，十二月天气刺骨寒。好衣粗衣都没有，怎么度过这年底？正月开始修锄犁，二月下地耕种忙。带着妻儿一同去，把饭送到南边地，田官老爷喜洋洋。

七月火星向西落，九月妇女缝寒衣。春天阳光暖融融，黄鹂婉转把歌唱。姑娘提着深竹筐，慢慢走在小路旁，伸手采摘嫩桑叶。春来日子渐渐长，人来人往采白蒿。姑娘心中暗悲伤，害怕要随公子嫁他乡。

七月火星向西落，八月要把芦苇割。三月修剪桑树枝，取来锋利斧和斨。砍掉高高长枝条，攀着细枝摘嫩桑。七月伯劳声声叫，八月开始织布忙。染丝有黑又有黄，而其红色更鲜亮，供上为公子所做之裳。

四月远志结了籽，五月知了声声唱。八月田间收获忙，十月树叶随风扬。十一月猎貉在山岙，猎取狐狸皮毛好，送给贵人做皮袄。十二月猎人聚一起，继续操练打猎功。打到小猪归自己，猎到大猪献王公。

五月弹腿叫蚱蜢，六月振翅纺织娘。七月蟋蟀在田野，八月屋檐下面唱，九月蟋蟀进门口，十月在我床下藏。堵塞鼠洞熏老鼠，糊好门缝封北窗。叹我妻儿好可怜，岁末将过新年到，只能迁入这间房。

六月食李和葡萄，七月煮葵又煮豆。八月开始打红枣，十月下田收稻谷。酿成春酒美又香，用此春酒求长寿。七月里面可吃瓜，八月到来摘葫芦，九月拾起秋麻子。采些苦菜砍些柴，农夫靠此度时光。

九月修筑打谷场，十月庄稼收进仓。谷子黄米加高粱，粟麻豆麦全入仓。叹我农夫真辛苦，庄稼刚好收拾完，又为官家筑宫室。白天要去割茅草，夜里赶着搓绳索。赶紧上房修好屋，开春还得种百谷。

十二月凿冰冲冲响，正月冰窖把物藏。二月开初祭祖先，献上羔羊祭韭菜。九月天高气又爽，十月清扫打谷场。两坛美酒敬宾客，宰杀羊羔大家尝。升上了君子之堂，大家举起了兕觥，齐声高呼寿无疆。

七月流火：七月，指夏历七月。流，向下去。火，星名，大火。

觱（bì）发：寒风触物发出的声音。

馌（yè）：送饭。

萑（huán）：芦苇的一种。

斨（qiāng）：方孔的斧。

鵙（jué）：鸟名，伯劳。

葽（yāo）：植物名，一种草，今名远志。

蜩（tiáo）：蝉。

陨萚（tuò）：树叶凋落。

豵（zōng）：本指六个月或一岁的小猪，这里泛指小兽。

豜（jiān）：三岁的猪，代指大兽。

薁（yù）：野葡萄。

苴（jū）：麻子。

樗（chū）：臭椿。

穋（lù）：早熟的稻谷。

凌阴：藏冰的地窖。

兕觥（sì gōng）：饮酒器，形似伏着的兕牛。

智 原典 三国志·王粲传 节选

王粲字仲宣，山阳高平人也……

献帝西迁，粲徙长安，左中郎将蔡邕见而奇之。时邕才学显著，贵重朝廷，常车骑填巷，宾客盈坐。闻粲在门，倒屣迎之。粲至，年既幼弱，容状短小，一坐尽惊。邕曰："此王公孙也，有异才，吾不如也。吾家书籍文章，尽当与之。”

…… ……

初，粲与人共行，读道边碑，人问曰：“卿能暗诵乎？”曰：“能。”因使背而诵之，不失一字。观人围棋，局坏，粲为覆之。棋者不信，以帊盖局，使更以他局为之。用相比较，不误一道。其强记默识如此。性善算，作算术，略尽其理。善属文，举笔便成，无所改定。时人常以为宿构，然正复精意覃思，亦不能加也。

导读 本篇选自陈寿《三国志》。王粲是东汉末年文学家，“建安七子”之一，少有才名。本篇叙述了王粲年少之时，强记默识，善算术行文。一次王粲与友人共行，读道边石碑，观一遍而背诵之，不失一字。又曾观人下围棋，其局乱，王粲复为重置，不误一道。当时著名学者蔡邕认为王粲是个奇才，十分赏识。

释义 蔡邕（yōng）：东汉末年文学家。

车骑填巷：意思是到蔡邕家的人很多。

倒屣（xǐ）：急于迎客，把鞋子穿倒了，形容对来客的热情欢迎。

强（qiáng）记：高强的记忆力。

宿构：预先谋划准备。

精意覃思：精心构造，深入思考。

德 原典 归去来兮辞 节选

归去来兮，田园将芜胡不归？既自以心为形役，奚惆怅而独悲？悟已往之不谏，知来者之可追。实迷途其未远，觉今是而昨非。舟遥遥以轻飏，风飘飘而吹衣。问征夫以前路，恨晨光之熹微。

乃瞻衡宇，载欣载奔。僮仆欢迎，稚子候门。三径就荒，松菊犹存。携幼入室，有酒盈樽。引壶觞以自酌，眄庭柯以怡颜。

倚南窗以寄傲，审容膝之易安。园日涉以成趣，门虽设而常关。策扶老以流憩，时矫首而遐观。云无心以出岫，鸟倦飞而知还。景翳翳以将入，抚孤松而盘桓。

归去来兮，请息交以绝游。世与我而相违，复驾言兮焉求？悦亲戚之情话，乐琴书以消忧。农人告余以春及，将有事于西畴。或命巾车，或棹孤舟。既窈窕以寻壑，亦崎岖而经丘。木欣欣以向荣，泉涓涓而始流。善万物之得时，感吾生之行休。

已矣乎！寓形宇内复几时？曷不委心任去留？胡为乎遑遑欲何之？富贵非吾愿，帝乡不可期。怀良辰以孤往，或植杖而耘耔。登东皋以舒啸，临清流而赋诗。聊乘化以归尽，乐夫天命复奚疑！

导读 东晋安帝义熙元年（405），陶渊明弃官归田，创作了《归去来兮辞》这篇抒情小赋。全赋通过描写具体的景物和活动，创造出一种宁静恬适、乐天自然的意境，寄托了陶渊明的生活理想，表现了他对官场的认识及对人生的思索，表达了洁身自好、不同流合污的精神情操。

释义 以心为形役：让心神为形体所役使。

舟遥遥以轻飏（yáng）：船在水面上轻轻地飘荡着前进。遥遥，漂流摇荡的样子。飏，船缓缓前进。

觞（shāng）：古代酒器。

眄（miàn）：看。

云无心以出岫（xiù）：云气自然而然地从山里冒出。岫，峰峦。

景翳（yì）翳以将入：阳光黯淡，太阳快落下去了。景，日光。翳翳，阴暗的样子。

或棹（zhào）孤舟：有时划一艘小船。棹，本义船桨。这里名词做动词，意为划桨。

登东皋（gāo）以舒啸：登上向阳的高地放声长啸，皋，高地。

原典　江城子·乙卯正月二十日夜记梦

十年生死两茫茫。不思量，自难忘。千里孤坟，无处话凄凉。纵使相逢应不识，尘满面，鬓如霜。

夜来幽梦忽还乡。小轩窗，正梳妆。相顾无言，惟有泪千行。料得年年肠断处，明月夜，短松冈。

导读　本词是苏轼为悼念原配妻子王弗所作，抒写了词人对亡妻执着不舍的深情，表现了绵绵不尽的哀伤和思念。词中采用白描手法，出语如话家常，却字字从肺腑镂出，自然而又深刻，平淡中寄寓着真情，为脍炙人口的名篇佳作。

释义　江城子：词牌名。

乙卯（mǎo）：公元 1075 年，即北宋熙宁八年。

小轩窗：指小室的窗前。小轩，有窗槛的小屋。

短松冈：苏轼葬妻之地，短松：矮松。

原典　书　愤

早岁那知世事艰，中原北望气如山。
楼船夜雪瓜洲渡，铁马秋风大散关。
塞上长城空自许，镜中衰鬓已先斑。
出师一表真名世，千载谁堪伯仲间！

导读　《书愤》是宋孝宗淳熙十三年（1186）春陆游居家乡山阴时所作。当时陆游已经六十一岁，被罢官已有六年，联想自己青壮年时期的豪情壮志和战斗生活情景，而今中原未收，报国无门，作者借诗抒发了壮心未遂、时光虚掷、功业难成的悲愤之气，充分体现了强烈的爱国之情。

释义 陆游（1125—1210），字务观，号放翁，越州山阴（今浙江绍兴）人，南宋爱国诗人、词人。孝宗时赐进士出身。中年入蜀，投身军旅生活，官至宝章阁待制。晚年退居家乡，但收复中原信念始终不渝。一生笔耕不辍，著有《剑南诗稿》《放翁词》《渭南文集》等。

书愤：书写自己的愤恨之情。书，写。

“楼船”句：此时作者三十七岁，在镇江府任通判。宋孝宗隆兴元年（1163），右丞相张浚都督江淮诸路军马，率水兵乘楼船往来于建康、镇江之间，但不久兵败符离，收复故土的愿望化为泡影。

“铁马”句：宋孝宗乾道八年（1172），枢密使王炎出任四川宣抚使，谋划恢复中原之事。陆游入其军幕，曾亲临大散关前线，研究抗敌策略。但不久王炎调回京城，收复故土的愿望又一次落空。

“塞上”句：意为作者徒然地夸耀自己是“塞上长城”。塞上长城，比喻能守边的将领。《南史·檀道济传》载，宋文帝要杀大将檀道济，檀道济临刑前怒叱道：“乃坏汝万里长城！”

出师一表：蜀汉后主建兴五年（227）三月，诸葛亮出兵伐魏前写下《出师表》，表达了自己“奖率三军，北定中原”“兴复汉室，还于旧都”的坚强决心。

第四十周

德 原典 毛泽东文选 三则

星星之火，可以燎原

我所说的中国革命高潮快要到来，决不是如有些人所谓“有到来之可能”那样完全没有行动意义的、可望而不可即的一种空的东西。它是站在海岸遥望海中已经看得见桅杆尖头了的一只航船，它是立于高山之巅远看东方已见光芒四射喷薄欲出的一轮朝日，它是躁动于母腹中的快要成熟了的一个婴儿。

纪念白求恩（节选）

一个人能力有大小，但只要有这点精神，就是一个高尚的人，一个纯粹的人，一个有道德的人，一个脱离了低级趣味的人，一个有益于人民的人。

莫斯科大学讲话

世界是你们的，也是我们的，但是归根结底是你们的。你们青年人朝气蓬勃，正在兴旺时期，好像早晨八九点钟的太阳。希望寄托在你们身上。

导读 第一则是毛泽东同志 1930 年在《星星之火，可以燎原》一文中的一段话。毛泽东同志在文中以深邃的目光和睿智的思想全面分析了当时中国革命的形势，最后用这一段诗一般的语言进行了总结。文章描绘了中国革命的光辉前景，回答了当时在党内和红军中存在的“红旗到底能打多久”的疑问。当时毛泽东同志和他所领导的红军处于极为艰难的境地，但后来的历史完全证明了毛泽东同志的预见。

第二则是毛泽东同志的名篇《纪念白求恩》中的一段话。这段话高度赞扬了白求恩同志“毫不利己专门利人”的精神，同时号召全党学习白求恩精神，提出了做人的基本准则。

第三则是 1957 年毛泽东同志在莫斯科大学对中国留学生的演讲，表达了毛泽东同志对青年深切的期望。

德 原典 梅岭三章

一九三六年冬，梅山被围。余伤病伏丛莽间二十余日，虑不得脱，得诗三首留衣底。旋围解。

一

断头今日意如何？
创业艰难百战多。
此去泉台招旧部，
旌旗十万斩阎罗。

二

南国烽烟正十年，
此头须向国门悬。
后死诸君多努力，
捷报飞来当纸钱。

三

投身革命即为家，
血雨腥风应有涯。
取义成仁今日事，
人间遍种自由花。

导读 1934年10月，江西中央红军主力长征后，陈毅因伤留在江西担任军事指挥，在敌我力量悬殊的条件下，坚持了三年极端艰苦的游击战争，直到1937年抗日战争全面爆发才离开。当时敌强我弱，赣南游击队在敌人重兵围攻中，斗争万分艰苦，正如作者自己说的“是我在革命斗争中所经历的最艰苦最困难的阶段”。《梅岭三章》是陈毅被困梅山，自料难免牺牲的情况下写成的一组带有绝笔性质的诗篇，充分表现了作者崇高的革命情操和临危而斗志弥坚的豪迈胸怀。

原典 兰亭集序

永和九年，岁在癸丑，暮春之初，会于会稽山阴之兰亭，修禊事也。群贤毕至，少长咸集。此地有崇山峻岭，茂林修竹，又有清流激湍，映带左右，引以为流觞曲水，列坐其次，虽无丝竹管弦之盛，一觞一咏，亦足以畅叙幽情。是日也，天朗气清，惠风和畅。仰观宇宙之大，俯察品类之盛，所以游目骋怀，足以极视听之娱，信可乐也。

夫人之相与，俯仰一世。或取诸怀抱，悟言一室之内；或因寄所托，放浪形骸之外。虽趣舍万殊，静躁不同，当其欣于所遇，暂得于己，快然自足，不知老之将至。及其所之既倦，情随事迁，感慨系之矣。向之所欣，俯仰之间，已为陈迹，犹不能不以之兴怀。况修短随化，终期于尽。古人云：“死生亦大矣。”岂不痛哉！

每览昔人兴感之由，若合一契，未尝不临文嗟悼，不能喻之于怀。固知一死生为虚诞，齐彭殇为妄作。后之视今，亦犹今之视昔，悲夫！故列叙时人，录其所述。虽世殊事异，所以兴怀，其致一也。后之览者，亦将有感于斯文。

导读 《兰亭集序》又名《兰亭宴集序》《兰亭序》《临河序》《禊序》和《禊帖》，书圣王羲之所作，记叙兰亭周围山水之美和聚会的欢乐之情，抒发作者对于生死无常的感慨。东晋穆帝永和九年（353）三月三日，王羲之与谢安、孙绰等四十一位名流，在会稽山阴的兰亭举行风雅集会。与会者临流赋诗，各抒怀抱，抄录成集，王羲之为作序文，即《兰亭集序》。

释义 王羲之（303—361），字逸少，琅琊（今属山东临沂）人，后迁会稽山阴（今浙江绍兴）。东晋时期著名书法家，有“书圣”之称，其书法兼善隶、草、楷、行各体，“兼撮众法，备成一家”，风格平和自然，笔势委婉含蓄，遒美健秀，对后世影响深远。代表作《兰亭集序》被誉为“天下第一行书”。

修褉（xì）：古人于上巳节聚于水滨嬉戏洗濯，以祓除不祥。

流觞（shāng）曲（qū）水：用漆制的酒杯盛酒，放入弯曲的水道中任其飘流，杯停在某人面前，某人就引杯饮酒。

趣（qū）舍万殊：各有各的爱好。趣舍，即取舍，爱好。趣，通“取”。

临文嗟（jiē）悼：读古人文章时叹息哀伤。临，面对。

原典 赤壁赋

壬戌之秋，七月既望，苏子与客泛舟游于赤壁之下。清风徐来，水波不兴。举酒属客，诵明月之诗，歌窈窕之章。少焉，月出于东山之上，徘徊于斗牛之间。白露横江，水光接天。纵一苇之所如，凌万顷之茫然。浩浩乎如冯虚御风，而不知其所止；飘飘乎如遗世独立，羽化而登仙。

于是饮酒乐甚，扣舷而歌之。歌曰：“桂棹兮兰桨，击空明兮溯流光。渺渺兮予怀，望美人兮天一方。”客有吹洞箫者，倚歌而和之。其声呜呜然，如怨如慕，如泣如诉，余音袅袅，不绝如缕。舞幽壑之潜蛟，泣孤舟之嫠妇。

苏子愀然，正襟危坐而问客曰：“何为其然也？”客曰：“‘月明星稀，乌鹊南飞’，此非曹孟德之诗乎？西望夏口，东望武昌，山川相缪，郁乎苍苍，此非孟德之困于周郎者乎？方其破荆州，下江陵，顺流而东也，舳舻千里，旌旗蔽空，酾酒临江，横槊赋诗，固一世之雄也，而今安在哉？况吾与子渔樵于江渚之上，侣鱼虾而友麋鹿，驾一叶之扁舟，举匏樽以相属。寄蜉蝣于天地，渺沧海之一粟。哀吾生之须臾，羡长江之无穷。挟飞仙以遨游，抱明月而长终。知不可乎骤得，托遗响于悲风。”

苏子曰：“客亦知夫水与月乎？逝者如斯，而未尝往也；盈虚者如彼，而卒莫消长也。盖将自其变者而观之，则天地曾不能以一瞬；自其不变者而观之，则物与我皆无尽也，而又何羡乎！且夫天地之间，物各有主，苟非吾之所有，虽一毫而莫取。惟江上之清风，与山间之明月，耳得之而为声，目遇之而成色，取之无禁，用之不竭，是造物者之无尽藏也，而吾与子之所共适。”

客喜而笑，洗盏更酌。肴核既尽，杯盘狼籍。相与枕藉乎舟中，不知东方之既白。

导读　宋神宗元丰五年（1082），苏轼在贬谪黄州期间，于七月十六日和十月十五日两次泛游赤壁，写下了两篇以赤壁为题的赋，后人称第一篇为《赤壁赋》，第二篇为《后赤壁赋》。此赋记叙了作者与朋友们月夜泛舟游赤壁的所见所感，以作者的主观感受为线索，通过主客问答的形式，反映了作者由月夜泛舟的舒畅，到怀古伤今的悲咽，再到精神解脱的达观。

释义　壬戌：元丰五年，岁次壬戌。

明月之诗、窈窕之章：指《诗经·陈风·月出》。

“纵一苇”二句：任凭小船在宽广的江面上飘荡。纵，任凭。一苇，比喻极小的船。《诗经·卫风·河广》：“谁谓河广，一苇杭（航）之。”

冯（píng）虚御风：乘风腾空而遨游。冯虚，凭空，凌空。冯，通“凭”，乘。

桂棹（zhào）兰桨：桂树做的棹，兰木做的桨。

嫠（lí）妇：寡妇。

愀（qiǎo）然：容色改变的样子。

舳舻（zhú lú）：战船前后相接，这里指首尾相接的战船。

酾（shī）酒：滤酒，这里指斟酒。

原典　送东阳马生序

余幼时即嗜学。家贫，无从致书以观，每假借于藏书之家，手自笔录，计日以还。天大寒，砚冰坚，手指不可屈伸，弗之怠。录毕，走送之，不敢稍逾约。以是人多以书假余，余因得遍观群书。既加冠，益慕圣贤之道。又患无硕师名人与游，尝趋百里外，从乡之先达执经叩问。先达德隆望尊，门人弟子填其室，未尝稍降辞色。余立侍左右，援疑质理，俯身倾耳以请；或遇其叱咄，色愈恭，礼愈至，不敢出一言以复；俟其欣悦，则又请焉。故余虽愚，卒获有所闻。

当余之从师也，负箧曳屣行深山巨谷中。穷冬烈风，大雪深数尺，足肤皲裂而不知。至舍，四支僵劲不能动，媵人持汤沃灌，以衾拥覆，久而乃和。寓逆旅，主人日再食，无鲜肥滋味之享。同舍生皆被绮绣，戴朱缨宝饰之帽，腰白玉之环，左佩刀，右备容臭，烨然若神人；余则缊袍敝衣处其间，略无慕艳意，以中有足乐者，不知口体之奉不若人也。盖余之勤且艰若此。今虽耄老，未有所成，犹幸预君子之列，而承天子之宠光，缀公卿之后，日侍坐备顾问，四海亦谬称其氏名，况才之过于余者乎？

今诸生学于太学，县官日有廪稍之供，父母岁有裘葛之遗，无冻馁之患矣；坐大厦之下而诵诗书，无奔走之劳矣；有司业、博士为之师，未有问而不告、求而不得者也；凡所宜有之书，皆集于此，不必若余之手录，假诸人而后见也。其业有不精、德有不成者，非天质之卑，则心不若余之专耳，岂他人之过哉？

东阳马生君则，在太学已二年，流辈甚称其贤。余朝京师，生以乡人子谒余，撰长书以为贽，辞甚畅达。与之论辩，言和而色夷。自谓少时用心于学甚劳，是可谓善学者矣。其将归见其亲也，余故道为学之难以告之。谓余勉乡人以学者，余之志也；诋我夸际遇之盛而骄乡人者，岂知予者哉？

导读 明洪武十一年（1378），宋濂告老还乡的第二年，应诏从家乡浦江（今浙江浦江）到应天（今江苏南京）去朝见。同乡晚辈马君则前来拜访，宋濂写下了此篇赠序，介绍了自己早年虚心求教和刻苦学习的经历，有力地说明学业能否有所成就，主要在于主观努力，不在天资的高下和条件的优劣，勉励马生珍惜良好的读书环境，专心治学。

释义 宋濂（1310—1381），初名寿，字景濂，号潜溪，别号龙门子、玄真遁叟等，祖籍金华潜溪（今浙江义乌），后迁居金华浦江（今浙江浦江），元末明初著名政治家、文学家、史学家、思想家，与高启、刘基并称为“明初诗文三大家”，被明太祖誉为“开国文臣之首”。

硕（shuò）师：学问渊博的老师。

缊（yùn）袍：粗麻絮制作的袍子。

耄（mào）老：年老。八九十岁称耄。

谬称：不恰当地赞许。

廪（lǐn）稍：当时政府免费供给的俸粮称“廪”或“稍”。